动物物语 全5辑

美月冷霜 著

第 1 辑

中国友谊出版公司

图书在版编目（CIP）数据

动物物语：全 5 辑 / 美月冷霜著 . -- 北京：中国友谊出版公司，2024.9
ISBN 978-7-5057-5757-8

Ⅰ.①动… Ⅱ.①美… Ⅲ.①诗集－中国－现代 Ⅳ.① I712.25

中国国家版本馆 CIP 数据核字（2023）第 241965 号

书名	动物物语：全 5 辑
作者	美月冷霜
出版	中国友谊出版公司
发行	中国友谊出版公司
经销	新华书店
印刷	三河市天润建兴印务有限公司
规格	787 毫米 ×1092 毫米　16 开 38.75 印张　525 千字
版次	2024 年 9 月第 1 版
印次	2024 年 9 月第 1 次印刷
书号	ISBN 978-7-5057-5757-8
定价	188.00 元（全 5 辑）
地址	北京市朝阳区西坝河南里 17 号楼
邮编	100028
电话	（010）64678009

诗人的话

我极目远眺热浪翻卷，千钧横扫沸腾天。
我聚神倾听虎啸林乱，似闻风雪叱咤还。
我伏案夜读隔窗观看，但见万里春撒欢。
我敬畏诗歌国度超前，通达上下五千年。
动物物语，令人震撼。稀世之美，值得一看。

春情雨意喜连绵
白马王子齐撒欢
足下踏飞蓝锦缎
直接奔向千里远

天长水远金光流
斑马开怀大笑收
秋色风云横空秀
燃情岁月无尽头

远山近水万里娇
花红叶绿千载好
藏羚羊群狂不傲
长角如剑冲云霄

冰雕玉琢风撒欢
诗凝韵成天花板
北极熊游水晶苑
先照镜子后游玩

序 言

周 敏

人类真正统治地球的时间，相对于地球46亿年漫长的历史，不过是白驹过隙。

数千年来，我们建立城市、发展生产、推进文明、为人类谋求福祉，但对于自然界的其他伙伴却疏于关爱。

动物，作为地球上最丰富多彩的生命形式之一，一直承载着人类无尽的探索与想象。它们以各自独特的方式，存在于这个世界，诉说着属于它们自己的传奇。但是，在被人类文明的脚步不断侵扰的今天，很多物种濒于灭绝。

本书的作者，一位热爱自然、热爱生命的诗人，她将诗歌的力量发挥到极致，以一种温暖而细腻的笔触，勾勒出动物的内心世界；以动物的视角，去揭示它们在人类世界中的角色与地位，以及在自然界中的生存状态，为读者呈现了一个富有情感与哲理的神秘国度。

书中的每一首真挚的诗作，每一帧优美的图片，每一段专业的诗评，每一句点睛的物语，融合在一起汇成气势磅礴的乐章，直击我们的灵魂，引发我们的共鸣。

通过这部科普文学艺术作品中的新古典诗，我们将看到动物对家园的守护、对子女的关爱、对危险的警觉，以及面对困境时的坚韧与智慧。我们在感受文学艺术之美的同时，更深刻地领悟到生命的意义，更深切地思考人类与自然的关系，以及我们该如何与动物和谐共处。

《动物物语》不仅仅是一部科普文学艺术作品，更是一部关于动物、关于自然、关于生命的启示录。希望这些诗歌能够给大家带来美好的阅读体验，更希望能激发读者对动物的关爱与呵护。最后，我相信这部诗集会成为一扇窗户，引领读者走进瑰丽多彩的动物世界，去感受它们的生命之美。

谨以此书，献给每一位热爱动物、心怀慈悲的朋友。

愿我们永远徜徉在旭日星辉之下，与生灵共舞。

目 录 contents

科普七言话动物 / 1

A

阿比西尼亚猫 / 2
阿德利企鹅 / 3
阿富汗狐 / 4
阿富汗猎犬 / 5
阿拉拜 / 6
阿拉伯狒狒 / 7
阿拉伯狼 / 8
阿拉伯马 / 9
阿拉斯加雪橇犬 / 10
阿帕卢萨马 / 11
埃及鼩 / 12
安哥拉山羊 / 13
安哥拉兔 / 14
安氏林羚 / 15
澳大利亚牧羊犬 / 16
澳洲毛鼻袋熊 / 17
澳洲魔蜥 / 18

B

巴布亚企鹅 / 19
巴吉度猎犬 / 20
巴塔哥尼亚獾臭鼬 / 21
巴塔哥尼亚豚鼠 / 22
巴西树豪猪 / 23
白鼻浣熊 / 24
白唇柽柳猴 / 25
白唇鹿 / 26
白袋鼠 / 27
白虎 / 28
白脸卷尾猴 / 29
白脸僧面猴 / 30
白色松鼠 / 31
白头美狐猴 / 32
白头叶猴 / 33
白秃猴 / 34
白腿大羚羊 / 35
白臀叶猴 / 36

白尾角马 / 37
白尾鹿 / 38
白尾长耳大野兔 / 39
白纹牛羚 / 40
白象 / 41
白鼬 / 42
白掌长臂猿 / 43
班韦乌卢湖牛羚 / 44
斑鬣狗 / 45
斑林狸 / 46
斑马 / 47
斑嘴环企鹅 / 48
斑纹角马 / 49
豹猫 / 50
豹纹守宫 / 51
北黄颊长臂猿 / 52
北极狐 / 53
北极狼 / 54

2

北极兔 / 55
北极熊 / 56
北美灰狼 / 57
北美猞猁 / 58
北美驯鹿 / 59
北山羊 / 60
贝尔山绿猴 / 61
贝灵顿㹴 / 62
比利牛斯臆羚 / 63
边境牧羊犬 / 64
蝙蝠耳狐 / 65
扁头豹猫 / 66
变色龙 / 67
冰岛牧羊犬 / 68
波尔山羊 / 69
波兰德斯布比野犬 / 70
波斯猫 / 71
不丹羚牛 / 72

C

不列颠哥伦比亚狼 / 73
彩虹飞蜥 / 74
仓鼠 / 75
长鼻猴 / 76
长鼻浣熊 / 77
长颈羚 / 78
长颈鹿 / 79
长耳跳鼠 / 80
长臂猿 / 81
长尾虎猫 / 82
长尾黑颚猴 / 83
长尾鼩 / 84
长吻针鼹 / 85
草原狒狒 / 86
草原犭苗猪 / 87
侧纹胡狼 / 88
叉角羚 / 89

豺 / 90
蟾蜍 / 91
产婆蟾 / 92
赤额瞪羚 / 93
赤腹松鼠 / 94
赤猴 / 95
赤狐 / 96
赤麂 / 97
穿山甲 / 98
垂耳兔 / 99
纯白虎 / 100
纯血马 / 101
刺猬 / 102
粗尾棉尾兔 / 103

D

达呼尔鼠兔 / 104

物语集 / 105

新韵七言话动物

阿比西尼亚猫

卓尔不群神传说,香艳随风化飞蝶。
晚霞为猫添姿色,月出之时比敏捷。

　　这首诗塑造了一只神猫的形象。它血统高贵,智慧超群,与它有关的传说化作蝴蝶,穿越历史的风尘,蹁跹而来。它历经千万年依旧美艳动人,瑰丽的毛色仿佛晚霞般绚烂,矫健的身姿在夜色中时隐时现。诗人借助神话传说为阿比西尼亚猫增添了一层神秘的色彩。也许,我们对动物的了解远远少于它们对人类的了解。阿比西尼亚猫被认为是古埃及神猫的后代,也是全世界家猫中智商最高的品系,性格温顺,通人性。物语:冬日向暖,清净安然。

阿德利企鹅

满天满地梨花雪,冰凌如枝不堪折。
任由海底皎洁月,难照岸上逍遥鹅。

白居易曾经在《简简吟》中写道:"大都好物不坚牢,彩云易散琉璃脆。"在漫天的梨花雪之中,晶莹剔透的冰凌是如此脆弱,禁不起攀折。我们可以将冰凌理解成美好的事物,抑或高洁的品质。人世间越是美丽纯洁的事物越容易受到损害污染,要想规避风霜雨雪的侵蚀,只能超然于世外。这首诗与庄子的思想颇有几分契合,但要想真正达到这个境界很不容易。阿德利企鹅,分布于南极洲及南乔治亚岛和南桑威奇岛。物语:周而复始,控制浮力。

阿富汗狐

漫山遍野月光浓,草丛又闻促织声。
此时此刻先不动,腹饥之时再捉虫。

月光浓郁,漫山遍野的草木仿佛披上白纱。蛐蛐不知疲倦地欢唱,丝毫不怕引来天敌。它们在歌颂自己短暂的生命,抓紧时间享受生命的欢愉。阿富汗狐虽然以昆虫为食,但它们并不贪婪,只在饥饿的时候才会捕食。这一点大概是动物与人类最大的区别。它们只从大自然获取必需的资源,现代社会中的人们也许能从中获得深刻的启示。阿富汗狐,分布于亚洲西部的干旱地带及山区,杂食性,以各种昆虫和水果为食。物语:昼伏夜行,狩猎成功。

阿富汗猎犬

千古江山再新春,万里碧水洗红尘。
惊艳高歌曲无尽,长发飘飘迷海神。

这首诗以江山为背景,以碧水红尘为意象,以惊艳高歌为音乐元素,以长发迷神为情感表达,构成了一个意境优美、情感深邃、艺术感染力强的完整诗歌体系。时代变迁,但自然永不变色;碧水蓝天,可以荡涤尘世的万千烦恼。诗人借"长发飘飘"的阿富汗猎犬优美迷人的形象,拓宽了人们观察自然的视野,也激发了读者对自然界的向往、对生命意义的思考。阿富汗猎犬,原产于阿富汗。物语:高大唯美,代价昂贵。

阿拉拜

力大无穷浑身胆，忠主二字天下先。
国宝生于土库曼，闻名遐迩护卫犬。

　　这首诗文字直白有趣，读起来如儿歌般朗朗上口。诗人热情赞扬了阿拉拜犬的勇猛和忠诚。数千年来，它们护卫主人的生命财产安全，是最靠谱的忠实伴侣，土库曼斯坦国宝这个称号当之无愧。整首诗行文简洁而有力，令人油然而生拥有这样一只护卫犬的愿望。阿拉拜，又名阿拉拜咬狼犬、土库曼狼狗，原产于土库曼斯坦，起源于4000多年前，主要用作守卫，是一种不惧怕任何生物的超大型猛犬。物语：花开富贵，风云之最。

阿拉伯狒狒

众山竞秀最高峰,惊艳春秋万千重。
空谷无风最幽静,装满天下牵挂情。

群山屹立,或雄浑,或险峻,或秀丽,或清雅,它们各擅胜场,都对"天下第一峰"的名号志在必得。诗中的"春秋"可以理解成四季年华,也可以引申为史册。这些崇山峻岭争强好胜的目的是为了赢得名誉,相较而言,幽静的山谷完全没有与群山相争的实力。它低调、谦逊、慈悲,充满了对天下生灵的牵挂和关爱。阿拉伯狒狒,分布于阿拉伯半岛和非洲地区,常集大群,争斗不断,杂食性。物语:学以致用,历史借镜。

阿拉伯狼

九天悬挂白云帘,大漠午休风正酣。
阿拉伯狼向前看,未来前景莫如闲。

　　通过这首诗,诗人为我们构建了一个充满想象力的艺术空间。白云高悬,仿佛帘幕随风拂动。正午的沙漠不见动物的身影,只有狂风肆虐。千百年来,这片土地似乎没有任何悸动,广阔、沉默、贫瘠,但是阿拉伯狼却并没有被这些表象所迷惑,它像一个智者,忧心忡忡地遥望远方,似乎有某种隐形的危险正在缓缓走来。这首诗劝诫我们应当对潜在的危机保持警惕。阿拉伯狼,分布于阿拉伯半岛的沙漠和稀树草原。物语:天地共情,生活安宁。

阿拉伯马

疾驰只须力无穷，静止犹抱风雨终。
生而为马何其幸，足踏沧海回长空。

　　这首诗气势磅礴，蕴含哲理。阿拉伯马在草原上奔雷赛电，潇洒不羁，时而疾驰时而静止。诗人借此传递出深刻的道理：只要体力充沛就能驰骋万里，但只有拥有大智慧的人才懂得止步。自古以来，中国人就非常懂得"进退自如、适可而止"的道理，而拥有如此智慧的人在应对很多问题时都能够游刃有余。阿拉伯马，马科马属，起源于4500年前，为当今世界上最古老名贵的马种。原产于阿拉伯半岛。物语：热血沸腾，奔驰飞行。

阿拉斯加雪橇犬

昨夜花开千万里,皓月飘洒风先知。
雪橇犬领天心意,慷慨激昂欲奔驰。

这首诗歌中出现了多个意象和比喻:花开万朵象征美好的事物,表现出诗人对自然美的赞美之情;皓月和清风指代了幽静纯洁的领域,营造出安宁祥和的氛围;雪橇犬体察到自然天地的心意,它自由驰骋在茫茫雪原之上,慷慨激昂地奔赴自己的理想。通过这首诗我们可以联想到自身:每个人都生而自由,不要因外界的阻挠而迷失方向。阿拉斯加雪橇犬,又名阿拉斯加犬,原产于北美洲阿拉斯加地区。物语:帅气高雅,偶尔拆家。

阿帕卢萨马

风云变幻最无情,来时无影去无踪。
飞奔未觉积雪重,跃蹄似闻飞花声。

"天行有常,不为尧存,不为桀亡",但世间风云变幻同样也是不可预测的。来时无影去无踪,让人不禁联想起一句古诗:"来去无踪迹,缘定何处觅。"面对无法掌控的时光和环境,我们不妨学习骏马扬鬃奋蹄,勇往直前地奔赴自己的理想。人们飞奔在风云之间,就感受不到困难的存在。"跃蹄似闻飞花声"一句非常美妙,似乎是在告诉读者,奋斗本身就是一种幸福。阿帕卢萨马,经引进分布于多个国家。物语:远离震撼,接近喜欢。

埃及鼬

风和阳光不张扬，绿树成荫松枝香。
埃及鼬小胆气壮，欲上巨石称天王。

微风轻拂，阳光明媚，绿树成荫，松枝散发出清幽的香气，这一切让人感到平静而美好。埃及鼬自由自在地生活在这片乐土之上，这里四季如春，食物充沛，鸟兽和谐，它爬上一块岩石就以为登上高峰，甚至想成为这片土地上的王者。读这首诗时，我们会因埃及鼬不知天高地厚的行为忍俊不禁，但又为它"初生牛犊不怕虎"的勇气和理想所感动。埃及鼬，埃及的特有物种，是世界上最小的食肉动物。物语：眼神犀利，通天透地。

安哥拉山羊

风月无边流水寒,方寸留白天际宽。
安哥拉羊静心看,万千孤帆落云端。

　　这首诗描绘了风月无边、流水寒、天际宽等壮丽景象,同时传递出从悲壮到豁达的心理变化。其中,前两句表达了诗人对自然景象的赞美;而后两句则用比喻、拟人和象征的手法,表现出诗人的思想变化。"孤帆"本就有寂寥、不被理解的含义,但它最终落在云端,呈现出潇洒豁达的气度。安哥拉山羊,分布于土耳其草原,以牧草为食,中国及世界各地均有引进饲养,所产羊毛价格昂贵。
物语:路长天远,千古谜团。

安哥拉兔(ān gē lā tù)

白丝玉绒冰魄身,柔情舒卷月光魂。
安哥拉兔安天运,独占晚秋和初春。

诗人驰骋丰富的联想,将安哥拉兔塑造成月宫仙子一样的艺术形象。白丝、玉绒、冰魄、月魂,这四个洁白的意象将安哥拉兔从外及内夸赞到极致。在东西方文化中,春秋两季各自象征着萌发和收获,这与兔子的生活习性很是契合。兔子繁殖能力超强,同时也是财富的象征。这首诗既是一首对生命的赞歌,同时也寄托了诗人对人民富足的美好愿景。安哥拉兔,全身长满丝绒般的浓密细绒毛。物语:柔软御寒,美丽保暖。

安氏林羚

碧水潋滟秋风波，鸿雁声声道离别。
最美莫于枯草色，盛装林羚羞涩多。

深秋时节，天地肃杀。秋水泛起涟漪，似乎是在挽留最后的美景，鸿雁哀婉地鸣叫，预示着长久的别离。这首诗开篇营造的氛围令人感伤，但安氏林羚的出现则带给人们以慰藉。它枯草色的皮毛在阳光下闪耀落日的余晖，让人联想到四季轮转是天道运行的自然规律。它羞涩的风情又似乎在告诉人们：离别虽然难免，但重逢就在不远的前方。安氏林羚，别名白斑羚、非洲林羚；中等体型的羚羊，分布于非洲东南部。物语：天敌众多，照样快乐。

澳大利亚牧羊犬

任由花飞流萤天,夜深听风从未眠。
瞧这眼神多干练,哪个不夸是忠犬。

这首诗歌语言流畅,意象清新,表达了诗人对自然之美的赞颂,以及对澳大利亚牧羊犬的钟爱。诗人观察细致,用生动的描写勾勒出花飞、流萤、夜风等景象,给人以身临其境的感觉。同时,诗人也用"忠犬"来形容澳大利亚牧羊犬的品质,表达出对它们的由衷喜爱。诗中用"干练"来表现其卓而不凡的超群能力,给读者留足想象空间。澳大利亚牧羊犬,别名澳牧牧羊犬,食肉目犬科动物。物语:相互信任,天赐忠臣。

澳洲毛鼻袋熊

风弹枝叶如琴鸣,袋熊蹑足潜去听。
金合欢花正尽兴,柔情似水放高声。

  阳光在林荫间穿梭,像是为它们系上琴弦;风儿随意拨弄,天地间便响起美妙悠扬的旋律。呆萌可爱的袋熊忘记了玩耍,它悄悄地凑近,看到黄金般的合欢花随着琴声摇摆,翕动的花瓣像是在跟随琴音高声欢唱。这首诗犹如一幅美丽的风情画,不仅活灵活现地描绘了袋熊可爱的样貌,更是对澳大利亚独特自然景观的一份珍贵记忆。澳洲毛鼻袋熊,又名昆士兰毛吻袋熊,现仅分布于澳大利亚国家公园。物语:静看日落,听风赏月。

澳洲魔蜥

千古金沙似火烧,澳洲魔蜥照逍遥。
夜幕降临开水道,通体棘刺是法宝。

　　烈日炎炎,沙漠仿佛熔金的火炉,烈焰翻飞。在这片环境极其严苛贫瘠的土地上,澳洲魔蜥却逍遥自在地生活。它饮露水,食蚂蚁,刺甲防身,人类眼里的鬼域竟然是它们的乐园。这首诗文辞生动细腻,让读者能够轻易领会到其中的含义。任何自然界的条件优劣都是相对而言的,引申到人类社会,我们应当尽可能地适应环境,并且对战胜困难始终保持乐观的信念。澳洲魔蜥,又名刺甲蜥、魔蜥,分布于澳大利亚沙漠地区。物语:适者生存,勇者幸运。

巴布亚企鹅

大地冰封百万年，连天白雪窝温暖。
赛跑成为大灾难，事急从天无欲安。

冰雪覆盖的南极大陆，时光缓慢悠长，巴布亚企鹅在这里构筑温暖的巢穴，抚育幼仔。小企鹅要经过赛跑才能争夺父母供给的食物，跑输的"选手"只能忍饥挨饿甚至死亡。"事急从天"这句诗暗示：面对险恶的生存环境只能顺应天意，坦然接受。而"无欲安"这句应当是成语"无欲则刚"的变体。诗人是想告诉读者：过度的欲望是引来危险的祸根，只有理智地控制才能常保平安。巴布亚企鹅，生活于南极地区。物语：育仔奇特，赢者得活。

巴吉度猎犬

雨过天晴挂彩虹，绿茵之上鸟啼风。
猎犬从未忘使命，捕猎本能流淌中。

诗人用优美雅致的词语描绘了雨后的天空，一道美丽的彩虹高挂其中。绿茵之上，鸟儿欢快地歌唱，微风轻拂，让人感受到宁静祥和。"猎犬从未忘使命"引入了猎犬这个元素，猎犬最大的功能就是捕猎，这种本能和使命也流淌在它们的血液中。这首诗给读者以启示：我们是否也能时刻不忘自身的使命，并且坚持不懈地去践行呢？巴吉度猎犬，又名法国短脚猎犬、巴赛特猎犬，原产于法国。物语：风落云端，碧海蓝天。

巴塔哥尼亚獾臭鼬

七窍玲珑样温柔,鬼斧神工浓烈收。
软暴美学叫臭鼬,惊吓以待麝香流。

　　这首诗通过柔软和暴力的对比,表现出一种惊心动魄的美学效果。前两句都是描刻巴塔哥尼亚獾臭鼬的外貌和生活习性,然后,"软暴美学叫臭鼬"一句,是以夸张的手法将柔软和暴力两种看似对立的元素结合在一起,形成鲜明的反差,凸显獾臭鼬给人带来的震撼力。释放麝香抵御威胁原本只是它的生存技巧,却被诗人夸张地比喻成某种武术流派,显得颇为有趣。巴塔哥尼亚獾臭鼬,分布于智利和阿根廷。物语:风到求静,雨来渠成。

巴塔哥尼亚豚鼠

云从风流任东西,开山之势天边起。
最是无奈短草季,急待灌丛花上枝。

　　这首诗所运用的"托物起兴"的创作手法具有中国古典文学的特点,诗人先是以云雾随风流淌、山峰耸立天边的景象起兴,表现了自然的气势和力量。随后指出"最是无奈短草季"的自然规律,从而引出主题,表达了生命对季节变化的无奈和渴望。这种对自然的敬畏,以及对生命的热爱和珍视,都让这首诗具有了深刻的思想内涵和人性关怀。巴塔哥尼亚豚鼠,分布于阿根廷中部和南部的灌木沙漠和草原上。物语:婉约风光,共晒太阳。

巴西树豪猪

秋千倒挂桃花雨,春色染绿树豪猪。
林中重启风云录,不教万弩射江湖。

这首诗开篇两句文辞优美,用工笔画法描绘了粉红的桃花雨中,生机勃勃的树豪猪在枝头倒挂摇荡的惬意景象。后面两句气势磅礴,陡然而起,似乎喻示着在山野丛林这片领地中,因为争斗而重新整饬了自然秩序。不过,树豪猪秉承着"以和为贵"的理念,放弃了用武力参与争夺。确实,在这样美妙的自然世界,何必用刀光剑影来损伤和谐之美呢?巴西树豪猪,树豪猪属动物,分布于巴西和阿根廷等地区。物语:神奇宝贝,勇敢无畏。

白鼻浣熊

海牵江河数百条，从无浪花送今朝。
白鼻浣熊爱热闹，主动上门当萌宝。

　　这首诗展现出了一种轻松欢快的氛围，通过描绘海牵江河和白鼻浣熊的形象，传递出对自然和生命的赞美。江河平静地流淌，汇聚成海，没有浪花送别，似乎在静静地诉说着自己的故事。白鼻浣熊的可爱形象和爱热闹的性格，让人不禁心生爱怜。它"主动上门当萌宝"更是传递出人类和动物之间互动的温暖和趣味。白鼻浣熊，分布于北美南部至中美洲，常出没于人类居住区，以各种昆虫为食，杂食性。物语：盛夏灿烂，阳光满天。

白唇柽柳猴

望天疑是落银河,举目寻亲思考多。
千年海水映皓月,心知肚明两皎洁。

　　夜空中群星闪耀,仿佛银河之水倾泻而出,这样壮观的景象总会令人感觉自身的渺小。诗中"海水"和"皓月"都是亘古不变的存在,常被用来形容永恒,在这首诗中可以理解成无论经历多少挫折,无论是否身处千里之外,对于亲人的思念和深情都不会改变。而双方对于彼此的情意都心知肚明,因而令这份思念少了几分哀伤,多了几分温馨。白唇柽柳猴,又名白唇狨,分布于玻利维亚和巴西及秘鲁。物语:巾帼首领,照样从容。

白唇鹿

风云相悦天辉煌，白唇鹿携满庭芳。
金石为开风怀壮，奋蹄长啸志飞扬。

　　风云相悦，花草缤纷，白唇鹿踏花而来，这是一幅多么恬静唯美的画面，让人们感受到生命的灵动和美好。"满庭芳"本是词牌名，用在这首诗中一语双关，增添了不少典雅的气息。随后，诗人通过"金石为开风怀壮"和"奋蹄长啸志飞扬"这两句表达远大的志向和激昂的志气，让读者读后不禁血脉偾张。白唇鹿，又名白鼻鹿、黄鹿、扁角鹿，大型鹿类，中国特有的珍贵动物，分布于青海、甘肃、四川、云南、西藏。物语：春秋争艳，繁华在天。

白袋鼠

万水千山等闲长,沧海桑田无限方。
天地任尔换花样,突变只当是寻常。

这首诗中,诗人用"万水千山等闲长"表达了时间漫长、山高水远,人生路途漫长而崎岖;"沧海桑田无限方"则比喻世事变化无常。人生百态,种种变迁,皆在沧海桑田之中;"天地任尔换花样"这句凸显了天地广阔,人生之路变幻莫测,充满无限可能;"突变只当是寻常"是这首诗的中心思想,意思是当面对变化和挑战时,人们应该保持平常心态,从容应对。白袋鼠,哺乳纲,袋鼠科。物语:科学奇幻,就在眼前。

白虎

月入丛林照鲜活，星落银河群雄多。
风云雕琢景疏阔，青龙白虎有几何。

　　月照花林，生机勃勃。星落银河，传唱颂歌。古往今来，天地间的英雄豪杰就像银河中的群星一样浩渺繁多，他们曾经被万众瞩目，辉映古今，人类历史因为有了他们而熠熠生辉。但是，尽管都是英雄，像青龙白虎这样神奇威猛的又有几个？这首诗用铺垫和层层递进的修辞手法，凸显了白虎的珍稀可贵，也为读者塑造了一个高不可攀的神话般的艺术形象。白虎，中文学名白化孟加拉虎，猫科豹属动物，野外已灭绝。物语：高光时刻，顶峰之歌。

白脸卷尾猴

春销冰雪得暖光，绿林枝条影子长。
白脸卷尾好模样，五百年前是同乡。

　　春天旭日和暖，冰雪消融，天地间一派生机盎然。树木换上新装，枝条修长曼妙的影子拖曳在地上，婀娜多姿。白脸卷尾猴蹲在枝头，长尾惬意地摇摆，无所事事地享受春光。接下来诗人的笔触变得有些许忧伤，"五百年前是同乡"这句用虚幻的乡愁情怀勾起了人们的思绪，让我们意识到这些动物都曾经是人类的远亲，有着千丝万缕的联系。白脸卷尾猴，卷尾猴科，卷尾猴属，原产于南美洲的哥伦比亚和厄瓜多尔。物语：适应起落，尽情穿越。

白脸僧面猴

举头三尺有神明,百毒不侵且春风。
勘破红尘水借镜,是座雨林就纵情。

    这是一首很有意思的诗,前三句中各运用了一个成语或俗语:"举头三尺有神明"意思是做事要有敬畏之心,要考虑神明的存在,所以我们做人做事要坚守道德底线;"百毒不侵"表示要淬炼自身的技能,提高思想境界,才能不被俗世中的种种困厄所扰;"勘破红尘"寓意人们应当清醒认知事物的本质。诗人是想劝诫世人保持澄明的心境,活得纯粹真实。白脸僧面猴,又名南美白脸猴、白脸狐尾猴。物语:抗毒之王,独特长相。

白色松鼠

百花盛开香有余，把酒不及明月出。
三山可否留春住，且问眼前白松鼠。

这首诗流露出淡淡的怅惘。百花盛开，本是一派热闹富贵景象，但诗人却觉得香气有余，后劲不足。不如让花朵依次绽放，也许那样的话，美丽的时光就能延续得更加长久。而"把酒不及明月出"一句则显露出一种焦躁的情绪，似乎在说人们急于享受欢愉时光，甚至等不及月亮东升。春色再美也终将消散，一如我们的生命之水，滚滚东流。白色松鼠，又名白松鼠，生活于英国柴郡马布里国家公园，极为罕见。物语：白化奇迹，自然而致。

白头美狐猴

千古劲树长成林，万载风雨次第新。
白头从不理风信，心底快乐满眼春。

　　这首诗借景抒情，表达出一种豁达开朗的气度。诗中的"千古劲树"和"万载风雨"对仗工整，塑造了一个久历风雨依然淡定从容的艺术形象。白头美狐猴从不关心风向和气候的变化，率性自得地生长。尾句"心底快乐满眼春"令人联想起苏轼的名句"此心安处是吾乡"。整首诗寓意深远，即使岁月沧桑更替，只要心境强大就能获得长久的安乐。白头美狐猴，又名白额狐猴，分布于非洲马达加斯加东北部。物语：调整心情，自然功成。

白头叶猴

遥望新绿长不休,春风一夜吹白头。
猴王若是不迁就,怎得花香满山流。

这首诗描绘了春日远眺所见的景象,山林蓊郁,木叶滴翠,年年岁岁花相似,实际上年华流转,再健旺的生灵也难免白头。诗中"猴王若是不迁就,怎得花香满山流"似乎是在暗示着某些事情需要妥协和迁就,才能够实现美好的结果。白头叶猴领袖率领庞大的族群,要承担守卫种族的重任,殚精竭虑,即使不是天生白发,想必迟早也得愁白头吧。白头叶猴,猴科,叶猴属,中国特有物种,野生群仅分布于广西崇左市。物语:携手同行,漫步春风。

白秃猴

洪泛森林烟云新，阳光更比往日勤。
枝条蓬勃花叶嫩，罗扇轻摇睡意深。

这首诗宛如一幅美人春睡图。春日午后，洪泛森林的景色清新迷人，云雾弥漫在林间，阳光被折射出朦胧的意境，花叶娇嫩，生机蓬勃，让读者感受到大自然的神奇和美丽。白秃猴在诗人的笔下仿佛幻化成一个娇柔的女子，又或许是个天然不事雕琢的精灵，她卧在花叶间泛起春困，手中的轻罗小扇渐渐停止了摇动，喻示着她已不知不觉香梦沉酣。白秃猴，僧面猴科，秃猴属，分布于巴西和秘鲁。物语：大胆品尝，尽情欣赏。

白腿大羚羊

春夏味道慢品尝，碧海不限草风光。
嫩芽未及长希望，又被绕个满口香。

又是一年春来到，百花绕枝俏。万里草场如茵，镶嵌点点棕红，那是白腿大羚羊星罗棋布在草丛之间，尽情品尝嫩草的滋味。经过贫瘠的严冬，它们终于迎来丰饶的季节。来不及等到嫩芽长成，它们便迫不及待地大快朵颐起来。整首诗呈现出一种和谐、宁静、恬美的氛围，我们似乎能够听到它们呦呦的鸣叫，闻见草原的芳香。白腿大羚羊，又叫白面牛羚。偶蹄目牛科动物，分布于南非，津巴布韦和纳米比亚。物语：草原之上，无风起浪。

白臀叶猴

风云流动天晴朗，高树婆娑叶递香。
西游悟空没换样，照在海南摘果忙。

　　这首诗描绘了风云流动、天晴树高的美丽景象，同时也散发着海南的独特气息。诗人运用了形象生动的文笔，将风云流动、高树婆娑等多种元素融合在一起，展现出富饶的景象。诗人将孙悟空的形象巧妙地代入其中，显得生动有趣。我们仿佛看到孙大圣云游到海南，乐而忘返地当起了摘椰子的打工人。白臀叶猴，猴科下的一属，共有3种，在灵长目动物中色彩最为绚丽，分布于缅甸、中国海南岛等。物语：冬雪夏景，春秋深情。

白尾角马
bái wěi jiǎo mǎ

cǎo yuán bì lǜ yǒu sì wú, qiū dōng gēng dié bǎi cǎo kū
草原碧绿有似无，秋冬更迭百草枯。
zì shì hǎo chūn guān bù zhù, fēng shèng qiě dài fēng hé yǔ
自是好春关不住，丰盛且待风和雨。

　　这首诗勾描了春天的生机勃勃和草原的翠绿美丽。春草连天，烟笼雾罩，让人分不清它的边界。天降甘霖，万物复苏，草木欢欣雀跃地抽条展叶，意味着一年里最丰盛的季节来临。我们一定要珍惜时光，细细欣赏，要不然转瞬之间它就会被秋风染黄，难以寻觅。这首诗情感丰富，传递出诗人对生命的热爱，以及对自然美景的珍视。白尾角马，又名白尾牛羚、非洲角马，哺乳纲，牛科，角马属，分布于非洲南部地区。物语：四季循环，任兴浓淡。

白尾鹿

夏夜浓香似芙蓉,草底红粉乱春风。
白尾不知头角硬,差点刺向广寒宫。

仲夏梦暖,暗香习习。这首诗开篇描绘的虽是夏夜,却让人感到春意盎然。年轻的白尾鹿精力充沛,在林间草丛踯躅不定,寻觅梦中的爱侣。头上锋利的犄角威风又莽撞地刺向夜空,诗人夸张且诙谐地形容它"差点刺向广寒宫",让这幅画面瞬间妙趣横生。白尾鹿,鹿科空齿鹿属的大型食草动物,分布于北美和中美洲及秘鲁北部,吃草类及各种各样的植物,适应力极强,通常单独或以家庭为主组成小群体活动。物语:游泳健将,迎风踏浪。

白尾长耳大野兔

入冬时节待开春，谋生之计在于勤。
跳高功夫若长进，借来风雨洗红尘。

  入冬时节，草木凋零，万物静默，等待开春。诗人在第二句就鲜明地点出了主题，只有勤劳才能生存，这是一种非常朴素的价值观。在人生各个阶段，我们都需要耐心，等待机会或者好运的到来，用辛勤的劳动不断积累财富，最终拥有富足的生活。诗歌的后两句可以理解成我们需要不断提高自己的能力，就像跳高一样，不断挑战自己的极限，经历风雨的洗礼，收获彩虹般的成果。白尾长耳大野兔，分布于北美地区。物语：生态系统，天地大成。

白纹牛羚

万物兴旺天长存,风云再赠一枝春。
若问草原谁幸运,白纹牛羚可耳闻。

在辽阔的天地间,大自然以自己的节奏缓慢且坚定不移地运行,物种的衍生消亡都应当由大自然来抉择,不能轻易被打破。曾经,白纹牛羚因为人类的偏见遭无辜捕杀,导致物种数量减少,食物链断裂,而由此产生的破坏效应最终会反噬人类自身。幸好"风云再赠一枝春",经过有识之士的长期保护,它们又逐渐恢复生机。白纹牛羚,牛科转角牛羚属,分布于南非的开阔草原。
物语:爱护物种,天佑生命。

白象

日照万物噌噌长，风吹稻浪天下香。
暹罗虔诚供白象，回塘无处不明黄。

    日照充足，万物生长，稻浪起伏，天下弥香。人们辛勤劳作，也不忘感恩自然的恩赐。这首诗充分展现了自然和人文之美。在泰国文化中，白象是神灵的代表，人们供奉它以传递对神灵的敬畏。诗中"回塘"是曲折的堤岸，"明黄"则是皇室的代表色。所以我们可以理解成泰国人民将丰收的喜悦转换成对神灵、对皇室的感恩和尊崇。白象，大象的稀有品种，泰国的圣物，象征着至高无上的智慧和无穷的力量。物语：白象崇高，王室珍宝。

白鼬

皓月如雪风未眠,入夜忙碌天地间。
白鼬出动鼠逃窜,捕手名号非虚传。

　　这首诗歌描绘了寂静的夜景,皓月如雪,将大地照映得洁白一片。清风徐徐,颇有兴致地观望原野上的动静。白鼬敏捷地出动了,鼠类惊慌失措地闻风逃窜,捕手的英勇形象也在这一场景中得到了体现。诗人用简洁的语言勾勒出夜色的静谧和白鼬迅捷的行动,为我们展现了自然界中生动有趣的瞬间。白鼬,又名扫雪鼬、短尾黄鼠狼,分布于欧亚和北美等地区,亦见于中国东北及西北,生活适应力强。物语:小酌取暖,皮草勿穿。

白掌长臂猿

回眸道尽万种情，放眼收回千座峰。
若非天摇地不动，白掌早已在山东。

这首诗歌表现了诗人对家乡的思念之情。前三句诗描述了诗人极目远眺，回忆起家乡的万千景象；但收回视线时，却发现自己身在异乡，难免孤独寂寥。最后一句则表达了诗人对家乡的深挚情感，即使经历风雨和磨难，仍不忘初心，希冀回到故土。在艺术表现上，这首诗歌运用了对比手法，将"回眸"与"放眼"、"万种情"与"千座峰"进行对比，强调了对家乡的深情厚爱。白掌长臂猿，分布于越南、中国云南等地。物语：天地玉成，自然风景。

班韦乌卢湖牛羚

轻声细语花无缺，阳光明媚影重叠。
自由自在平安过，夜晚双双游星河。

诗中提到的"花无缺"是古龙的武侠著作《绝代双骄》中的人物，诗人借这个形象来描述班韦乌卢湖牛羚优美的体态，以及人们对这个珍贵物种的重视。在人类的庇护下，班韦乌卢湖牛羚生活得悠闲惬意。白昼时分，和煦的阳光照映着双双对对的俪影；夜幕降临，它们甜蜜地相伴出游，共渡云海揽星河。班韦乌卢湖牛羚，牛科食草动物，分布于非洲赞比亚东北部的班韦乌卢湖，仅在湿地和私人狩猎场生活。物语：格局无边，物种全面。

斑鬣狗

干旱逢雨好时光,草美物种悠闲长。
顶级猎者不一样,目光导致风躲藏。

诗人敏锐且准确地捕捉到斑鬣狗凶猛的性格特征,以及擅长集团军作战的生存智慧。别看它们生活的环境干旱贫瘠,但是等到雨季到来,草木葱郁,这里就会变成它们捕猎的天堂。斑鬣狗奔跑时迅疾如电,休憩时依旧威势十足,睥睨的眼神吓得荒漠干风逃之夭夭。诗人用夸张的手法将斑鬣狗描绘得生动传神。斑鬣狗,又名斑点鬣狗,鬣狗科,斑鬣狗属,分布于非洲撒哈拉以南的半荒漠或热带草原等。物语:围猎天才,动物之害。

斑林狸

山峦叠翠波光起，月色覆盖墨云衣。
狩猎无声好视力，虎踞龙盘斑林狸。

　　山峦叠翠，波光潋滟。皎月笼罩万物，如梦如幻。起伏的山川沃土仿佛披上墨云般的罗衾，温馨而安详。斑林狸在这撩人的月色中，施展出狩猎的好本领。它目光敏锐，动作迅猛，虽然身躯娇小，但在捕食猎物时却能呈现出令人胆寒的威力。诗人细腻勾描了斑林狸的生活习性，展现出它灵动勇猛的风采。斑林狸，又名虎灵猫，林狸科，林狸属，中国最小的灵猫科动物，独居于树洞，夜行性。物语：枝头斑驳，刻画岁月。

斑马

夕阳之美壮山河，晚霞轻盈定风波。
斑马走进永恒色，只因天地情太多。

　　白日耀山河，云霞如彤练。斑马悠然地踏进画中，微风从野草和它的鬃毛上轻轻拂过，仿佛跳跃的音符。时光也不忍移动，希望能留下这唯美的一刻。苏轼的《定风波》中有言："回首向来萧瑟处，归去，也无风雨也无晴。"诗人反用此义，她笔下的天地万物脉脉含情，似嬉笑，似呢喃，令观者物我两忘。斑马，为现存奇蹄目马科马属3种动物的统称。因身上具有保护作用的斑纹而得名。非洲特有品种。物语：黑白连天，四季安然。

斑纹角马(bān wén jiǎo mǎ)

乘风破浪雄浑开,百万角马奔腾来。
吞噬无处不等待,悲壮之声动地怀。

这首诗描写了一幕壮观的角马奔腾的场面,展现了自然的力量和生命的顽强。整首诗节奏强劲,气势雄浑,给读者留下了深刻的印象。诗人用"乘风破浪"这个词语,表现出角马奔腾时自由奔放的动感。而"吞噬无处不等待"这句则让人仿佛听到马群的悲鸣,继而引发出读者深切的同情。斑纹角马,又名普通角马、蓝牛羚,哺乳纲牛科牛羚属食草动物,分布于非洲多个国家,栖息于各种草原,以青草为主食。物语:似曾相识,不可复制。

斑嘴环企鹅

芳华绝代乱银河,春心荡漾对情歌。
清风无价难止热,深海温度凉得多。

诗人先是用"风华绝代"赞美了斑嘴环企鹅迷人的外表,继而描绘了它们丰富的情感世界。它们看向彼此的眼神是如此温柔,充盈胸口的爱情又是如此炙热,即使万里清风都难以令温度消退。它们投身到寒冷的海水之中,尽情品尝爱情的硕果。这首诗在情感表达、意象运用和语言表现等方面都很出色,展现出诗人优秀的创作功力。斑嘴环企鹅,又名非洲企鹅、黑脚企鹅,分布于非洲西南部沿岸水域。物语:叫声如潮,风光独好。

豹猫

花海再深不起云，天下难耐好奇心。
豹猫疑惑匆忙问，水底来者哪路神。

　　花枝繁茂，蔚然成海，中间镶嵌着如银镜般的山溪水塘。微波荡漾，唯美的身影在水面划出流畅的弧线，倏忽一晃即逝，引得豹猫蹑手蹑脚地前来探看。诗人将水底神秘的生物描写成神仙样的存在。确实，对于陆上动物包括人类在内，水底是丰饶且莫测的世界，尽管豹猫终日在水边活动也难以探究真相。豹猫，又叫狸猫、石虎、野猫。猫科豹猫属动物，广泛生活于中国绝大多数地区及周围国家。物语：力非等闲，身手矫健。

豹纹守宫

满山遍野绿正浓，悠悠风云朗朗空。
守宫调皮又任性，却敢青睐红尘情。

　　绿色常常与自然和生命力联系在一起，而漫山遍野的绿色更是为世界带来宁静与和平。风轻云淡，碧空如洗，豹纹守宫在这个美好的季节，尽情享受生命的喜悦。它虽然只是自然界一个渺小的生物，却很向往人世间的浪漫爱情。诗人笔下万物之间的情感是共通的，尤其是对爱情的憧憬。豹纹守宫，有鳞目壁虎科动物，原产于印度及巴基斯坦周边国家，地栖性，行一雄多雌制。居住于野外大部分可生存之处。物语：阴晴冷暖，流年沉淀。

北黄颊长臂猿

不期而遇温暖风，眼神生动含长情。
芳华忽传相思令，何不送条连心藤。

爱情就像一场不期而遇的温暖风暴，让人心动不已、感慨万千。北黄颊长臂猿被诗人塑造成情感丰富的艺术形象，它们灵动的双眸充溢着脉脉温情，举手投足都小心翼翼，生怕唐突了心仪对象。诗人别出心裁地用"相思令"营造出温暖缠绵的氛围，而"连心藤"是心灵相通、感情相连的象征，表达了诗人对相爱之人的美好祝福。北黄颊长臂猿，分布于柬埔寨和老挝及越南，栖息于热带雨林，行雌雄单配制。物语：景尽其中，时光寒冷。

北极狐

天地空灵何须妆,玉凝冰轮流光长。
北极狐换新花样,转眼穿上雪服装。

这首诗歌非常优美,将北极狐纯洁可爱的特质描绘得入木三分。天地空灵,万籁寂静,玉凝冰轮,流光长存。这些精妙的意象为读者构建了一个美轮美奂的艺术空间,让人感受到了大自然的美妙和神秘。北极狐换上雪白的裘皮,细长的绒毛被月光映照,像是镀上一轮皎洁的光环。它踏雪无声,来去无踪,黝黑的双眸纯真地凝视着这个世界。北极狐,犬科动物,有4个亚种,主要分布于北美洲、北极等地区。物语:迅速变装,生活多样。

北极狼

锐利无比刺骨风,寒彻天地不开晴。
北极狼斗冰雪境,骁勇善战为求生。

　　北极狼生活在严寒的极地,它的斗志和勇气在冰雪环境中得到了充分的淬炼。即使是在刺骨的寒风中,北极狼也能保持清醒的头脑和骁勇善战的状态,为了生存而不断奋斗。这首诗很像是一篇战斗宣言,鼓舞人心,激励人们不畏艰险,勇往直前。我们也应向北极狼学习,在恶劣的环境中坚韧不拔,顽强生存。北极狼,又名白狼,犬科,犬属,中等体型,冰河时期的幸存者,主要分布于北极地区。物语:等级分明,抱团谋生。

北极兔

狂风大作扫红尘,铺天盖地雪妆新。
北极兔已稳住阵,快步前往掌乾坤。

狂风呼啸、扫荡红尘,天地一派壮观。在铺天盖地的雪花中,北极兔镇定自若地占据了有利地形,韬光养晦,准备到风雪重建的新世界去执掌乾坤。这首诗用拟人手法构建了一个充满想象力的艺术空间,同时展现了环境的恶劣和莫测。我们可以深切感受到北极兔身上寄寓了诗人对于勇敢、睿智、魄力等美好品质的推崇。北极兔,又名山兔、蓝兔,兔科,兔属,分布于加拿大和格陵兰岛,体型巨大。物语:风雷雪虎,熟视无睹。

北极熊

冰清玉洁任风旋,蔚为壮观北极圈。
滴水穿透海浪漫,白熊独享雪花天。

　　洁白的雪花在空中婉转飞舞,将北极圈铺设得恍如玉楼仙宫。这个世界美轮美奂,同时也因苦寒而生命罕至。但这滴水成冰的天地却是北极熊的乐园。它们厚厚的绒毛能遮蔽寒冷,壮硕的身躯蕴满能量,它们是北极的天选之子,天生的王者,在无垠的冰原之上和雪花浪漫共舞。诗人用轻盈细腻的笔调描绘了北极熊悠然自得的生活,让人不禁心生憧憬。北极熊,又名白熊,熊科熊属,分布于整个北极圈的冰层覆盖水域。物语:雄霸北极,雪藏诗意。

北美灰狼

杀气腾腾恼火天,欲擒欲纵两为难。
灰狼太多必成患,春入冬寒夜不眠。

北美灰狼的凶猛好斗已经威胁到人类的安全,但是人类在欲擒欲纵之间感到为难。一方面因为灰狼太多而担心其成为祸患,另一方面又担忧捕杀会造成灰狼族群的灭绝,以至于破坏了当地生态环境,酿成更严重的后果,"春入冬寒夜不眠"一句就暗示了这种左右为难的态度。近年来,越来越多的人期待与动物和谐共处,但生态问题往往十分复杂,需要科学地分析解决。北美灰狼,北美洲灰狼亚种的统称。物语:狼满为患,喜忧参半。

北美猞猁

江河行走日月天，追凉雪川去又还。
经事长智多历炼，物知如此惜本源。

这首诗充满了诗意和哲理，它描绘了江河日月的宏大景象，表达了人们追求美好和不断成长的愿望，也强调了珍惜本源的重要性。江河在日月的照耀下流淌，壮观的自然景象让人类清晰地感到自己的渺小无力，同时也让我们意识到不断奋斗、探索真理的必要性。"物知如此惜本源"强调人们应该回归初心，珍惜自己的根源，才能更好地前行。北美猞猁，分布于北美洲，栖息于加拿大和美国北部的针叶林及高山。物语：守株待兔，从不失误。

北美驯鹿

冬铺天下无敌雪，夏火燃烧懒云窝。
北美驯鹿时光客，长角如树风消磨。

这首诗运用了富有张力和感染力的词汇，如"无敌雪""懒云窝"，以及描绘北美驯鹿的"时光客""风消磨"，令人感受到了岁月如"九霄环佩"般贯穿古今、揽风过云。从诗歌的主题来看，北美驯鹿的形象寄托了诗人对自然之力的崇拜，同时表达出对时光如梭的感慨。北美驯鹿，鹿科，驯鹿属，原产于北极地区，野生种栖息于苦寒冰雪之地，雌雄都有角，体型健壮，喜欢成群结队，以草、灌丛和苔藓为食。物语：逆天而活，从不寂寞。

北山羊

欲坠夕阳舍山美，晚霞出阁云烟飞。
天下无物可比对，有出有行有回归。

　　黄昏降临，落日欲坠，山峦笼罩在余晖当中。晚霞浮现，云烟飘荡，给人一种超脱的感觉，似乎所有的忧虑都烟消云散。北山羊行走在美景当中，走向它的家人和温暖的族群。这首诗表达了自然的壮丽和万千变化，同时也传达了在自然中行走悠然自得的感受。整首诗歌文辞优美，给人以宁静、舒适的观感。北山羊，又名亚洲羚羊，偶蹄目牛科山羊属，分布于中国新疆、甘肃、内蒙古等地区，印度和阿富汗及蒙古国也有。物语：天然之美，沉醉山水。

贝尔山绿猴

飞花忽觉浓香少,卧于枝头恨天高。
绿猴王子行情俏,回眸身后多芳草。

　　这首诗以"飞花"为引子,首先营造了一个微带幽怨的意境,接着以"卧于枝头恨天高"形象描写了贝尔山绿猴的孤独和不满,最后以"回眸身后多芳草"带出了绿猴王子发现芳草并不远在天涯,而是近在身边的惊喜。整首诗以简洁的语言,通过形象的描写和意境的营造,反映了诗人对人生的观察和思考。贝尔山绿猴,分布于埃塞俄比亚,栖息于近水源的热带稀树草原,一雄多雌制。物语:付出真情,收下隆重。

贝灵顿㹴

顺势而起花木深,㹴犬变化艺术品。
羊里羊气贝灵顿,浩然正气凛然心。

　　这首诗充满了意象和隐喻,给人留下深刻印象。"顺势而起花木深"让人联想到蓬勃发展的自然世界。"㹴犬变化艺术品"则是用㹴犬来比喻一种独特的个性与才华,强调了它与众不同的特殊价值。"羊里羊气贝灵顿"这句很有趣,诗人运用戏谑的笔调勾描出贝灵顿㹴软萌可爱的形象。最后一句"浩然正气凛然心"为整首诗落下沉甸甸的尾音,表达出诗人对高尚的精神内涵的推崇。贝灵顿㹴,又名绵羊犬,原产于英国。物语:喜欢追捕,热情十足。

比利牛斯臆羚

千树花开绿叶间，放眼欲望万里远。
名山大川若相见，唯恐再等数百年。

诗人通过细腻的描写和夸张、拟人的手法，临摹出树木葱茏、山川秀美的景象。在诗中，她先用"千树花开绿叶间"来形容自然景色的缤纷多彩，展现了树木葱茏、花团锦簇的美景。而"放眼欲望万里远"则表达出她对于自然美景的向往，让读者感同身受。最后一句极其夸张地体现出诗人对美景依依不舍的情绪。比利牛斯臆羚，分布于西班牙的高山草甸、岩石区、森林覆盖的山谷低坡上，以草和嫩枝叶为食。物语：任由变迁，自信满满。

边境牧羊犬

飘逸如云快如风，边境再远照奔腾。
野庭牧羊下指令，热情洋溢追明星。

  边境牧羊犬在草原上轻盈、迅疾地奔跑，自由自在，无拘无束。"野庭"的本意是指殿堂前空旷的庭院，这个词汇的加入令整首诗的意境豁然开朗，更带上几抹神话的色彩。我们可以驰骋想象的翅膀：无垠的草原是自然之神的花园，狗狗欢快地在花丛间穿梭。这时，天际飞驰的流星吸引了它的注意，它追寻着灿烂的轨迹，兴致盎然地和飞星赛跑。边境牧羊犬，原产于苏格兰和英格兰国境附近的诺森伯兰。物语：历经千年，性情不变。

蝙蝠耳狐

撒哈拉漠风暴多,帷幄在天无选择。
蝙蝠耳狐未示弱,矢志不渝爱生活。

  白昼暴晒如燃,夜晚冰冻三尺,在自然条件极其恶劣的撒哈拉沙漠,依然生存着很多生物。蝙蝠耳狐捕食白蚁,抱团取暖,不屈不挠地面对生活。诗中"矢志不渝爱生活"这句直白,具有很强的震撼力。法国作家罗曼·罗兰曾说过:"世界上只有一种英雄主义,就是看清生活的真相之后依然热爱生活。"在诗人眼里,蝙蝠耳狐显然是具有英雄气概的可敬生物。蝙蝠耳狐,犬科,生活于气候恶劣的非洲。物语:逆境求生,天地感动。

扁头豹猫

雨霁霞红连理枝，赤日入水捉鱼急。
如今失去栖息地，豹猫回首夺冠时。

　　雨后天晴，红霞漫天，形色的阳光照映在交错的树木枝干上，显得缠绵而多情。扁头豹猫迫不及待地从避雨的地方冲到水边捕捉猎物。"如今失去栖息地，豹猫回首夺冠时"简明扼要地阐述了豹猫曾经是技艺高超的捕鱼能手，无奈现如今它们的栖息地已经被破坏，它们只能在艰难求生的缝隙中偶尔回忆曾经的荣光。扁头豹猫，分布于马来西亚、文莱及印尼等地区，栖息于森林就近水域。
物语：该等就等，愿望达成。

变色龙

天赐一袭绝色装,左顾右盼含意长。
变色龙立琼枝上,卷完春欢卷秋香。

　　诗人借变色龙艳丽的色彩和独特的习性,塑造了一个风华绝代的艺术形象。她所到之处,大地绽放朵朵春花;她立在琼枝之上,俯瞰生机盎然。春华秋实,四季各擅胜场,都被她恣意珍藏在记忆之中。这首诗的意境优美,将自然界的元素巧妙地结合在一起,表现了诗人对自然之美的欣赏和向往。变色龙,中文名避役,爬行纲避役科动物的统称,主要分布于非洲大陆及马达加斯加岛屿,亚洲和欧洲南部也有。物语:无须吹灰,享尽美味。

冰岛牧羊犬

挥手浑似云飞扬,足踏柔软透气香。
冰岛牧羊犬张望,何处还有工作狂。

  这首诗形象地描绘了冰岛牧羊犬的特点和生活方式。它们摇动尾巴,像是在对主人热切地挥手,蓬松的长毛在空中宛如云彩飞舞。它们在柔软的雪地上轻盈地奔跑,梅花般的足印似乎透出缕缕芳香。冰岛牧羊犬是出了名的工作狂,它们一生尽忠职守,是牧人最信赖的伙伴。读这首诗时,我们对冰岛牧羊犬的喜爱会油然而生,也会为它们的忠诚而深深感动。冰岛牧羊犬,又叫冰岛犬,犬科、犬属。分布于欧洲冰岛。物语:忠诚果敢,工作为先。

波尔山羊

春风月光比温柔，白云朵朵暗含羞。
眸子凝结千秋秀，化作春泥为相酬。

春风沉醉的夜晚，月光更显温柔，就连白云也羞怯地放慢脚步。在如此温馨恬静的氛围中，波尔山羊温驯的目光见证了日月流转，四季更迭，它希望死后能化作春泥，酬报大自然的恩赐。这首诗充满丰富的想象力，诗人眼中的万物与大自然之间存在着深厚的情感呼应，令人感动。波尔山羊，牛科，山羊属，原产于南非，世界各地均有饲养，性格温顺，易于管理，耐粗饲，放牧或舍饲皆可。物语：尘缘若尽，素颜惊春。

波兰德斯布比野犬

栉风沐雪两百年,花香鸟语换人间。
忠诚担当从未变,如今已成导盲犬。

    这首诗歌描绘了波兰德斯布比野犬被驯化后,和人类相依相伴两百年的历程。在漫长的岁月中,花香鸟语不断变换,但波兰德斯布比野犬忠诚担当的精神始终如一。如今,它已成为导盲犬,继续为人类服务。诗歌的开头以"栉风沐雪"形容艰辛岁月,表现了其顽强的毅力和不屈的精神。而"忠诚担当从未变"则强调了它始终如一的职责和担当,表达了它对人类的忠诚和奉献精神。波兰德斯布比野犬,犬科动物。物语:山河万里,未来可期。

波斯猫

风起云涌何时了，洁白无瑕波斯猫。
绿草如茵阳光照，自由自在心情好。

这首诗描述了面对自然界的风云变幻时淡定从容的心态。诗中的"风起云涌"暗示着天气的剧烈变化，我们可以引申为人生路上的坎坷不平。而"何时了"三字则体现出诗人认可这种挫折是常态，因此需要用平常心来对待。后面几句充分描绘了波斯猫的美丽和自由自在的状态，整首诗传达出深刻的含义：我们应该珍惜生命中每一个时刻，即使遭遇挫折也不必心怀怨怼。波斯猫，在英国选育繁殖而成的长毛猫。物语：性格温顺，与人亲近。

不丹羚牛

天地趣事出山河，春花秋月美好多。
时光独爱不老客，羚牛谱成兴旺歌。

　　这首诗描述了大自然的美丽和神秘，以及时间对万物所产生的不可思议的影响力。诗人把视野扩展到整个天地之间，让我们感受到在这个广袤的世界中，有趣的事情在不断发生。不丹羚牛勇猛善良，很有责任感，这些美好品质深得时光之神的青睐。它赐予不丹羚牛良好环境，让它们长长久久地繁衍生息。不丹羚牛，牛科，羚牛属，主要分布于加萨地区，生活于中国西南部和不丹接壤的边境森林及草坡。物语：食草动物，刀枪不入。

不列颠哥伦比亚狼

高空飞雪未远游,风若吹落万事休。
冰钻石林水晶秀,时隐时现捕猎手。

　　白雪飞舞,停在枝头,雕塑出万顷玉树琼花。朔风吹过,雪坠如雨,掩盖了无数喜怒悲欢。曹雪芹在《红楼梦》中写道:"好一似食尽鸟投林,落了片白茫茫大地真干净"。诗人笔下的"风若吹落万事休"似乎也有这个寓意。皑皑白雪构筑的天地间,不列颠哥伦比亚狼如猎手悄然出现,大地归于纯净静谧,任何响动都格外明显。不列颠哥伦比亚狼,分布于加拿大的不列颠哥伦比亚的大部分地区。物语:凶猛至极,什么都吃。

彩虹飞蜥

风吹一夜春回还，醉客兰花满林间。
彩虹飞蜥遂心愿，捉虫保护可可园。

诗中的"春回还""兰花""林间"等词语，都是明显的自然元素。通过描述这些自然景物，诗人为我们呈现出一个充满生机和活力的自然世界。同时，"醉客""遂心愿"等词语也蕴含情感色彩，使得整首诗充满了情感共鸣。彩虹飞蜥捉虫是它的行为，保护可可园是它的理想，这两句则描刻了彩虹飞蜥的生活习性，又让读者联想到生物对于自然环境的重要性。彩虹飞蜥，分布于非洲中部及西部，栖息于热带雨林中。物语：挥别黄昏，迎接清晨。

仓鼠

翡翠画屏小雪团,玉手纤纤在心间。
只要有缘就约见,今晚同上月牙船。

　　翡翠画屏后,隐约露出一个倩影。她婀娜的身姿像是梅枝映雪,纤纤玉手轻抬,宛如西子捧心般楚楚动人。这首诗让人不禁联想起卓文君听相如抚琴、红拂女巨眼识李靖的历史典故,令人浮想联翩。诗的后两句,主人公约请有缘人同上月牙船,这无疑是个令人向往的约会。看来这位佳人不仅美丽,还有着洒脱浪漫的气质。仓鼠,仓鼠亚科,分布于欧洲和非洲及亚洲北部,以植物种子及果实为食。物语:储粮越冬,大脑好用。

长鼻猴

天地历经亿万年,日月轮值风领先。
奇葩等闲雨林见,长得越长越喜欢。

  四季花开九州里,日月轮转听天语。这首诗通过描写天地万物的变迁,展现了时间的流逝和自然的神奇。天地间存在着许多美妙的景象和生命,譬如长鼻猴生长在雨林,它们鲜为人知,珍奇而神秘,像是朵朵瑰丽的奇葩盛开在幽密的角落。它们独特的长鼻子可爱又有趣,诗人用"长得越长越喜欢"描述了人们看见长鼻猴时兴趣盎然的心情。长鼻猴,又叫天狗猴,世界著名的珍奇动物,分布于东南亚婆罗洲及周边地区。物语:无与伦比,冷暖自知。

长鼻浣熊
cháng bí huàn xióng

shū liǔ fēng jìng yè yǐ shēn　　xià chán wú yàng qiě xiāo hún
疏柳风静夜已深，夏蝉无恙且销魂。
cháng bí huàn xióng duì tiān wèn　　kě fǒu yīng yǔn mián bái yún
长鼻浣熊对天问，可否应允眠白云。

  这首诗呈现的是夏夜的景色。前两句描绘了夜晚的清凉和静谧，稀疏的柳条和寂静的风表明夜已深沉，就连"夏蝉"的鸣叫也变得悠远，更像人在低语呢喃。长鼻浣熊陶醉在花前月下，无意间它看到天空中柔软的云朵，渴望能够飞到夜空，枕着白云入眠。整首诗充满了夏夜的唯美情调，也不乏浪漫主义色彩。诗人的创作视角不拘一格，文笔流畅洒脱。长鼻浣熊，分布于委内瑞拉、哥伦比亚、厄瓜多尔的安第斯山脉。物语：诙谐周旋，无所不敢。

长臂猿

挽住风光荡秋千，心宽未必输少年。
冰火洗礼心灿烂，岁月不老长臂猿。

　　诗人通过比喻和象征等手法，将生命中的种种经历与荡秋千、冰火洗礼和岁月不老等意象联系起来，表现出对生命的热爱和对未来的信心。人生虽然短暂珍贵，匆匆流逝从不停歇，但即使年龄增长，心胸宽广的人也不会输给年轻人。尤其是经历了冰火洗礼之后，心灵依旧保持灿烂纯净的人，他们会是黄金宝石一样的存在。长臂猿，灵长目一科动物的通称，有4属16种，因臂特别长而得名，分布于东南亚热带雨林。物语：双臂平衡，空中飞行。

长耳跳鼠

草木茁壮夏日风，百鸟朝凤向天鸣。
明月何处不饮胜，长耳跳鼠把酒听。

　　熏风撩人，草木蓊郁，百鸟朝凤，昂首齐鸣。这首诗开篇就营造出一幅和谐美好、吉祥欢庆的场景。动物们欢聚在一起，似乎在庆贺某次重大的胜利。明月也前来凑趣，参与这场盛大的欢宴。长耳跳鼠在席间把酒言欢，乐陶陶地倾听此起彼伏的欢呼之声。这首诗展现出一派喜乐祥和的氛围，将夏日自然界的繁荣景象呈现得生动而美妙。长耳跳鼠，分布于中国和蒙古国，多栖息于沙漠及荒野环境。物语：腾空而起，抓住奇迹。

长颈羚

站得高时看得远,长颈羚爱嫩合欢。
树冠之上尽执念,只差一点就吞天。

  四肢细长,身姿苗条,长颈羚"鹤立鸡群"的外貌着实醒目。诗人用俏皮的语调和夸张的修辞手法描绘了长颈羚的生长特性,它伸长脖子,嚼食着翠嫩的合欢叶,稍微一使劲像是能把天都塞进嘴里。在中国,长颈羚和长颈鹿都被冠以"麒麟"的美称,寄托了中国人对吉祥太平的美好期许。长颈羚,又名麒麟羚,牛科,长颈羚属,四肢修长,棕红毛色,奔跑速度快而优美,分布于东非干燥地区,单独或成对生活。物语:择善而行,赢得尊重。

长颈鹿

春风何处惹花雨，引得霞如美眷出。
趁乱裹挟长颈鹿，大笑江湖无城府。

汤显祖在《牡丹亭》中曾写道："则为你如花美眷，似水流年"，感慨韶华被辜负。而诗人却很顾惜美景和流年两相得，令这幅画面美得更加圆满。春风惹花雨，落日牵彤霞。长颈鹿被美景牵引，在原野上信步前行。它们气质娴雅，眼眸纯真，笑容灿烂，仿佛和初生时没什么分别。长颈鹿，又名麒麟。长颈鹿科，长颈鹿属。为世界上现存的最高陆生动物。原产于非洲。栖息于热带干旱而开阔的稀树草原或半沙漠林地。物语：志向飞扬，高树风光。

长尾黑颚猴

初夏时分美胜春，花蜜流淌胭脂云。
怀中娇儿太水嫩，哪个看见不销魂。

  初夏时分，繁花似锦，缤纷多姿。"花蜜流淌胭脂云"这句诗非常生动地描绘了花朵呈现出的美丽和诱人的气息。花海连天，仿佛胭脂色的彩云，花蜜在云间流淌，闪耀熠熠光泽，散发出迷人芳香，这番美景简直比春光更胜三分。诗人通过"哪个看见不销魂"一句，极力赞美了自然界的壮丽景观，同时也传递出对天然不事雕琢之美的推崇。长尾黑颚猴，猴科猕猴属动物，分布于非洲撒哈拉沙漠以南的大部分地区。物语：能量大餐，来自甘甜。

长尾虎猫

乌啼林动风传情，且向凌云访精英。
皎月如若惜鸾凤，不教虎猫逆天行。

　　这首诗浪漫唯美，富有想象力和神话色彩。鸟啼声在林中回荡，风吹林动，婉约多情，让人感到自然界的生机和活力。"且向凌云访精英"这句将人们的目光引向了天空，同时制造了悬念：谁是诗人笔下的"精英"，又因何要去"访"呢？接下来，"皎月如若惜鸾凤，不教虎猫逆天行"这句带有浓厚的神话色彩，尤其是用鸾凤概括鸟类非常具有巧思。长尾虎猫，食肉目，猫科，有11个亚种，分布于中美洲和南美洲。物语：长相漂亮，为此遭殃。

长尾鼬

满天落花风扫远，聆听只在倾刻间。
奇巧鼠洞千千万，长尾鼬也非等闲。

  风扫落花，凝神倾听，这是很富有中国古典画韵味的情境。长尾鼬敏锐地感知着自然界的风吹草动，随时准备应对各种突发状况。尽管鼠类能躲进奇巧的洞穴里，但是对于捕鼠能手长尾鼬来说，这些都只是雕虫小技。俗话说"一物更有一物降"，自然界的食物链条自有道理。长尾鼬，别名白眉黄鼠狼、大鼬，分布于美国和墨西哥及中、南美洲，大约出现于5万—7万年前，从未抵达过欧亚大陆。物语：日夜忙碌，只为吃住。

长吻针鼹

满径花香春未迟,绿草欲穿针织衣。
长吻针鼹知心意,静卧在此不分离。

这是一首童话诗,主人公是拟人化的长吻针鼹和绿草,诗人赋予它们人类的情感,且将二者之间缠绵的情意描绘得婉转动人。长吻针鼹身上长满毛衣针一般的长刺,诗人借此发挥想象力,联想到绿草想要穿着柔软的毛衣,长吻针鼹不忍拒绝它的心意,于是静静地陪伴在身旁,给它温暖和慰藉。这首诗的意境和语言都很优美,编织出一片恬静、宁和的有情天地。长吻针鼹,分布于新几内亚岛,以蠕虫和蚁类为食。物语:外形榴梿,名叫针鼹。

草原狒狒

初秋似比晚春好，枝头气势两相高。
娘背娇儿提前到，率先品尝野山肴。

　　四季风景，各擅胜场。不过在草原狒狒的眼中，初秋比晚春更美，因为不仅气候凉爽，更有丰裕的食物可供品尝。"枝头气势两相高"一句细腻地将有形的高枝和无形的气象结合在一起，共同营造出秋高气爽的氛围。诗中"娘背娇儿"作为一个象征性的形象，呈现出一幅母亲爱子的温馨画面。动物对于幼崽的疼爱丝毫不亚于人类，也许更加纯粹。草原狒狒，又名黄狒狒，分布于非洲中部和东部。物语：清风吹来，美出姿态。

草原猯猪

烟波浩渺风沙少，仙人掌上晒自豪。
夏日小景随心要，从不摧眉又折腰。

　　这首诗表现出一种自由、不受约束的情感和态度。在辽阔的大漠中，自然条件并不富庶，但草原猯猪在这里快乐地生活着。它们的快乐来源于物质欲很低，几棵仙人掌、一汪泉水，就能满足生存的需要。"从不摧眉又折腰"来源于李白的名句："安能摧眉折腰事权贵，使我不得开心颜！"诗人想借此告诉读者：即使面对艰难险境，也要捍卫自己的尊严。草原猯猪，分布于巴拉圭、玻利维亚和阿根廷北部。物语：大漠之美，极度珍贵。

侧纹胡狼

空旷荒野风无情,呼啸掠地云有声。
奢望远方春雷动,滚滚而来万物生。

　　这首诗首先呈现了一片广袤荒凉的荒野,狂风无情地呼啸而过,云彩被吹散发出撕裂般的声响。侧纹胡狼无助地伫立在漫天的风沙之中,希冀远方能传来春雷滚滚的声音,让万物复苏,重现生机。从诗歌创作手法上看,诗人运用了各种象征意义的元素,将原野的荒凉和侧纹胡狼的渴望进行了对比,丰富了诗歌的表现力和情感内涵,令主题更为突出。侧纹胡狼,又名条纹豺,犬科,犬属,广泛分布于非洲地区。物语:五味俱全,祈求如愿。

叉角羚

蓝天无云看得远,前面总有花如仙。
事隔经年再相见,依然泪眼对泪眼。

　　碧空如海,浩渺无尘。如此晴朗美妙的景色,却因为叉角羚凝望远处的孤寂身影而显得哀伤。苏轼在《江城子》中写道:"十年生死两茫茫,不思量,自难忘。"与苏词不同,诗人此番描绘的却是久别重逢的喜悦。"前面总有花如仙"一句将叉角羚对爱情忠贞的态度描写得感人至深,也令泪眼相对的喜悦情绪层层叠加。叉角羚,又名美国羚羊,分布于北美洲,生活于宽阔的草原和荒漠地带。物语:时速第一,耐力无比。

豺 chái

春华秋实各自收，四大猛兽豺为首。
游泳跳高还不够，飞檐走壁也拿手。

　　春华秋实，一年四季各有盛衰，不过对于豺来说，它们并不因季节的更迭而受到影响。它们不仅擅长游泳、跳高、飞檐走壁，而且具有一定的智慧，能够集群围捕。陷入它们包围的猎物，很少能够逃出生天。豺凭借超强的生存能力在自然界称王称霸，这是千万年来，它们根据自然条件不断进化的结果。豺的存在正可以印证达尔文"物竞天择，适者生存"的科学理念。豺，分布于北亚和南亚以及东南亚地区。物语：濒危物种，痛定思痛。

蟾蜍

山涧水流入深谷，萤火如星携风出。
夜来安静船不渡，雨后独大玉蟾蜍。

这首诗最值得注意的是诗人对于"动"和"静"、"有声"和"无声"的描写。水流逝入深谷，夜萤随风而出，两句都是写动，但让读者感受的却是一派静谧。船儿停泊，万籁俱寂，这两个"静"的意象连同上面的叠加在一起，凸显出玉蟾蜍鸣叫的响亮，继而让读者理解了"雨后独大玉蟾蜍"这句的用意。蟾蜍，又叫蛤蟆，无尾目蟾蜍科两栖动物，分布于世界各地大部分淡水流域，中国南北各地都有。物语：隔离时间，进入冬眠。

产婆蟾

昼伏夜出春争鸣,纵横之前始收声。
须眉巾帼齐出动,确保今年好收成。

诗人将产婆蟾艺术化成睿智且奋勇的形象,他们敏感地意识到属于自己的时运已经来临,但是在发力之前却静默收声,保持低调。对于未来的目标他们非常明确,行动也果敢,尤为难得的是他们汇聚在一起,同心协力向理想迈进。在中国传统文化中,春属木,具有生发之象。因此,这首诗中的"昼伏夜出"和"春争鸣"也体现了春天的生机勃勃和人们在生活中积极向上的态度。产婆蟾,广泛分布于西欧地区。物语:生化武器,省时省力。

赤额瞪羚

绿草丛里定情约，誓言长大共生活。
花前忽觉无颜色，不知何时可结果。

　　这首诗一语双关，明为写赤额瞪羚，暗里我们也可以理解成一个人的爱情故事。一对青梅竹马的小情侣早早定下约定，等到豆蔻年华之时就结为伴侣。时光荏苒，岁月如梭，他们各自长成，对于彼此的爱恋也更加浓烈。在他们的眼中，对方是如此完美，令百花都失去了颜色。他们一心只是期盼爱情能够早日修成正果。赤额瞪羚，牛科，瞪羚属，主要生活于非洲撒哈拉沙漠以南的稀树草原或灌木沙地。物语：情为何物，知己者富。

赤腹松鼠

风云若从眼前起,瞬间有雨湿毛衣。
赤腹松鼠要牢记,永远不能啃树皮。

这首诗以风云变幻开篇,描绘了降雨的场景,同时也暗含了对生活的启示和警告。首先,诗中的"风云若从眼前起"一句,展示了自然界的变幻莫测。风云突变,这是对大自然威力的一种描绘。接着,"瞬间有雨湿毛衣"则将这种威力和生活联系起来,让人感受到自然对生活的影响。诗人最后点明主题:如果毁坏自然条件,造成生态恶化,最终会反噬到始作俑者本身。赤腹松鼠,分布于亚洲。物语:尽快改变,确保安全。

赤猴
chì hóu

披挂如意金丝装,天赐智慧任飞扬。
赛跑夺冠第一棒,西非大地美猴王。

在辽阔的西非大草原上,白云悠悠,绿草如茵。忽然,几条金黄色的身影如飞掠过,像是金线闪耀光芒,那是赤猴们在恣意地奔跑。它们是这块土地上的美猴王,外形俊俏,聪明绝顶,还有着一身追风逐电的本领。如果动物世界举行百米赛跑,赤猴一定稳操胜券。即使是打群架,估计也很少有对手能和它们匹敌。赤猴,又名非洲金丝猴,猕猴亚科,赤猴属,分布于西非多国,奔跑时速极快,视觉、听觉、嗅觉十分敏锐。物语:大爱无边,行动体现。

赤狐

翡翠绣衾散香思,秀于赤狐踏青时。
嘤嘤响遍约会季,接受邀请未迟疑。

  白居易在《长恨歌》里写道:"鸳鸯瓦冷霜华重,翡翠衾寒谁与共。"字里行间充满了寂寥感伤的情绪。但在这首诗中,翡翠衾是天地为万物铺设的浪漫场景,正值芳华之年的赤狐漫步其间,兴冲冲地赶赴一场愉悦的约会。它们嘤嘤私语,追欢逐爱,尽情享受爱情的甜蜜。赤狐,又名红狐、草狐,犬科狐属,有47个亚种,栖息环境多种多样,分布于整个北半球,常见于中国大部分地区,养殖居多。物语:山河无恙,风云如常。

赤麂

落日不忍别晚霞，风来唯有回天家。
流光溢彩且留下，染得赤麂美如花。

　　李商隐曾经写道："夕阳无限好，只是近黄昏。"落日留恋晚霞的绝美，但是晚风不停吹拂，催促它快点离开。夕阳依依不舍地留下余晖，无意间被赤麂披在身上，瞬间它浑身流光溢彩，仿佛变成了世间最美的花朵。诗人用蕴含丰富情感的语言，将夕阳对晚霞的情感，以及赤麂艳丽多姿的外形描绘得入木三分，营造出唯美又缱绻的氛围。赤麂，又名印度麂、婆罗洲红麂、吠鹿，鹿科，麂属，分布于中国和东南亚地区。物语：生性温柔，婉约依旧。

穿山甲

踏变而生长春藤，扶摇不见顶头蜂。
穿山爬树知使命，多吃多育有前程。

  盘根错节的常春藤直攀云霄，穿山甲挂在树梢荡荡摇摇。它们像孩子一样调皮玩耍，遇到天敌时依靠坚硬的铠甲逃生。穿山甲曾经因为可以药用，以及它的鳞甲有装饰作用而被滥捕滥杀，谁能想到原本用来保护自身的甲片却为它招来祸患。诗人借此诗呼吁人们重视对这个无害生物的保护，让它们避免种族消亡的厄运。穿山甲，哺乳纲，鳞甲目，穿山甲科穿山甲属，分布于亚洲及非洲地区。物语：树冠之上，甜蜜能量。

垂耳兔

金波玉液玲珑山,垂耳妩媚浪漫还。
眼神含羞风云乱,宠兔疑似萌翻天。

　　诗人在这首诗歌中发挥了丰富的想象力,用山峦来形容柔弱娇小的垂耳兔,可谓不拘一格。它的皮毛闪耀金色的波纹,眼眸好似玉液美酒醉人心田。圆滚滚的身材,柔和的线条,像一座精巧细致的秋山。诗人还通过害羞的眼神和飘逸的毛发,把垂耳兔的个性特点和神态惟妙惟肖地表现出来,我们不仅能够生动地想象出垂耳兔的形象,还能感受到诗人对垂耳兔深挚的喜爱。垂耳兔,又名宾尼兔、小型垂耳兔。物语:热爱自然,何必落款。

纯 白 虎

银河系中观蓝星,神洲璀璨古文明。
飞山走石天裂缝,龙吟白虎啸长风。

在浩瀚的银河之中,地球闪耀着蓝色的光芒,这是生命的象征。历史长河滚滚流淌,在众多文明中,中华文明是最璀璨的一个,博大精深,源远流长。在中国传统文化中,白虎是主掌西方的神兽,具有避邪、禳灾、祈丰及惩恶扬善、发财致富、喜结良缘等多种神力。诗人巧妙地将纯白虎与神兽勾连起来,充分展现了诗人对宇宙的思考和对中华文明的敬意。纯白虎,又名白虎,原产于中国云南、印度和孟加拉国等地区。物语:白虎莫汉,雪中送炭。

纯血马(chún xuè mǎ)

热血沸腾何须鞭,腾空而起越高栏。
欲将世界赢个遍,不得头奖誓不还。

这首诗歌充满了豪迈和激情,表达了对梦想的执着追求。虽然过程中会遭遇困难和挫折,但是只要怀揣热血和勇气,终究会腾空而起,越过高栏,赢得属于自己的胜利。臧克家先生曾经写下诗句"不待扬鞭自奋蹄",意思是胸中有志向的人,不需要外界的压力,会自觉地朝自己的目标前进。诗人将它运用在纯血马身上十分贴切,鼓励人们勇往直前,自我勉励,不断追求自己的梦想。纯血马,马科马属动物。物语:优育优选,盛况空前。

刺猬

七月偶有风回还,枝头含羞暗喜欢。
得意高树有千万,红果只爱小不点。

仲夏惠风和畅,鸟虫和鸣。果树枝头挂满鲜艳欲滴的果实,仿佛少女羞涩的笑靥。可爱的刺猬从洞穴探出圆润的身躯,在如茵绿草间寻觅食物。看到它的到来,饱满的果实忽然从枝头纷纷跃下,咕噜噜滚到它的面前。诗中最有趣的是"红果只爱小不点"一句,生动地描绘出生物与大自然相依相存的和谐关系。刺猬,别名刺团、毛刺、猬鼠,广泛分布于欧洲、亚洲北部,常见于中国北方,以各种昆虫为主食。物语:尖锐之刺,护体神器。

粗尾棉尾兔

热带海岸热烈风,粉红浓郁花无穷。
棉尾兔子又出动,只要无声就纵情。

  热烈的风吹拂着整个海岸线,粉红色的花朵连到天际,香味浓郁,浪漫迷人。棉尾兔在花草间自由自在地奔跑、跳跃。它们没有感受到任何威胁,仿佛天敌都被这番美景所迷惑,不忍心打断它们的欢乐。整首诗通过简洁的语言和生动的描绘,让读者感受到了热带海岸的独特魅力,以及棉尾兔生机勃勃的生存状态。粗尾棉尾兔,分布于北美洲太平洋沿海地区,生活于密集的灌木丛中,以杂草和灌木叶或果为食。物语:不同角色,现场直播。

达呼尔鼠兔

举头望月影成双，草原肥沃芳草长。
早作打算早算账，越冬储备越冬粮。

  草原之夜，皓月当空，俪影成双，芳香萦绕在四周，显得那么安详恬静。达呼尔鼠兔向往着美好生活，更加积极地储存粮食预备过冬，因为它们知道，充裕的食物会让它们的小家庭更加稳固。总体来说，这首诗歌表达了对美好生活的追求和向往，同时也强调了规划和准备的重要性，希望人们在珍惜当下的同时，也为未来的困难做好准备。达呼尔鼠兔，分布于中国青海高原，典型的草原动物。物语：春生冬藏，自然风光。

物语集

动物类

A

阿比西尼亚猫	物语：冬日向暖，清净安然。
阿德利企鹅	物语：周而复始，控制浮力。
阿富汗狐	物语：昼伏夜行，狩猎成功。
阿富汗猎犬	物语：高大唯美，代价昂贵。
阿拉拜	物语：花开富贵，风云之最。
阿拉伯狒狒	物语：学以致用，历史借镜。
阿拉伯狼	物语：天地共情，生活安宁。
阿拉伯马	物语：热血沸腾，奔驰飞行。
阿拉斯加雪橇犬	物语：帅气高雅，偶尔拆家。
阿帕卢萨马	物语：远离震撼，接近喜欢。
埃及鼩	物语：眼神犀利，通天透地。
安哥拉山羊	物语：路长天远，千古谜团。
安哥拉兔	物语：柔软御寒，美丽保暖。
安氏林羚	物语：天敌众多，照样快乐。
澳大利亚牧羊犬	物语：相互信任，天赐忠臣。
澳洲毛鼻袋熊	物语：静看日落，听风赏月。
澳洲魔蜥	物语：适者生存，勇者幸运。

B

巴布亚企鹅	物语：育仔奇特，赢者得活。
巴吉度猎犬	物语：风落云端，碧海蓝天。
巴塔哥尼亚獾臭鼬	物语：风到求静，雨来渠成。
巴塔哥尼亚豚鼠	物语：婉约风光，共晒太阳。
巴西树豪猪	物语：神奇宝贝，勇敢无畏。
白鼻浣熊	物语：盛夏灿烂，阳光满天。
白唇柽柳猴	物语：巾帼首领，照样从容。
白唇鹿	物语：春秋争艳，繁华在天。
白袋鼠	物语：科学奇幻，就在眼前。

白虎	物语：高光时刻，顶峰之歌。
白脸卷尾猴	物语：适应起落，尽情穿越。
白脸僧面猴	物语：抗毒之王，独特长相。
白色松鼠	物语：白化奇迹，自然而致。
白头美狐猴	物语：调整心情，自然功成。
白头叶猴	物语：携手同行，漫步春风。
白秃猴	物语：大胆品尝，尽情欣赏。
白腿大羚羊	物语：草原之上，无风起浪。
白臀叶猴	物语：冬雪夏景，春秋深情。
白尾角马	物语：四季循环，任兴浓淡。
白尾鹿	物语：游泳健将，迎风踏浪。
白尾长耳大野兔	物语：生态系统，天地大成。
白纹牛羚	物语：爱护物种，天佑生命。
白象	物语：白象崇高，王室珍宝。
白鼬	物语：小酌取暖，皮草勿穿。
白掌长臂猿	物语：天地玉成，自然风景。
班韦乌卢湖牛羚	物语：格局无边，物种全面。
斑鬣狗	物语：围猎天才，动物之害。
斑林狸	物语：枝头斑驳，刻画岁月。
斑马	物语：黑白连天，四季安然。
斑纹角马	物语：似曾相识，不可复制。
斑嘴环企鹅	物语：叫声如潮，风光独好。
豹猫	物语：力非等闲，身手矫健。
豹纹守宫	物语：阴晴冷暖，流年沉淀。
北黄颊长臂猿	物语：景尽其中，时光寒冷。
北极狐	物语：迅速变装，生活多样。
北极狼	物语：等级分明，抱团谋生。
北极兔	物语：风雷雪虎，熟视无睹。
北极熊	物语：雄霸北极，雪藏诗意。

北美灰狼	物语：狼满为患，喜忧参半。
北美猞猁	物语：守株待兔，从不失误。
北美驯鹿	物语：逆天而活，从不寂寞。
北山羊	物语：天然之美，沉醉山水。
贝尔山绿猴	物语：付出真情，收下隆重。
贝灵顿狈	物语：喜欢追捕，热情十足。
比利牛斯臆羚	物语：任由变迁，自信满满。
边境牧羊犬	物语：历经千年，性情不变。
蝙蝠耳狐	物语：逆境求生，天地感动。
扁头豹猫	物语：该等就等，愿望达成。
变色龙	物语：无须吹灰，享尽美味。
冰岛牧羊犬	物语：忠诚果敢，工作为先。
波尔山羊	物语：尘缘若尽，素颜惊春。
波兰德斯布比野犬	物语：山河万里，未来可期。
波斯猫	物语：性格温顺，与人亲近。
不丹羚牛	物语：食草动物，刀枪不入。
不列颠哥伦比亚狼	物语：凶猛至极，什么都吃。

C

彩虹飞蜥	物语：挥别黄昏，迎接清晨。
仓鼠	物语：储粮越冬，大脑好用。
长鼻猴	物语：无与伦比，冷暖自知。
长鼻浣熊	物语：诙谐周旋，无所不敢。
长臂猿	物语：双臂平衡，空中飞行。
长耳跳鼠	物语：腾空而起，抓住奇迹。
长颈羚	物语：择善而行，赢得尊重。
长颈鹿	物语：志向飞扬，高树风光。
长尾黑颚猴	物语：能量大餐，来自甘甜。
长尾虎猫	物语：长相漂亮，为此遭殃。
长尾鼩	物语：日夜忙碌，只为吃住。

长吻针鼹	物语：外形榴梿，名叫针鼹。
草原狒狒	物语：清风吹来，美出姿态。
草原猯猪	物语：大漠之美，极度珍贵。
侧纹胡狼	物语：五味俱全，祈求如愿。
叉角羚	物语：时速第一，耐力无比。
豺	物语：濒危物种，痛定思痛。
蟾蜍	物语：隔离时间，进入冬眠。
产婆蟾	物语：生化武器，省时省力。
赤额瞪羚	物语：情为何物，知己者富。
赤腹松鼠	物语：尽快改变，确保安全。
赤猴	物语：大爱无边，行动体现。
赤狐	物语：山河无恙，风云如常。
赤麂	物语：生性温柔，婉约依旧。
穿山甲	物语：树冠之上，甜蜜能量。
垂耳兔	物语：热爱自然，何必落款。
纯白虎	物语：白虎莫汉，雪中送炭。
纯血马	物语：优育优选，盛况空前。
刺猬	物语：尖锐之刺，护体神器。
粗尾棉尾兔	物语：不同角色，现场直播。

D

达呼尔鼠兔	物语：春生冬藏，自然风光。

动物物语 全5辑

美月冷霜 著

第 2 辑

中国友谊出版公司

诗人的话

我极目远眺热浪翻卷，千钧横扫沸腾天。
我聚神倾听虎啸林乱，似闻风雪叱咤还。
我伏案夜读隔窗观看，但见万里春撒欢。
我敬畏诗歌国度超前，通达上下五千年。
动物物语，令人震撼。稀世之美，值得一看。

雪原冬林虎生风
威猛何处不相逢
雄姿勃发欲出镜
谁来融化眉睫冰

稀树草原走龙蛇
大象长情再相约
特邀秋阳来做客
母子平安敬高洁

富贵丰腴大熊猫
自是中华第一宝
翠竹林中风流到
惊破春梦笋芽高

柔软绵熟秋草长
非洲羚羊品芳香
天地美成黄金酿
谁个爱上不飞翔

序 言

周 敏

人类真正统治地球的时间，相对于地球46亿年漫长的历史，不过是白驹过隙。

数千年来，我们建立城市、发展生产、推进文明、为人类谋求福祉，但对于自然界的其他伙伴却疏于关爱。

动物，作为地球上最丰富多彩的生命形式之一，一直承载着人类无尽的探索与想象。它们以各自独特的方式，存在于这个世界，诉说着属于它们自己的传奇。但是，在被人类文明的脚步不断侵扰的今天，很多物种濒于灭绝。

本书的作者，一位热爱自然、热爱生命的诗人，她将诗歌的力量发挥到极致，以一种温暖而细腻的笔触，勾勒出动物的内心世界；以动物的视角，去揭示它们在人类世界中的角色与地位，以及在自然界中的生存状态，为读者呈现了一个富有情感与哲理的神秘国度。

书中的每一首真挚的诗作，每一帧优美的图片，每一段专业的诗评，每一句点睛的物语，融合在一起汇成气势磅礴的乐章，直击我们的灵魂，引发我们的共鸣。

通过这部科普文学艺术作品中的新古典诗，我们将看到动物对家园的守护、对子女的关爱、对危险的警觉，以及面对困境时的坚韧与智慧。我们在感受文学艺术之美的同时，更深刻地领悟到生命的意义，更深切地思考人类与自然的关系，以及我们该如何与动物和谐共处。

《动物物语》不仅仅是一部科普文学艺术作品，更是一部关于动物、关于自然、关于生命的启示录。希望这些诗歌能够给大家带来美好的阅读体验，更希望能激发读者对动物的关爱与呵护。最后，我相信这部诗集会成为一扇窗户，引领读者走进瑰丽多彩的动物世界，去感受它们的生命之美。

谨以此书，献给每一位热爱动物、心怀慈悲的朋友。

愿我们永远徜徉在旭日星辉之下，与生灵共舞。

目录 contents

科普七言话动物 / 1

D

大白鼻长尾猴 / 2
大白熊犬 / 3
大耳蝠 / 4
大耳羚 / 5
大林猪 / 6
大沙鼠 / 7
大尾臭鼬 / 8
大猩猩 / 9
袋獾 / 10
袋狼 / 11
袋食蚁兽 / 12
袋鼠 / 13
袋小鼠 / 14
袋鼯 / 15
戴安娜须猴 / 16
戴帽乌叶猴 / 17
戴氏盘羊 / 18

岛屿灰狐 / 19
德国牧羊犬 / 20
德氏大林羚 / 21
地松鼠 / 22
地中海猕猴 / 23
低地貘 / 24
帝企鹅 / 25
滇金丝猴 / 26
滇蛙 / 27
貂熊 / 28
东北虎 / 29
东北鼠兔 / 30
东北雨蛙 / 31
东部白眉长臂猿 / 32
东部颈环石龙子 / 33
东非狒狒 / 34
东非剑羚 / 35
东格陵兰岛驯鹿 / 36

东美松鼠 / 37
斗牛㹴 / 38
杜宾犬 / 39
短尾矮袋鼠 / 40
短尾猴 / 41

E
俄罗斯猎狼犬 / 42
鹅喉羚 / 43
厄立特里亚美羚 / 44
鳄鱼 / 45
耳廓狐 / 46

F
法国斗牛犬 / 47
法老王猎犬 / 48
飞蛙 / 49
飞行狐猴 / 50
飞鼯蜥 / 51
非洲豹 / 52

2

非洲草原象 / 53
非洲灵猫 / 54
非洲狞猫 / 55
非洲狮 / 56
非洲跳鼠 / 57
非洲野水牛 / 58
非洲疣猪 / 59
菲律宾穿山甲 / 60
菲氏麂 / 61
狒狒 / 62
蜂猴 / 63
弗里斯马 / 64
负鼠 / 65

G
高鼻羚羊 / 66
高冠变色龙 / 67
高角羚 / 68
缟獴 / 69

葛氏苍羚 / 70
艮氏犬羚 / 71
贡山羚牛 / 72
古代英国牧羊犬 / 73
关中驴 / 74
冠毛猕猴 / 75
冠美狐猴 / 76
光面狐猴 / 77
鬼狒 / 78
贵州疣螈 / 79

H
海豹 / 80
海福特牛 / 81
海狗 / 82
海鬣蜥 / 83
海南长臂猿 / 84
海狮 / 85
海獭 / 86

海象 / 87

海猪 / 88

旱獭 / 89

貉 / 90

豪猪 / 91

合趾猿 / 92

河狸 / 93

河马 / 94

赫克托尔灰叶猴 / 95

褐麂羚 / 96

褐美狐猴 / 97

黑白柽柳猴 / 98

黑豹 / 99

黑背胡狼 / 100

黑唇鼠兔 / 101

黑刺尾鬣蜥 / 102

黑冠白睑猴 / 103

黑狼 / 104

物语集 / 105

新韵七言话动物

大白鼻长尾猴

月钩欲钓满天春,故恼云海欠殷勤。
借缕极光低声问,何处梦想可成真。

    冰月如钩,想要将天地间的春色钓起,而恼人的云海却跑来捣乱,遮住了月亮的视线。据《圣经·旧约》中记载,极光是从天堂跌落人间的火焰。加拿大的因纽特人相信,极光是火炬,照亮着天堂之路,它是神秘的幽灵在夜空中舞蹈。诗中,月亮向极光询问:"何处梦想可成真?"这个问题也许真的只有神灵才能回答。大白鼻长尾猴,又名灰鼻猴、大白猴,分布于喀麦隆、中非、刚果和科特迪瓦等地。物语:花开花谢,秋来春过。

大白熊犬
dà bái xióng quǎn

呼啸而过卷地行,雪山压顶立风中。
古往今来都稳重,无犬可比大白熊。

  这首诗描绘了风雪交加的场景,并以大白熊为喻,表达了稳重和可靠的寓意。诗歌的开头形象地展现了寒风的狂野肆虐,而雪山在狂风中矗立的样子,凸显了自然力量的强大和不可抗拒。自古以来,大白熊都是人类忠诚可靠的伙伴,值得信赖和歌颂。这首诗传递出积极向上的正能量,让人们对于可靠和稳重这两种品质的理解更加具体和形象化。大白熊犬,又名比利牛斯山犬,原产于法国,现已广泛饲养。物语:优雅冷静,王者之风。

大耳蝠

夜蛾拍翅似微风,溪水湍急响不停。
任由声音同频动,大耳照样捉飞行。

青谷万壑响虫鸣,琴溪相伴夜蛾声。大自然的夜晚,各种美妙的声音从各个角落响起,宛如一曲和谐的乐章。如果不是对音乐具有很高修养的人,也许轻易就会迷失在这曲天籁之音当中。不过对于大耳蝠来说,再复杂的音调音符都无法迷惑它。依靠声呐定位,它能稳准狠地捕食猎物。只是很可惜,这双大大的耳朵却无法让它欣赏到优美的自然之歌。大耳蝠,蝙蝠科大耳蝠属,分布于亚洲和欧洲,中国常见于北部和西部。物语:听力系统,演化成功。

大耳羚

天若无云明月圆，寄望灌丛无狼烟。
大耳羚羊长相伴，精彩绝伦大自然。

这是一首风格恬静的小品诗，开篇先是描绘了晴朗无云的夜空，一轮皎月俯照大地，万物沉浸在安宁祥和的氛围当中。随后，诗的主角大耳羚出场，同时传递出诗的主题。"寄望灌丛无狼烟"这句诗的意思是大耳羚希望没有争斗杀戮出现，象征战争的"狼烟"永不燃起。它可以永远和大自然相伴，享受宁静的生活。大耳羚，又名贝拉羚，牛科，大耳羚属，分布于非洲东北部，是该地区特有物种。物语：如花柔情，美化环境。

大林猪

朝云收回夏至雨，漫步云端大林猪。
顶级养护洗泥浴，仙台山上看日出。

　　云收雨散，天地清新。大林猪惬意地在云端漫步，偶尔泡个泥浴给自己美容护肤。诗中提到的仙台山本是中国石家庄的一处风景区，景色绝美，宛如仙境。诗人用戏谑的笔调描写大林猪惬意的生活，它洗完美容澡，又卧在仙台山上观赏日出，简直像神仙一样逍遥自在。总体来说，这首诗有着浪漫、优美的意境和丰富的想象力，表达了诗人对闲适生活的向往。大林猪，分布于非洲赤道森林和裂谷西部的草原。物语：火热夏季，风雨调适。

大沙鼠

沙土荒原劲风吹,无碍宫殿堂皇美。
知己饮露亦可醉,何须深海送天水。

　　沙尘从荒原上席卷而过,大地冷硬而贫瘠,似乎没有一点生机。其实灵巧的大沙鼠早已在地底下构建了富丽堂皇的宫殿群。虽然生存环境恶劣,但并不妨碍它们对生活的热情,诗人是想借此传递出积极乐观的生活态度。此外,它们对待朋友情真意切,并不以是否能给予它们物质上的帮助而衡量友谊。这无疑是一种非常纯粹珍贵的价值观。大沙鼠,分布于亚欧大陆,栖息于海拔900米以下的荒漠中。物语:回首过往,似曾激昂。

大尾臭鼬

世间万象有几何，天地包容互惠多。
丹青着色何须墨，但见白雪留高洁。

　　世间万象无穷无尽，彼此之间包容互惠，共同构建了和谐美好的世界。大自然宛如一幅巨大的画卷，浑然天成，不需要任何人工色彩的涂抹。诗中"但见白雪留高洁"一句点明了主题，黑白形成鲜明对比，意在表达对于洁身自好的高洁品质的推崇。大尾臭鼬，分布于墨西哥及美国西南部，栖息于林地或沟谷及耕地周围，以野果谷物和昆虫及小动物为食，性情温和，可作宠物饲养。物语：黑白界河，盖上邮戳。

大猩猩

千寻万寻日夜寻，只为寻回始祖根。
科研之果若可信，此处无声有知音。

这首诗以大猩猩为题，表现了人类不辞辛苦追寻始祖的历程。其实，无论东西方还是古往今来，"寻根"是东西方众多哲人学者探索的命题。这首诗可以理解为人类寻找自己的起源，也可以延伸为在精神层面对生命、对文明的追根溯源。如果上升到这个高度，我们就能发现这首诗的内涵极其丰富，值得品味再三。大猩猩，又名大猿、金刚猩猩，灵长目人科大猩猩属类人猿的总称，分布于非洲东部和西部。物语：天地之说，日月思索。

袋獾

泼墨烽烟织成锦,两耳赤红毛色新。
袋獾赶上好时运,保护起来追星辰。

这首诗通过描述袋獾的外貌和生存环境,展现出了一种独特而神秘的存在。袋獾的毛色很特别,像是丹青圣手恣意泼洒的笔墨,又像滚滚烽烟织成的锦缎。"袋獾赶上好时运,保护起来追星辰",这两句描述了袋獾的幸运和珍稀。它们在保护区内,受到人们的关注和爱惜,它们的未来也会像星辰一样光明。袋獾,是体型最大的肉食性有袋哺乳动物,还是澳大利亚塔斯马尼亚岛特有的生物种类。物语:春夏秋冬,来年重逢。

袋狼

威风相伴日月行，几曾豪纵天地中。
袋狼带走无穷梦，何时回归都欢迎。

    曾经叱咤风云的袋狼早已不见踪影，天地间只留下神秘的传说。"袋狼带走无穷梦"表达了诗人对这个物种消亡的无尽感慨和惋惜，同时也唤起了人们对环境保护和生态平衡的关注。这一句充满了深情，语境苍凉，让读者也不禁为之心动。而"何时回归都欢迎"，则展现出对未来它们也许能重现人间的期待。袋狼，曾广泛分布于澳洲和新几内亚，1936年之后没有真实活袋狼的确切消息。物语：生态文明，同存共生。

袋食蚁兽

久久伫立望背影，静静等候无回声。
不信相思有边境，迟早等来相宜情。

　　晨雾有意迷津渡，空谷无声慰寂寥。诗人开篇就塑造了一个深情的艺术形象，她久久伫立，凝望着爱人的背影，默默等候着他的归来。她不信相思会有尽头，只要耐心等待，最终能等到两情相悦的那一刻。这首诗表达了诗人对爱人的深厚情感和对爱情的坚定信念，洋溢着浪漫的情调。袋食蚁兽，袋食蚁兽科，袋食蚁兽属，小型有袋动物，分布于澳大利亚西南部森林，居住于白蚁生活的区域。物语：生活至简，美好圆满。

袋鼠

芳草连天和烟出，霞光落晖空有余。
朱颜不辞长青树，风华不绝袋中鼠。

　　这首诗的前三句很富有中国传统诗词的美感，芳草连天，烟雾缭绕，霞光落晖，晚照旖旎。"朱颜不辞长青树"这句显然是化用了王国维的名句"最是人间留不住，朱颜辞镜花辞树"，但诗意却恰恰相反，诗人用来形容袋鼠活力四射、青春永驻的样子。这既是诗人对人生短暂和珍贵的认知，也寄托了她对生命永恒的美好愿景。袋鼠，袋鼠目有袋动物的统称，分布于澳大利亚和巴布亚新几内亚部分地区。物语：平衡物种，现代文明。

袋小鼠

晚景余晖久不雨，冷月寒凉出太虚。
广阔大地沙如故，美了造水袋小鼠。

傍晚时分，晚霞浮动，暑热渐消。诗人用"晚景余晖久不雨"来形容太阳落山后大地干燥枯槁的景象，展现了自然条件的恶劣。而"冷月寒凉出太虚"则描绘了月亮高悬天空，散发着清冷的光芒，虽然依旧没有降水，但总能缓解一下焦躁的情绪。袋小鼠是如此弱小无助，它们艰难地生存，大自然一点点恩赐就能令它们感激涕零。这首诗让人们感受到了生命的脆弱。袋小鼠，分布于澳大利亚大陆和中国北部沙漠地区。物语：因应环境，出师有名。

袋鼬

稀树林木易刮风，摇碎云雾月朦胧。
袋鼬老子欲拼命，多生儿孙多留种。

这首诗用了几个生动的意象来表达自然界的生命力。稀疏的树林容易受到风的影响，暗示着生命力的脆弱和环境的艰难。云雾和月光相互交错，形成了一种模糊而神秘的氛围，暗示着自然界规律的无情和不可预测，也表达了诗人对大自然的敬畏之情。袋鼬父母不断地繁衍后代，留下更多的"种子"，以此来保证生命的延续。这是弱小生物为了维护种族而采取的极端方式。袋鼬，分布于澳大利亚和新几内亚。物语：自我挑战，突破极限。

戴安娜须猴

恍如绿茵织挂毯，又似跌入皓月天。
墨池滚过千万遍，洁白依然在面前。

　　皓月当空，绿荫如织，如此静谧安详的景色，令人陶醉其中。戴安娜须猴的身影出现在枝叶掩映的密林，黑白相间的毛发令人浮想联翩。它像是在墨池中翻滚了几生几世，但纯洁的内心和高洁的志向并没有丝毫改变。这首诗让人联想起歌咏莲花的名句："出淤泥而不染，濯清涟而不妖。"我们也应当像戴安娜须猴和莲花那样，无论经历怎样污浊的环境也不被浸染，始终坚守初心。戴安娜须猴，分布于西非原始森林。物语：冰火两重，惊艳天穹。

戴帽乌叶猴

独龙江上美少年，自在云霄揽贡山。
银河水系留一半，成就天下桃花源。

　　戴帽乌叶猴仿佛是一位美少年，他生长在云烟袅袅、莽林蔚然的独龙江畔。旭日东升之时，他纵身飞跃到贡山之巅，欣赏彩霞满天；清风徐来的夜晚，他仰卧树梢，品味星云璀璨。诗人用夸张的手法形容银河之水倾泻一半，浇灌出一片世外桃源，构建了一座美轮美奂的艺术圣殿。诗人真诚地流露出对自由、浪漫、理想世界的向往和追求，令人感同身受。戴帽乌叶猴，哺乳纲灵长目，猴科，分布于印度和缅甸及中国云南。物语：浓郁之夏，盎然如画。

戴氏盘羊

电闪雷鸣声连声,雨云席卷层叠层。
金角任由风放纵,钓鱼台上赏光景。

这首诗表现了自然景象的壮阔,以及淡定从容的气度。诗人通过电闪雷鸣和雨云层叠的形象,营造出宏大的氛围,让人们感受到大自然的威力和魅力。戴氏盘羊稳坐钓鱼台,这是一种"胸有丘壑,不动如山"的超然气度,诗人借此表达了面对波谲云诡的动荡局势时,千万不要惊慌失措,应当保持冷静沉稳的心态。戴氏盘羊,又名白大角羊,分布于加拿大和美国,栖息于陡峭悬崖石壁附近的草地。物语:居高临下,观天奇葩。

岛屿灰狐

碧玉华庭初长成，微风清和美裘轻。
岛屿灰狐闻香动，找个礼物回深情。

从小生长在碧玉筑就的华美宫殿，身穿珍贵的貂裘，沐浴在清风朗月之间，修炼出超凡脱俗的气质。忽然有一阵幽香飘来，是一位佳人走进我的视野。她是如此美艳动人，让我沉迷在她的魅力之中难以自拔。我愿意走遍天涯海角，寻觅到最珍贵的礼物，来回馈她对我的深情。岛屿灰狐，又名海岸灰狐、岛狐，分布于美国加州海峡群岛，性格温顺，不怕人，行雌雄单配制，已可以人工养殖。
物语：水知深浅，花分浓淡。

德国牧羊犬

挥手掸去天边尘，抬足以令花草新。
黑背入门有自信，从此贴心又贴身。

　　这首诗开篇两句用夸张的手法，将德国牧羊犬的魅力渲染得出神入化。诗人把它幻化成一个几乎能呼风唤雨的艺术形象，它抬手能荡涤天地的尘埃，举足能让百花盛开。如果有它常伴左右，想必人生的旅程再也不会孤单。德国牧羊犬对人类极其友好忠诚，对于这样的伙伴，我们也需以同样的爱来回报。德国牧羊犬，别名黑背、德牧、狼犬，起源于德国，世界各地普遍分布饲养，被誉为世界犬类之王。物语：燃烧生命，相伴启程。

德氏大林羚

摘下几缕天边云,裁成情丝缠上身。
大林羚知春风近,努力长大好成亲。

这是一首非常美丽的诗歌,形象地描绘了一只大林羚在春天尽速成长,为即将到来的成年礼做准备。到时它就可以大胆追逐爱情,建立自己温馨的小家。其中,"摘下几缕天边云,裁成情丝缠上身"比喻栩栩动人,细腻地表达了大林羚在春天时的情感状态。整首诗歌语言简练,意境深远,展现了大林羚的生命力和对未来的期望,充满了美感和情感的力量。德氏大林羚,分布于非洲多个国家。物语:春又回还,聚了又散。

地松鼠

日光如火灼云端,地松鼠开遮阳伞。
万里荒原天易变,寒夜取暖须抱团。

  骄阳似火,白云欲燃,地松鼠撑开蓬松的尾毛,在自制的遮阳伞下避暑。自然界变幻莫测,地松鼠需要时刻保持警惕,以便及时应对环境的挑战。作为弱小的生灵,它们不仅要抵御酷暑,更要守望相助,抱团取暖。这首诗生动地描绘了地松鼠在自然界中的生存状态和适应能力,展现了它们的智慧和团结精神。诗中"报团取暖"是一语双关,喻示了团结的重要性。地松鼠,分布于非洲干旱地带。物语:田野浓香,细品慢赏。

地中海猕猴

碧波无风云缥缈，山影连绵上九霄。
猕猴战时曾报料，神奇传说不得了。

    这首诗描绘了一幅碧波荡漾、云雾缥缈的美景，结合神话传说的意境，营造出一种神奇的氛围。波光粼粼，重峦叠嶂，直冲云霄，天地是如此宏大壮美。而"猕猴战时曾报料"一句似乎是联想到了一个神奇的传说，增加了诗的神秘感和韵味。至于这个传说究竟是什么呢？诗人没有明说，但我们猜想，也许和美猴王大闹凌霄宝殿有点关系吧。地中海猕猴，又名直布罗陀猿、叟猴，分布于阿尔及利亚和摩洛哥。物语：日出日落，迎接游客。

低地貘

芳树情深谁做主,红蜓应声绕水出。
春风浪漫花底处,低地貘说已知足。

　　芳香浓郁的树木,萌生出深深的情感,是谁在冥冥中主宰这一切?红蜻蜓随着花开之声轻盈地出现,绕着水面,蹁蹁跹跹。春风轻拂,花儿在角落里绽放,浪漫的气息弥漫在空气中。面对良辰美景,低地貘已经足够快乐。它尽情享受这一切,不再有更多的需求。这首诗有着优美的意境和情感表达,通过不同的意象营造出一种多层次、多维度的美感。低地貘,又名南美貘、巴西貘,分布于南美洲。物语:顿生爱意,浪漫至极。

帝企鹅

皓月映照千山黑，地衾舒展万团美。
帝企鹅说无所谓，冰清玉洁天意飞。

　　明月出云海，千山余轮廓。雪沃万里原，天地无颜色。帝企鹅成群结队栖息在铺满雪绒的大地，对于外界的风云变幻毫不在意。因为它最珍爱的天空就倒映在波光粼粼的海面之上，似乎触手可及。我们可以将帝企鹅心中冰清玉洁的天空想象成它的梦想，抑或是任何它珍爱的东西。因为有了这个宝贝的存在，哪怕风刀霜剑、天地变迁，都不会浇灭帝企鹅眼底的热意。帝企鹅，又名皇帝企鹅，分布于南极以及周围的岛屿。物语：阵容壮观，抱团御寒。

滇金丝猴

白马雪山云龙池，丽江老君峰渐低。
滇金丝猴新领地，放鹤亭上冲天起。

  这是一首风光诗，抒发了诗人对中国云南省自然风景的赞美之情。诗中第一句描述了白马雪山和云龙池美景，寓示着或巍峨或秀美的自然美景。第二句随着诗人的视角变化，老君峰越来越远，也就显得"低矮"。滇金丝猴是一种生活在云南的珍稀动物，是自然界的珍贵宝藏。它们在放鹤亭上冲天而起的气势，寓示着人们对自由和奋发向上的追求。滇金丝猴，中国特有的珍稀濒危动物，仅分布于川滇藏三省区的交界处。物语：经典扬威，弥足珍贵。

滇蛙

花鸟山水喜为邻,鲜衣怒马高雅心。
滇蛙狩猎有学问,偶尔借风除红尘。

　　这首诗延续了诗人一贯豁达清旷的风格,以及生动鲜活的文风。"花鸟山水"融合在一起,营造出的是一派热闹繁茂的氛围,鲜衣怒马是外在的潇洒不羁,志趣高雅是内在的精神追求。诗人以滇蛙为题,实质是寄托了自己"借风除红尘"的志向。滇蛙,别名滇侧褶蛙,蛙科琴蛙属的两栖动物,中国特有种,分布于四川、云南和贵州,栖息于山间洼地、长有杂草的水塘和稻田内,捕食各种农作物害虫。物语:面对自己,增加本事。

貂熊 diāo xióng

水晶皓月雪故乡，无垠林海山色长。
一时无两胆气壮，凶猛不输狮虎王。

望舒如水晶，冰雪照波影，林海渐远渐无极，寂静无人语。在这片浩渺无人的广袤寂地，只有貂熊踏月而来。它脚步沉重，雪沫飞扬，凶猛的外形令人胆战心惊。这首诗细致地刻画了貂熊纵横雪原如入无人之境的风采，就连百兽之王遇见它恐怕也要再三掂量吧。貂熊，又名狼獾、飞熊、山狗子，鼬科，貂熊属，分布于北美和欧亚大陆，中国见于东北大兴安岭，栖息于冰天雪地的寒冷环境，爬树游泳攀援无所不能。物语：云淡风轻，无限从容。

东北虎

冰雪澄澈恰图腾，林中百兽静无声。
双目含威地摇动，虎符可调百万兵。

在中华民族的文化之中，虎一直是威猛、无畏、力量的代指。诗人非常准确地引用了"图腾"的概念，它不仅表现出古代先民对自然伟力的崇拜，更可延伸为中国人精神力量的重要象征。在这个激昂磅礴的时代，少年肩负着中华民族伟大复兴的重任，更应以"潜龙腾渊，鳞爪飞扬，乳虎啸谷，百兽震惶"的气势，开创盛大辉煌的未来。东北虎，又名西伯利亚虎，猫科，豹属，分布于亚洲东北部地区。物语：威武雄壮，丛林之王。

东北鼠兔

砾石缭绕心乱飞，仙洞盛满相思水。
月来邀约拼一醉，携手红颜终不悔。

　　这首诗充满浪漫的情感和热情的表白。首先，诗人用"砾石缭绕心乱飞"来表达对心上人的思念，看到砾石缭绕，内心便不安定，情感荡漾。接着，"仙洞盛满相思水"更是将相思之情比作泉水，源源不断。都说月圆人团圆，她希望相爱的人能共饮一壶酒，相伴到老，共享美好时光。整首诗情感真挚，令人动容。东北鼠兔，又名啼兔，鼠兔科，鼠兔属，分布于中国、日本、朝鲜、蒙古和俄罗斯。物语：彩云飘落，香透石坡。

东北雨蛙

山雨欲来风打头,群蛙齐鸣唱不休。
墨云摆阔天湿透,直教生活美成酒。

  墨云浓重,雷声阵阵,群蛙齐鸣,空气中弥漫着雨的味道。这首诗鲜活地呈现出山雨欲来时的自然景观。蛙声和雷鸣相呼应,让这幕雨景显得十分热闹。在中国的文学作品中,"蛙声"往往象征着丰收,因此才有辛弃疾的"稻花香里说丰年,听取蛙声一片"。诗人在尾句写道:"直教生活美成酒",也正是这个含义。东北雨蛙,分布于日本、朝鲜、中国东北、内蒙等地区,雨前叫声响亮,故而得名。物语:以虫为食,务农有利。

东部白眉长臂猿

墨云山峰挂月钩,钓走多少千古愁。
白眉大侠可念旧,何故双眸语还休。

　　墨云连瀚海,青峰挂玉钩。千秋多少事,白眉不萦愁。诗人笔下的东部白眉长臂猿是一种古老的智慧生物,它们游荡山水间,见证沧海变桑田,眼中常常显现出洞悉一切的悲悯和豁达。诗人写这首诗时胸中有丘壑,既有对历史的追思和缅怀,也表达了对于岁月流转、时光荏苒的感慨。这首诗运用意象丰富的文字,表达了深邃的人生感悟,给人以启示和思考。东部白眉长臂猿,栖息于南亚热带季风常绿阔叶林。物语:不声不响,思念飞扬。

东部颈环蜥

露珠闪烁月如弓,溪水流淌碎倒影。
暮云深处心宁静,唯美瞬间已无穷。

　　这首诗描绘了一幅宁静而幽美的夜景。白居易曾经有诗云:"可怜九月初三夜,露似真珠月似弓。"这首诗中的"露珠闪烁月如弓"令人产生一种强烈的穿越时空的感觉,正所谓:"古人今人若流水,共看明月皆如此。"此外,诗中还传递出瞬间即是永恒的哲学思想,借以表达诗人对自然美景、时光的感慨和对生命价值的探索。东部颈环蜥,原产于北美洲的多岩石峡谷地区,现已分布世界各地。物语:心有期盼,草香弥漫。

东非狒狒

空空如也至眼前,东非狒狒心不甘。
问春何时可开饭,催花枝头犹安眠。

这首诗描述了早春时节,乍暖还寒,天地间还没有呈现花繁叶茂的景象。东非狒狒经过一冬的节衣缩食,饱受饥饿的折磨,因此对于春天格外期待。无奈,气候并不以它的意志为转移,花苞依然在枝头酣睡,瓜果遥遥无期,我们似乎都能感受到东非狒狒焦急的心情。诗中"问春何时可开饭"这句很口语化,为诗歌增添了不少风趣。东非狒狒,分布于撒哈拉沙漠周边的南部非洲国家,杂食性,以植物为主。物语:风铺春路,枝头无语。

东非剑羚

双角尖锐破长空,风流掠过墨云横。
东非剑羚不任性,勇猛小子初长成。

  双角如戟,刺破苍穹。墨云似瀑,难掩风流。在诞生无数奇迹的东非大草原上,剑羚离开母亲的庇佑,成长为壮硕勇猛的英雄,踏上自己的人生旅途。它虽然初出茅庐,但已经展现出了勇士的气概。令读者不禁联想起每个人都曾经历的青葱岁月,那时的我们不恋过往,不惧将来,对未来充满一往无前的勇气。东非剑羚,又名东非直角长角羚,牛科,剑羚属。分布于非洲东部,栖息于半沙漠以及干旱、半干旱丛林和草原。物语:长剑出动,少年英雄。

东格陵兰岛驯鹿

琼花纷飞震撼多,天雷地火冰皎洁。
驯鹿壮观不逊色,直面万里三冬雪。

飞雪连天,遍地琼瑶。广袤的冰原之上隐隐闪现天雷地火,映衬得皑皑白雪更显皎洁。诗中琼花和天雷地火各有象征意义,一个给人带来生命的希望,一个是自然界中的神秘力量。大群驯鹿铺天盖地而来,蹄声轰鸣,雪沫飞扬,它们是这片天地最震撼人心的力量,也给读者带来强烈的视觉冲击和思考空间。东格陵兰岛驯鹿,鹿科,驯鹿属,分布于东格陵兰岛,栖息于极寒的高地苔原等地带。物语:冰寒之地,生命奇迹。

东美松鼠

枝头跳跃任欢腾,松鼠落地沐清风。
天地怜惜秋与共,越冬坚果贮存中。

寒风萧瑟,秋意渐浓,松鼠从树枝跳跃到草地,毛茸茸的大尾巴在金色风中铺展得更加蓬松。大自然似乎也很怜惜这种可爱弱小的生物,为它们越冬准备了充裕的食物。众所周知,包括松鼠在内的很多动物为了度过严寒的冬天,会在秋天勤劳地贮存食物。它们这种近乎本能的行为表现出了自然生物为了生存而进化出的智慧。东美松鼠,松鼠科,松鼠属,分布于加拿大、美国、意大利、南非、英国。物语:花开春时,留住秋季。

斗牛㹴

wàn lǐ hóng chén bù yóu jǐ　　táo jìn shí guāng yǒu shuí zhī
万里红尘不由己，淘尽时光有谁知。
chén diàn xīn xìng rèn gēng tì　　hán lái shǔ wǎng dài chūn shí
沉淀心性任更替，寒来暑往待春时。

人生的历程不由自己掌控，而是由各种复杂因素相互作用而成，就像红尘中的跌宕起伏，难以预料。青春岁月在自己认定的理想中度过，又岂是他人所能理解的？随着时间的推移，我们的心性在不断改变，逐渐走向成熟、获得智慧。漫长的人生旅程总会有不如意的时刻，但只要内心沉淀，静待春暖花开，总会有拨云见日的那一天。斗牛㹴，又名斗兽场斗牛㹴、美国斗牛犬，最早起源于英国。物语：岁月悠远，相伴平安。

杜宾犬

风扫落叶深秋天，静卧西装杜宾犬。
威武霸气真硬汉，偶尔放假才得闲。

秋风带来酝酿了春夏两季的成熟香气，金灿灿的落叶为大地铺设了一层柔软的毛毯。杜宾犬俯卧在落叶中，棕黑色的皮毛像是挺括的西装，将它衬托得稳重又靠谱。它像是一位受过良好礼仪训练的绅士，彬彬有礼，保持恰当的社交距离。但熟悉它的人都知道，它矫健的身躯里隐藏着无比威猛的爆发力。更为难能可贵的是，它还对人类无比忠诚。杜宾犬，又名多伯曼犬，犬科，犬属，原产于德国，世界各地已广泛饲养。物语：风云激荡，尽兴鉴赏。

短尾矮袋鼠

天下无双矮袋鼠，成功胖成小肥猪。
却说长有千里目，自信疾风知劲雨。

诗人先是用"天下无双"强调了矮袋鼠的珍贵，接着又调侃它外形肥硕。后面两句，诗人夸张地描述矮袋鼠长有千里目，我们可以理解成它能够预知前路，而最后一句则是化用了"疾风知劲草，板荡识诚臣"，原诗是比喻只有经过尖锐复杂的斗争，才能考查出一个人的品质。此处，我们可以理解成：即使预料到前途布满荆棘，我们依旧要秉持高尚的德操。短尾矮袋鼠，分布于澳大利亚西南部的茂密森林和开阔林地。物语：美好时光，心宽体胖。

短尾猴

六大奇峡好风光，西苑花香伴猴王。
率众居于莽山上，云南传信邀帮忙。

诗人先将几条奇异的峡谷呈现在我们面前，这里风光雄伟诡谲，四季长春，仿佛是《西游记》中的花果山水帘洞。猴王率领族群生活在莽山之上，它们饿食瓜果，渴饮甘泉，过着与世无争的逍遥日子。诗尾一句提到从遥远的云南传来信息，似乎是猴王的远亲遇到了困难，邀请它们前去帮忙。这首诗别出心裁之处是将相隔两处的猴群联系在一起，显示出生物之间的和谐互动。短尾猴，又名红面猴，分布于南亚和东南亚。物语：置身花草，与春同老。

俄罗斯猎狼犬

蓝天白云美妆容,猎狼之王换雄风。
露华浓处柔情重,常伴主人款步行。

　　这首诗描绘了万里晴空的美景和俄罗斯猎狼犬伴随主人的亲昵情景,展现了两者之间深厚的情感。诗一方面凸显了猎狼犬高大威猛的形象,另一方面又强调了它在主人面前的温顺忠诚,这种对比手法更加细腻地呈现了它的情感世界。犬类对于人类的情感仿佛刻进了基因之中,诗人借此表达出希望人类对动物多加爱护、和谐共处的理念。俄罗斯猎狼犬,最初用于追逐野兽,经名犬杂交培育而成,性格安静,对主人忠诚。物语:气质天成,冷月疏影。

鹅喉羚(é hóu líng)

大漠深处有长情,天地雄风应运生。
红柳固沙沙平定,梭梭草爱鹅喉羚。

　　这首诗中唯一出现的是动物鹅喉羚,但实际上诗人歌颂的对象是沙漠中微不足道的植物。红柳和梭梭草在严酷的环境中生存并固沙,维护了生态的平衡,滋养了包括鹅喉羚在内的沙漠动物,展现出一种博大的胸怀和对自然深厚的情感。大自然是个有机的整体,其中很多看似渺小的生物实际上对于维护生态起着至关重要的作用。鹅喉羚,分布于伊朗、阿富汗、巴基斯坦以及中国新疆、内蒙古和西北地区。物语:风过云舒,时光漫步。

厄立特里亚美羚

初秋始于艳丽天，春红夏绿不复返。
草原长风路漫漫，美羚立于白云间。

　　这首诗以简洁的语言，形象地描绘了一幅初秋画卷。"初秋始于艳丽天"抓住了季节的特点，使人感到一种清新的气息；"春红夏绿不复返"则用象征的手法，表达出季节的转换和岁月的流逝；"草原长风路漫漫"把焦点放在了草原和长风上，表现出大自然的广阔和自由；"美羚立于白云间"将美羚的形象进行艺术夸张，生动又有趣。厄立特里亚美羚，分布于厄立特里亚和埃塞俄比亚及苏丹。物语：季节转身，等待萌春。

鳄鱼

千古风云争朝夕，敢与日月比守时。
大口张开无败绩，水陆无敌鳄第一。

这首诗描述了一只无敌的鳄鱼，展现了它强大、勇猛的形象。同时，诗人也将自己的信念表现了出来，传达出愿意和时间、历史做比较，秉持永不放弃的决心。整体上，这首诗充满了豪情，富有张扬、磅礴的气势。同时，也喻示着人类在生命历程中要勇往直前、不屈不挠，才能站在时代的最前沿，成为一个真正的英雄。鳄鱼，肉食性卵生脊椎类爬行物种，分布于各种可以生存的水域中。
物语：装备坚固，两栖霸主。

耳廓狐

楚楚动人小狐仙，瓜子妆容桃花眼。
迷得评委团团转，独领风骚独占先。

  杏腮似著粉，眼如桃花媚，风流乖巧惹人怜。见过耳廓狐的人，恐怕很少不为它的萌态所倾倒。蒲松龄在《聊斋志异》中曾经塑造过很多狐仙的形象，她们或娇媚可人，或聪慧伶俐，不过我们猜想他也许并没有见过耳廓狐，要不然《聊斋志异》里一定会多出一个呆萌娇憨的小可爱。耳廓狐，犬科动物，体形和小猫差不多大，生活于非洲北部和西亚大沙漠，成年后自由结对，终生为伴，多以双亲和后代组成小群体生活。物语：嘤嘤小怪，聪明可爱。

法国斗牛犬

绿意盎然云满天，守卫鸟笼护地盘。
任由花开美泛滥，法斗只等主人还。

  灿烂阳光透过白云，映照在柔软如茵的绿草上，这是多么适合奔跑撒欢的天气，法国斗牛犬却乖乖地待在家里，守护主人的一切，包括分走主人一部分宠爱的笼中鸟。任由窗外花香四溢，草虫脆鸣，它都尽忠职守，一步也不远离。这首诗描绘了一个充满生机和自然美的场景，同时也赞美了斗牛犬对主人的忠诚。法国斗牛犬，1889年首次展出，忠诚勇敢，性情友善，家庭护卫犬和伴侣犬。物语：活泼有趣，容易相处。

法老王猎犬

天上人间阅红尘，宠物榜上又更新。
名气不分远和近，千年威风闯进门。

法老王猎犬历史悠久，血统高贵。千百年来它不断经受淬炼，进化出线条优美的身躯，善解人意的智慧。它阅尽人世沧桑，看遍红尘哀乐，因此它的气质格外与众不同。甚至登上宠物榜，成为现代人类的爱宠。只可惜它不能说话，要不然就可以把它威风凛凛的过往，还有它曾见证的历史，经历的传奇故事，讲给大家听。法老王猎犬，又名猎兔犬，为远古时期最古老的犬种之一，马耳他国兽，现为伴侣犬和狩猎犬。物语：超越距离，彼此珍惜。

飞蛙

落日西斜山影时，丛林高树归鸟栖。
飞蛙此时展双翼，双足一跃飞半里。

　　寒山远上落日斜，云栖鸟静有飞蛙。诗人描绘的这幅画卷意象丰富，共同编织出一幕黄昏时分的悠闲美景。值得一提的是，这些景物都是静止不动的，因此更加凸显了飞蛙的活跃。它飞翔时在空中画出一道优美流畅的弧线，灵活矫健，给人以强烈的视觉感受。这种形象的对比和变化，让读者感受到自然景象的多样性和弱小动物的神奇之处。飞蛙，翅膀有滑翔作用，趾蹼可以帮助飞行，分布于印度尼西亚热带丛林中。物语：无翅飞行，绝对本领。

飞行狐猴

热带雨林水穷时，行云降落天脚低。
飞行狐猴无风力，照样滑翔几百米。

  素有"绿色天堂"美誉的热带雨林是地球生命的乐园，郁郁葱葱，博大又神秘。在白云低垂，曲水蜿蜒的密林深处，一道弧光迅捷掠过，那是飞行狐猴在滑翔。古诗有云："好风凭借力，送我上青云。"飞行狐猴却能够无风滑翔，它凭借的又是什么呢？是天赋，让它尽情享受自由滑翔的乐趣。飞行狐猴，又名猫猴，鼯猴科，不是真正的狐猴，也不会真飞，只是灵长动物的现代近亲，分布于东南亚热带雨林。物语：娉婷生动，诱惑倍增。

飞鼬蜥

高原无垠沙冷清，垂天风流最无情。
飞鼬蜥有新行动，顺应自然当萌宠。

　　高原广袤而荒凉，风云无时无刻不在流动，从不偏爱或者怜惜任何生物。但如果就此认定大自然苛刻无情那就错了。在这种严峻的环境中，飞鼬蜥却能够生存下来，甚至成为萌宠，因为它早已看透了真理：只有顺应自然，才能生存下去。飞鼬蜥，原产于美国西南部和墨西哥北部，栖息于干旱岩石或半沙漠区，灵活敏捷，遇险快速奔逃，也可能会突然反击扑咬，现已成为世界各地的家养宠物之一。物语：寒冬不冷，只因真情。

非洲豹

天赐追风逐日形,狩猎隐藏灌木中。
非洲豹子最好命,荣获短跑第一名。

诗人将非洲豹塑造成一个天赋异禀的神行太保,美丽的花斑是它天然的保护色,威风凛凛又迷人。它天生便具有风驰电掣的才能,在原野上来去如风。它狩猎时机警又沉着,静如处子,动如闪电。诗人不吝笔墨地描绘非洲豹矫健的身姿以及生存智慧,同时流露出对大自然孕育美丽生灵的由衷赞美。非洲豹,又名苏丹豹,猫科豹亚科、豹属豹亚属动物,分布于非洲,生活于山地森林、荒漠草原的浓密灌丛和稀树上。物语:完美猎手,芳邻担忧。

非洲草原象

天边飞来火烧云,日落西山欲黄昏。
非洲草原象疑问,何故时光荏苒勤。

这首诗描述了火烧云笼罩草原的壮丽景象。火烧云是一种在日落时分出现的天空现象,橙红色的云彩仿佛燃烧天火般绮丽壮美。诗人用"日落西山欲黄昏"来形容夕阳落幕、天色渐渐暗淡的情景。非洲草原象每到此时就很疑惑,为什么时光不能永驻,让美丽永存呢?诗人借此流露出对生命无情流逝的感慨,同时也劝勉读者要珍惜光阴。非洲草原象,又名非洲象、草原象。象科非洲象属,广泛分布于非洲大陆。物语:日落感动,月出长情。

非洲灵猫

雨后密林味道新,疑惑不解看眼神。
非洲灵猫幽幽问,何故此处都是春。

　　雨后的非洲丛林焕发生机,花草缠绕大树,鸟类清脆的鸣叫在林间回荡,随处可见新鲜的果实菌类,就连空气中都洋溢香甜的味道。这简直就是非洲灵猫梦寐以求的天堂,这里食物丰沛,动物们都惬意地玩耍休憩,它再也不用靠分泌灵猫香来圈地盘。确实,动物也会向往衣食无忧的理想国。不过也就仅此而已,它们比人类的欲望要简单得多。非洲灵猫,猫科,非洲灵猫属,分布于撒哈拉以南的非洲大部分地区。物语:世纪芳香,风云碰撞。

非洲狞猫

晚秋闪烁枯叶香，夕阳披挂御衣黄。
生死狙击总较量，黄昏捕捉美景长。

　　晚秋的空气中弥漫着草木芳香，阳光在花叶间跳跃，有如灵动的音符。自然万物被夕阳染上金黄的色泽，宛如披上华贵的王袍，熠熠生辉。非洲狞猫矫健的身影穿梭在草丛之中，它健壮的肌肉、锋利的脚爪都呈现出别样的美感，让人联想到吴宇森电影艺术的"暴力美学"，这种充满力量和矛盾的意象交织在一起，似乎在向我们诉说着生命的强悍。非洲狞猫，又名非洲金猫，猫科，狞猫属，分布于非洲西部和中部。物语：心细胆大，捕猎世家。

非洲狮

草原飞扬王者风,狮子不怒也威猛。
声震十里方尽兴,侧漏霸气锁喉功。

广袤的非洲平原上,热风滚滚,雄狮的鬃毛在风中猎猎飞扬。它的脚步震动大地,金黄的双眼睥睨众生,不怒而威。非洲雄狮一生的使命就是守卫领地,保护族群。它们是天生的王者,高居食物链顶端,唯一的天敌是年轻的雄狮。我们往往关注的是雄狮的威猛,而忽略它们也是最具责任感的动物之一。非洲狮,又名狮子,猫科豹属的大型猛兽。主要分布于非洲撒哈拉沙漠以南的草原上。
物语:草原雄风,任兴纵横。

非洲跳鼠

日出东方天朦胧，寒山大道路未通。
非洲跳鼠欲尽兴，彻夜不眠捉昆虫。

日出东方，朝霞朦胧，原本是一天中美好的开端，寓意充满希望。诗人却随即写道："寒山大道路未通。"前路坎坷，这是对夜行动物的人为担忧和焦虑。但是非洲跳鼠彻夜不眠地捕捉昆虫，直到清晨还没尽兴，似乎对诗人的矛盾心理毫无觉察。也许是站位不同，眼界也迥然不同。有时候身为渺小的生物，倒比人类快乐得多。非洲跳鼠，又名埃及小跳鼠，分布于北非和阿拉伯半岛，栖息于沙漠灌丛或多岩石的干旱环境中。物语：标配乐观，活成神仙。

非洲野水牛
fēi zhōu yě shuǐ niú

tài yáng rè liè fēng wǔ xiū　　lǜ yīn zhē gài yě shuǐ niú
太阳热烈风午休,绿荫遮盖野水牛。
dà dì zhí bèi yǒu jǐ hòu　　bǎi zhuǎn qiān huí wú jìn tóu
大地植被有几厚,百转千回无尽头。

　　正午阳光下,风静鸟鸣休。白鹭何处去,绿荫盖水牛。这是一首描写太阳的热烈和野水牛悠闲休憩的诗歌。我们印象中的非洲总是一望无垠的沙漠,实际上这里有着丰沛的水草,优雅迷人的景致。非洲野水牛黝黑的身躯几乎能被成荫的绿草遮蔽,它们在河流湖泊畔自由地生存,繁衍生息。非洲野水牛,又名刚果水牛。偶蹄目牛科,非洲野水牛属,有5个亚种,广泛分布于撒哈拉以南的非洲大部分地区。物语:彪悍勇敢,牛气冲天。

非洲疣猪

稀树草原易变天，炎夏过后有冬寒。
西风万里长相伴，软声细语比蜜甜。

　　稀树草原是一个充满活力的地方，四季分明，变化无常。夏天炎热而干燥，冬天则寒冷而贫瘠，只有"西风万里"的金秋最宜人。当然，让非洲疣猪感到幸福的不仅是舒适的气候，更因为有伴侣陪在身边，彼此软声细语，甜甜蜜蜜。这首诗传递出诗人对于两情相悦的情感生活的赞美和对美好爱情的向往。非洲疣猪，又名普通疣猪，分布于非洲大陆大部分地区，栖息于有地表水的稀树草原和山地草原。物语：共立斜阳，倩影成双。

菲律宾穿山甲

岁月静好风悠闲,铠甲勇士躺平川。
昼伏夜出老习惯,何故当下要变天。

这首诗开篇描写了一种平静而悠闲的生活状态。岁月静好乐逍遥,风在林梢鸟在叫,但是,铠甲勇士安逸的生活被打破,它们不得不面对突如其来的变化。从表面上看,这首诗是在描述穿山甲的境遇,实际上也暗示了当下社会日新月异,不断涌现机遇和挑战。人们不能妄想一劳永逸,而是需要及时调整心态,以适应时代的变化。菲律宾穿山甲,穿山甲科,穿山甲属,是分布于菲律宾的特有物种。物语:收敛激情,携风造影。

菲氏麂

梦中挂起满天星，隔网但见灯火明。
为母则刚若有用，乐为万世开太平。

这首诗以梦境中挂起满天星为起点，描绘出一种宁静而神秘的氛围。通过描述"隔网但见灯火明"的场景，表达出对远方亲人的思念和对家庭温暖的向往。继而，诗人以"为母则刚若有用"表达出对母爱的孺慕之情，展现出家庭责任和情感的交织。最后一句"乐为万世开太平"则流露出诗人对家庭、亲情和未来的深刻思考，体现出她内心的柔软和刚强。菲氏麂，分布于缅甸、泰国、中国。物语：重焕生机，再现活力。

狒狒 (fèi fèi)

春秋大道万里远,转完一圈又一圈。
思绪漫游风云变,可否送座花果山。

　　春秋大道好比人生,漫长而艰辛,需要我们秉持毅力和坚韧的心去跋涉。很多时候,即使刻苦努力,生活也会停滞不前,陷入单调的循环。诗中的"花果山"源自《西游记》,在此可以引申为无忧无虑的世外桃源。诗人似乎是在希冀摆脱困境,继续前行。这首诗用文学方式探讨了现实命题,启发读者深入思考。狒狒,猴科狒狒属哺乳动物的统称,分布于非洲,栖息于高原山地或平原峡谷峭壁。物语:太阳之子,生活不易。

蜂猴

月明星稀风周旋，赴约蜂猴枝头欢。
浸墨双眸深情看，下方来者胜名媛。

春山烟欲收，天淡星稀小。诗人先是铺设了一幅幽美的春夜画卷，在这个良辰美景之中，诗人又塑造了一个风流少年的形象。他的衣袂随着晚风轻轻飘动，墨色双瞳中溢满星光，他在深情地守候前来赴约的佳人。不知何时，一阵暗香袭来，随着绣履踏上芳草的声响，空气变得甜蜜浓稠，一如他们此时羞怯涌动的心情。蜂猴，又名灰蜂猴。灵长目懒猴科蜂猴属，分布于东南亚，中国见于南部和藏南地区。物语：岁月深处，温暖永驻。

弗里斯马

快意千里风无穷，浩然之气天地惊。
弗里斯马常出镜，影视大片任驰骋。

《孟子·公孙丑上》提到，所谓浩然之气就是刚正之气，是大义大德造就的一身正气。诗人用来形容弗里斯马在原野上自由驰骋的样貌，寓意深远。诚如斯言，人如果能秉持浩然正气，就能超脱于凡俗困扰，精神也就能达到自由的境界。弗里斯马深得观众青睐，除了英俊的外貌，又何尝不是因为在它的身上寄托了人们美好的向往呢？弗里斯马，又名弗里西兰的黑马，原产于荷兰北部，距今大约有400—600年历史。物语：骏马奔驰，日行千里。

负鼠

浓香打开花开关,沉醉不知归路远。
背上宝宝高声唤,妈妈快瞧风流天。

  花开如海,大地仿佛笼罩在香雾之中。赤裸的双足踏上柔嫩的草甸,眼前美景令人流连忘返。这种表述很能反映诗人内心深处对大自然的亲近感和无尽的眷恋。小负鼠们窝在妈妈温暖的背上,好奇又惬意地观赏美景。"妈妈快瞧风流天"这句很有趣味,既是小宝宝和妈妈之间的亲情互动,也是动物与自然的和谐呼应。负鼠,负鼠目负鼠科哺乳动物的通称,是一种比较原始的有袋哺乳动物,主要分布于拉丁美洲。物语:辛苦带娃,背负全家。

高鼻羚羊

九万里路眷恋行，悬壶济世立头功。
天赐长角作药用，神州无物与之同。

　　九万里神州沃土，风光旖旎，高鼻羚羊信步其间，踯躅忘返。它像是敦煌壁画中的九色神鹿，用悲悯的目光关照人世的喜乐悲欢。天赐给它一对珍贵的长角，同时也赋予它悬壶济世的使命。这首诗充满了浪漫主义色彩，表达了诗人对自然、生命的热爱与眷恋。最后一句"神州无物与之同"，既有对高鼻羚羊的钟爱，也呼应着开篇对崇高品质的赞美。高鼻羚羊，原分布于中国的野生种群已经基本灭绝。物语：美之旋涡，难以逾越。

高冠变色龙

石榴红妒宝蓝风,翡翠成就变色龙。
如此颜值叫完胜,君临天下高冠赢。

这首诗中,令人惊艳的配色是亮点。石榴红和宝蓝色搭配,醒目而华丽;翡翠色清新淡雅,与变色龙的特性相呼应。这种极富视觉冲击力的色彩组合,营造出一种富丽堂皇的气场。诗人说"君临天下高冠赢",如果高冠变色龙真能君临天下的话,那它一定是个"九天阊阖开宫殿,万国衣冠拜冕旒"的盛世君王。高冠变色龙,大多数分布于非洲马达加斯加岛,少数分布于亚洲地区,杂食性,主要以昆虫为食。物语:美至高天,蓝尽深远。

高角羚

如梦如幻如云游,似风似雨似春秋。
背上鸟儿常念旧,工作完毕不忍走。

　　如梦如幻,半梦半醒。似风似雨,若晦若明。这首诗首先营造了一种朦朦胧胧、宁静悠远的氛围。诗人借高角羚表露出心境的迷离、虚幻,也暗示着对平静安详的向往。但是,注重精神富足的人往往会陷入孤独,此时如果有人能够长伴左右,即使做不到心意相通,也足够快慰平生。高角羚背上的小鸟就是这样的存在,它温暖的陪伴让高角羚的旅途不再寂寞。高角羚,牛科,高角羚亚科,分布于非洲南部和中部。物语:友好相伴,生活悠闲。

缟獴
<small>gǎo měng</small>

黄金大漠风不同，贴地呼啸缟獴惊。
花之味道尤其重，美味只为邀飞虫。

广袤的沙漠之中，呼啸的风裹挟着令人震撼的力量。缟獴常常被风吹得不得不贴着地面奔跑，惊恐不安。它们希望通过散发香味来吸引飞虫，以此来维持生存，繁衍后代。诗人生动地描绘了在贫瘠的环境里，弱小生物的生存智慧，让读者感受到生命的力量。缟獴，别名非洲獴、横斑獴、斑纹灰沼狸，獴科缟獴属下两个物种的其中之一，个体比狐獴大；分布于非洲荒漠和稀树草原，挖穴群居，具有社会分工，用气味标记地盘。物语：适当抱团，共享平安。

葛氏苍羚

花香引领蜜蜂来,偶尔遇上不忍摘。
葛氏苍羚决权赛,仪式十足好情怀。

  百花盈露,蜂蝶翩然,这一幕实在太过温馨,以至于令人不忍采撷花朵,破坏画面的美感。葛氏苍羚在花丛间踱步,它的性情温和,就连宣示主权都显得优雅从容。这也许是一场事关权力的斗争,但它们更重视与族群的和谐共存。诗中的花、蜜蜂、苍羚都是大自然中美好的一部分,它们之间和平的相处之道也值得我们学习借鉴。葛氏苍羚,又名格兰特苍羚。偶蹄目牛科苍羚属哺乳动物,分布于非洲大草原,植食性。物语:优雅聪明,克制取胜。

艮氏犬羚

疾风骤雨瞬间停，解晴之后天澄清。
棘刺非作蔽日用，草原生活不轻松。

草原天气骤变，风雨迅疾。诗人用"疾风骤雨"比喻生活中的困难和磨难，很快天空放晴，日曜云轻，但是不知下一场风雨又会在何时袭来。艮氏犬羚虽然有尖锐的荆棘充当护卫，但是并不足以抵御风霜雨雪。生活中的困难有时会让人感到前途渺茫，唯有努力和坚持，怀揣积极的信念，才能度过艰难的岁月。艮氏犬羚，偶蹄目，牛科，犬羚属，雄性有角，雌性略大无角，成年体重3—5千克，分布于非洲地区。物语：非凡生灵，美如春风。

贡山羚牛
gòng shān líng niú

tiān kuān dì kuò fēng xiàng wǎng　　huā cǎo shèng fàng áng rán xiāng
天宽地阔风向往，花草盛放昂然香。
gòng shān líng niú xìng háo fàng　　shōu xià wǎn chūn tài yáng guāng
贡山羚牛性豪放，收下晚春太阳光。

　　这首诗以天、地、风、花草、贡山羚牛、太阳光等元素为描绘对象，展现了缤纷多彩的自然形态。诗人使用的"豪放""昂然"等词语更是给整首诗增添了情感的力量。同时，"收下晚春太阳光"这一句的修辞手法也很有想象力，巧妙而生动，让人感受到生命的情趣。其实，即使春光将逝也不必伤感，不妨学习贡山羚牛，捕捉最美的瞬间，成就生命的美好。贡山羚牛，大型食草动物，分布于中国高寒地区。物语：悬崖峭壁，如履平地。

古代英国牧羊犬

后花园里赏秋天,毛发太长遮望眼。
微澜起伏有点乱,却也叱咤两百年。

诗人以简洁、生动的语言描绘了秋天成熟的景象,以及古代英国牧羊犬可爱的外形。它在后花园里赏玩秋天的风景,长长的毛发遮住双眼,阻碍了它看向远方的视线。时光荏苒,不知不觉中它已经和人类相伴了两百年,虽然它的外形像个毛绒玩具,一点也不威风,但在宠物犬圈里,它可是人见人爱的大宝贝呢。古代英国牧羊犬,又名古牧、截尾犬、古代牧羊犬,由多种欧洲牧羊犬杂交培育而成,距今约有1800年历史。物语:各自喜欢,力争完善。

关 中 驴
guān zhōng lǘ

柳随花舞春可知,月至高峰递天时。
关中驴友顺天意,陪伴步行九万里。

  春天已到,春之神却还懵懂未觉,明月只得攀升到顶峰去传递消息,催它早日降临。有趣的是,"关中驴友"一语双关,一方面点明了诗中的主角是关中驴,另一方面结合了网络用语"驴友"的称呼,为诗歌增添了趣味性。阳春三月,有个知心的朋友陪伴,领略天地间的美景,共度风雨黄昏,想必也是人生一大乐事吧。关中驴,产于陕西省关中平原,主要吃植物嫩叶芽、树叶、草及水生植物。物语:找准方向,定位回访。

冠毛猕猴

似曾相识思前程,滚过刀板未成功。
打铁尚须自身硬,春来为情争输赢。

  这首诗表达了诗人对过去经历的回忆和对未来的期待,通过强烈的情感和坚定的信念,展现出一种不屈不挠的精神。"滚过刀板未成功"一句,表示曾经努力但未成功,由此领悟到"打铁尚须自身硬",强调了自身能力和素质的重要性,暗示着只有通过不断地努力和提升,才能取得成功。最后一句,则表达了诗人对情感的重视和追求。冠毛猕猴,又名帽猴,分布于印度南部,白天在地面活动,夜晚到树上或岩洞中休息。物语:奇妙景致,动静相宜。

冠美狐猴

shuǐ bō bù dòng tiān wú fēng　　bǎi mǐ gāo kōng kě zhī qíng
水波不动天无风，百米高空可知情。
guān měi fàng yǎn shí guāng jìng　　shān hǎi zǎo guò wàn qiān chóng
冠美放眼时光镜，山海早过万千重。

　　这首诗通过描绘波澜不兴、天寂无风的自然景象，表达了一种含蓄蕴藉的情感。开篇呈现了一幅安逸静谧的景象，而"百米高空可知情"一句则情愫暗涌。"时光镜"有穿越过去和未来之意，等到碧空领会了山海的情意，早已时过境迁。这首诗富有中国古典诗歌悠远的韵味，所有遗憾尽在不言中。冠美狐猴，狐猴科美狐猴属中最小的物种，只分布于东非海岸的马达加斯加群岛北部，生活于热带雨林或潮湿的山地森林。物语：释放心灵，打坐仙境。

光面狐猴

歌声美妙且高昂,风云凝脂绿苑香。
从上到下都漂亮,泼墨冠绝白凤凰。

　　阳光穿透嫩绿的枝叶,在林间洒下点点光斑。风吹云动,更将花香散播到每个角落。光面狐猴在枝头尽情歌唱,黑白相间的身体挂在藤蔓上轻轻摇摆,宛如一幅水墨凤凰图,看起来神秘又风雅。这首诗歌从形、色、声等各方面描绘了光面狐猴迷人的风采,生动有趣,充满美感。光面狐猴,又名大狐猴,灵长目,狐猴科,世界上现存最大的狐猴,体重1—10千克,分布于马达加斯加岛的热带雨林。物语:嬉戏活跃,前景广阔。

鬼狒

流光无声云疏影,绿叶急切唤春风。
鬼狒遁入迷幻境,不信变成极危种。

　　光线在云层中穿梭,影子在风中摇曳,自然万物都在期待春天的到来。不过对于鬼狒来说,它们需求的已经不仅仅是春天。原本在森林里强悍生存,拥有极其勇猛的实力和超强的智慧,但是由于各种原因,如今鬼狒已经沦为濒危物种。恐怕就连强大的鬼狒首领都难以置信,自己的族群怎么会堕入如此危险的境地。这首诗希望对濒危物种伸出援手。鬼狒,分布于非洲地区,栖息于低地森林以及沿海山林。物语:此消彼长,自然现象。

贵州疣螈

天下景色源于风，动静相宜美无穷。
贵州疣螈半两重，山水田园任驰骋。

这首诗以"天下景色源于风"开头，表达了对自然力量的尊崇。随后，诗人用"动静相宜美无穷"来形容景色的美丽和多样性。贵州疣螈虽然只有半两重，但它依然"山水田园任驰骋"，这阐释了一个道理：动物无论大小，都拥有自由的灵魂，而且看似渺小的生物也有自己的生存之道。人类如果轻视甚至凌虐其他物种，未免过于盲目自大了。贵州疣螈，分布于贵州和云南的高山溪流附近。物语：岁月无阻，安心居住。

海豹

粉雕玉砌刺骨风，母浸冰魄唤儿行。
奶声奶气忽回应，热泪盈眶无寒冬。

  冰天雪地仿佛粉雕玉砌，母海豹游弋在遍布冰晶的海水里，不时回顾召唤幼崽。娇憨的小海豹欢快地跟随母亲，奶声奶气的回应萌化了妈妈的心。寒冷的冰原，因为母子间的亲情而融化，仿佛绽放出朵朵春花。诗人细腻且温柔的笔调洋溢着缱绻深情，令读者感同身受。海豹，鳍足亚目海豹科动物的统称，总计有11种，分布于南极到北极的海域或淡水湖泊中，哺乳动物（胎生），行一雄多雌制，水陆两栖，肉食性。物语：飒飒花舞，皎皎如许。

海福特牛
hǎi fú tè niú

dōng nuǎn xià liáng zhī jǐ hé　　chūn mǎn yuán shí lè qù duō
冬暖夏凉知几何，春满园时乐趣多。
liú nián ān yú hǎi fú tè　　sòng xíng zhī jiǔ niú bù hē
流年安于海福特，送行之酒牛不喝。

这首诗前两句中依次提到了冬、春、夏三个季节美好的天气，独独没有提到秋季，因为秋季蕴含肃杀、离别等令人哀伤的意味。尾句中的"送行酒"，在古代也叫"壮行酒"，一般是在朋友远行时送上以表达惜别之情。在战争年代，勇士们执行有生命危险的任务时，指挥官们也会为他们斟酒壮胆送行。由此可见，海福特牛作为食用肉牛品种，确实是很不想喝下这杯"送行酒"的。海福特牛，原产于英国英格兰岛。物语：思念有时，重逢可期。

海狗

长途跋涉路途远,一天过后又一天。
风将众芳问个遍,得知相亲年复年。

  天长地久,日复一日,转眼又到了海狗成群结队迁徙的季节。尽管路途遥远,只要生活在熟悉的族群之中,再大的风浪也能抵御。幼小的海狗逐渐出脱成少年的模样,它们追随着春风,期待爱情的降临。诗人笔下的动物总是充满情趣,它们顺应自然的规则,乐天知命,美好温暖的氛围令人心生向往。海狗,又名毛皮海狮、突耳海豹,海狮科海狗亚科下的动物统称,分布于世界各地绝大多数海域。物语:风雨同行,相互尊重。

海鬣蜥

碧水任由风波起，奔向远方海鬣蜥。
天空浩然怀壮志，海阔方可容磐石。

海鬣蜥不惧任何挑战，勇往直前，奔赴未知的前途。它的心像天空那般宽广无垠，充满伟大的抱负和志向。它明白只有拥有像海洋那样包罗万象的胸怀，才能够让自己的信仰坚如磐石。"海阔方可容磐石"一句让人联想到民族英雄林则徐的一则自勉联："海纳百川有容乃大，壁立千仞无欲则刚。"诗人借用这则对联向读者阐述了"海阔天空"的真实含义。海鬣蜥，蜥蜴目，美洲鬣蜥科，栖息于礁石或火山岩海边。物语：物种起源，海陆之间。

海南长臂猿

格局越大路越宽，高歌一曲示主权。
霸王岭上常相见，最美海南长臂猿。

无论是一种动物，一个人，乃至一个国家，格局越大越会拥有宽广的道路。我们可以将诗的主题投射到生活中的方方面面，包括环境问题。对于海南长臂猿来说，守护家园、捍卫主权是它的使命，而保护自然环境也是人类不容推卸的责任。在当今社会，人们往往关注经济发展，致使环境恶化。这首诗可以令我们重新审视自己的行为。海南长臂猿，生活于中国海南国家级自然保护区霸王岭热带雨林。物语：相互包容，生活安定。

海狮

二月漫步金沙滩,暖风和煦微带寒。
思念纷飞有点乱,美媚入画又入眼。

　　二月的金沙滩春寒料峭,澄澈的暖阳带着丝丝缕缕的凉意,让人感到清爽舒适。然而小海狮此刻的思绪却随风纷飞,有些凌乱。因为一个漂亮的身影出现在前方,它不仅与眼前的美景融为一体,更在小海狮的心底烙下相思的印迹。诗人用谐趣的笔调描写了小海狮初坠情网时的呆萌样子,令人忍俊不禁。海狮,鳍足目,海狮科,包括5属7种,分布于北半球太平洋寒温带海域,性格温和,集大群活动。物语:海陆两栖,方便生息。

海獭

雨后开晴天唯美,仰面收取春回归。
海獭拥有大智慧,眯起眼睛向天飞。

　　水光潋滟晴方好,山色空蒙雨亦奇。毛茸茸的海獭浮游在温暖的春水之中,油光水滑,圆圆滚滚,可爱的样子引人开怀。它调皮地抖动身体,洒落的水珠在阳光下折射出彩虹的色彩。据说海獭是有智慧的动物,看它悠然自得的样子,确实像一位隐于野的世外高人。诗人似乎是在劝告被俗世各种烦恼困扰的人们,不妨学习海獭的生活态度。海獭,鼬科海獭属,分布于北美洲海域,肉食性,一雄多雌制。物语:海中天才,超级可爱。

海象(hǎi xiàng)

北冰洋上雪风光,激烈搏斗争当王。
虽说群芳一级棒,视子如命唯亲娘。

　　这首诗短小精悍,结尾的转折出人意料又在情理之中。白雪覆盖的冰原成为雄海象们的角斗场,它们为争夺伴侣而展开搏斗。年轻的雌海象们妖娆多姿地伏在一旁观望,等待英雄的胜出。只有雄海象的母亲会为儿子担忧,害怕它们在战斗中受伤。诗人用细腻的笔触歌颂了母爱的光辉,令人感叹。海象,海象科海象属,体形庞大,长有獠牙。分布于北冰洋周边海域,群居于冰天雪地或寒凉的海水中。物语:冰天雪地,深海游弋。

海猪
<small>hǎi zhū</small>

<small>tūn tǔ qiān zhàng hǎi làng shān　　tuō jǔ bǎo bao zhì xiōng qián</small>
吞吐千丈海浪山，托举宝宝至胸前。
<small>qī qíng liù yù dōu bù jiàn　　zhǐ yǒu mǔ ài zài xīn tián</small>
七情六欲都不见，只有母爱在心田。

　　碧波翻腾，水珠喷涌，那是海猪在快乐地摇摆。动物界的母子亲情非常动人心弦，外表拙朴的海猪爱护幼崽的举动丝毫不亚于人类的亲情。一旦幼崽被俘获，母海猪往往因为不忍离去而同时落网。世间的情感有很多，母爱无疑是其中最伟大的一种。诗人希望人类能够网开一面，以博爱之心善待自然生物。海猪，中文学名江豚，鼠海豚科海猪属，分布于西太平洋、印度洋、日本海和中国沿海。中国的国家二级保护动物。物语：母子情深，何其幸运。

旱獭

天地日月爱轮回，春花绿草美成堆。
旱獭贪吃个中味，胖成肉球才后悔。

  这首诗文字简洁直白，如民谣般朗朗上口。杜牧有诗云："长安回望绣成堆。"不过在土拨鼠的眼中，春花碧草不过都是满坑满谷的粮仓。它们钻进草堆，腮帮子和小肚子都撑得圆鼓鼓的。诗人诙谐地想象它们会因为身材臃肿而发愁，不过这大概是人类才会有的烦恼。对于土拨鼠来说，享受美食最重要。旱獭，又叫土拨鼠，啮齿目松鼠科体型最大的一种，含3个亚种，分布于哈萨克斯坦和俄罗斯及乌克兰。物语：壮硕大憨，颠覆三观。

貉 hé

冰天悬壶千百年，芳草地设洞中仙。
一丘之貉若答辩，无爱皮裘难保暖。

这首诗的视角很是别具一格。我们可以想象在寒冬腊月，成双成对的貉依偎在洞中，外面冰天雪地，洞内春意融融。如果没有爱情的温暖，即使再厚的裘皮也不能抵御严寒。值得一提的是，"一丘之貉"本是贬义词，但是诗人在此只是善意地调侃。毕竟这些世人眼中的丑角，实际上可是对爱情和婚姻非常忠诚的模范夫妻呢。貉，又名貉子、毛狗。犬科，貉属的哺乳动物，犬科非常古老的物种，原产于东亚国家。物语：激荡潜能，自由前行。

豪猪

浑身棘刺带倒钩,万箭齐发风云愁。
皎洁收起月光秀,任由豪猪尽兴走。

豪猪身披软猬甲,像是一辆辆弩车令人胆寒。它们万箭齐发之时,就连风云都避之不及。明月忙不迭地收敛起光辉,胆战心惊地凝视着它们张扬的身影。诗人用夸张的修辞渲染了豪猪的外形,将它们塑造成"拟金伐鼓下榆关,旌旆逶迤碣石间"的勇士。其实大自然里的生物鲜少主动攻击人类,抛开它们唬人的外形,我们会发现它们温柔胆怯的内心。豪猪,豪猪科,分布于亚洲和欧洲及非洲地区。物语:拥有利刺,甚少天敌。

合趾猿
<small>hé zhǐ yuán</small>

春光飞扬难捕捉，无花果香乱银河。
碣石山下情壮阔，仙影沧浪猿高歌。

春天的气息无处不在，却难以被捕捉。无花果的香气飘至九天，就连银河都被它扰乱了节奏。诗人来到碣石山下，追古思今，回想起秦皇汉武曾在此求仙问道、三国曹操写下《观沧海》的历史典故。如今千年如梭，英雄已无觅处，只剩下碣石依然耸立，波涛翻涌如故。其间夹杂着仙猿高亢的啸声，似乎在诉说曾经的光辉岁月。合趾猿，灵长目，长臂猿科，合趾猿属，分布于东南亚热带雨林及高山森林。物语：惊艳瞬间，收藏流年。

河狸

金盘玉碟盛春秋,河狸豪华起高楼。
林木堤坝列左右,曲径护卫家门口。

  金盘玉碟、朱门深户是王侯贵族的奢侈标志,而河狸亲手打造的洞府丝毫不逊色。它孜孜不倦地搬运物料,将自己温暖的巢穴打造得尽善尽美。诗人用夸张的手法将河狸的家形容成豪华的高楼,不仅有堤坝护卫,还有绿荫曲径掩藏洞口。自然界中有很多生物的本能行为显现出很高的智慧,令人叹为观止。河狸,又名海狸,哺乳纲河狸科河狸属,主要分布于欧洲,其他地区相对量少,栖息于森林河流沿岸。物语:不用蓝图,照造房屋。

河马

风雨欲摧云欲低，顷刻而至席卷急。
移步换景谁如是，河马归家正当时。

　　这首诗歌形象地描绘了自然界中风雨席卷天地的场景，表现出强烈的自然力量和磅礴气势。在这样的环境中，每走一步，景象都会随之变幻，熟悉又陌生，就连壮硕的河马也心生畏惧。它挪动沉重的步伐，向着家的方向行进。这首诗传神地表现出自然界风雨雷电带来的震撼，同时也传递出诙谐的情趣，让人在感受自然威力的同时体会到家就是温暖的港湾。河马，分布于非洲，生活在热带水域水草丰盛地区。物语：实力强大，谁也不怕。

赫克托尔灰叶猴

鬓发如雪宜登顶，面黑如墨更威风。
放手一博获全胜，族群炫绿又披红。

  诗人塑造了一个相貌出众、技艺高超的艺术形象。它的鬓发如雪，面孔黧黑，强烈的颜色对比显得它十分威严又神秘。它身怀绝技，攀缘高顶如履平地，每次比赛都能勇夺冠军。它扬扬得意地披红着绿，被族群簇拥，享受如浪涛般的欢呼。这首诗让读者感受到凭借本领获得荣耀时的自豪，也提醒人们在现实生活中需要不断淬炼技能。赫克托尔灰叶猴，又名小山叶猴、灰色叶猴，分布于不丹和印度及尼泊尔。物语：锦绣华年，春秋相伴。

褐麂羚

空阔制胜于无形,天起风云秋有声。
落叶随兴去追梦,信步踱来褐麂羚。

  这首诗展现出中国古典哲学的韵味。古往今来,关于"空"的探索是无数哲学家终其一生也没能获解的,诗人说"空阔制胜于无形"就很耐人寻味了。在这首诗里,我们可以把"空阔"理解成真理,或者自然界的规律,就可以约莫体会诗人想要表达的主题。无论是落叶飘浮在空中去逐梦,还是褐麂羚随性地生存,都符合自然界的"道"。这对于人类来说不失为一种很高的境界。褐麂羚,又名麦氏小羚羊,分布于非洲西部。物语:云水之间,长路漫漫。

褐美狐猴

花之思绪惊飞鸟，享乐时分吃叶宵。
褐美狐猴讲公道，高树也要留枝条。

  花瓣凝露，愁绪暗转，飞鸟被花触动而振翅惊飞。褐美狐猴在枝头握着鲜嫩的枝叶大快朵颐，一边不忘安慰花朵，它们不会把所有枝条都啃光，一定会为来年留下生机。这首寓言诗言简意赅，蕴含了科学的环保理念。涸泽而渔、杀鸡取卵的贪婪行为最终会导致自然的反噬，当初的获利者也势必沦为受害者。褐美狐猴，别名褐狐猴，狐猴科美狐猴属，中等体型，成年体重2—3千克，分布于马达加斯加岛北部。物语：地盘收紧，难以置信。

黑白柽柳猴

高耸入云山纵情，风怜细流静无声。
前路漫漫月如镜，枝头复浓冬风景。

　　这首诗的意境悠远深刻，表现出一种宽广、自由的感觉，让人想起了那些勇敢的追梦人。整首诗看似是在临摹风景，实际上云、山、风、流都可以理解成我们人生道路上的风景。这些风景或静，或动，或高亢，或沉寂，变幻莫测，喜忧难料。第三句"前路漫漫月如镜"是诗眼，喻示着无论我们遭遇了什么，总有一轮明月高悬，它会评判我们的功过，照耀我们的前程。黑白柽柳猴，分布于亚马孙热带雨林。物语：岁月绵延，无路可返。

黑豹

月光错认百草霜，咆哮而出黑豹王。
梦碎花间千重浪，黛眉玄青无短长。

这首诗的语言生动形象，意象符号丰富，呈现出一幅充满神秘和情感的画面。月光清冷仿佛草木凌霜，表现出清冷肃杀的氛围；黑豹咆哮声震峡谷，显示出逼人的王者气概。后面两句描写了两种颜色，黛是青黑色，玄青是深黑色，似乎是在指代不同风姿的美女。诗人也许是想表达这样的含义：像黑豹这样的王者不会眷恋爱情，因此注定会有人"梦碎花间千重浪"吧。黑豹，分布于亚洲、非洲和美洲等地。物语：个性签名，上达天听。

黑背胡狼

千里烟云野渡远，伉俪情深似海天。
黑背胡狼回首看，几只幼儿乱撒欢。

　　烟云远在千里外，春潮野渡无人来。黑背胡狼一家幸福地栖息在这片世外桃源，雌雄胡狼相濡以沫，共同抚育活泼可爱的幼崽。在落霞满天的黄昏，夕阳照映着一对相爱的背影，它们亲昵地嬉戏，但也没有忘记时常回头看看跟在身后撒欢儿的孩子们。诗人描绘的这幅充满亲情的温馨画卷深深打动了读者，令人油然而生护卫这份美好情感的心愿。黑背胡狼，又名黑背豺，犬科犬属，分布于非洲东部地区。物语：守望相助，智者幸福。

黑唇鼠兔

悠然望断天边霞，绿草掩饰万千家。
空有丹青不得画，难描行宫浓透雅。

　　这首诗将娇小软萌的黑唇鼠兔塑造成一个王侯般的艺术形象，它居住在连绵的宫殿群中，雕梁画栋，景色宜人，即使是丹青圣手也难以勾描。它经常会离开居所，卧在绿草丛中，仰望天际云霞飞卷，神游天外。这首诗表达了一种超然物外、悠然自得的生活态度，让人在阅读时仿佛能够置身于自然的美妙和壮丽之中，心驰神往。黑唇鼠兔，又名高原鼠兔，分布于青藏高原及周边省区，尼泊尔和印度也有。物语：通道相连，宛如宫殿。

黑刺尾鬣蜥

盘踞高石观山河，盈尺芳草满山坡。
万籁无声天地阔，花飞花谢正结果。

　　这首诗对景物描写十分细腻，既有山河的壮美，又有芳草的清新。值得一提的是，最后一句"花飞花谢正结果"是一语双关，我们可以理解成花朵凋零是结出硕果的必然前奏，也可以解读成无论自然界还是人类社会，都要经历更迭轮回，万事万物无论怎样震荡，总会有尘埃落定的那一天。黑刺尾鬣蜥，又名黑鬣蜥，原产于中美洲及墨西哥，现引入美国佛罗里达州野外放养，主要以植物花果叶为食。物语：路远水长，冬暖夏凉。

黑冠白睑猴

几许乌云堆青烟,黑毛黑冠白眼睑。
猴子世界都看遍,枝头暖流撞寒天。

诗人细细描绘了黑冠白睑猴的形貌特征,乌云和青烟既形容它的毛发,同时也营造出一种神秘、幽暗的氛围,让人感受到沉静的美。正如人类社会中,每个人的性格外貌都各不相同,彼此间存在千奇百怪的矛盾和纷争。在猴子的世界中也是如此。但是诗人用"枝头暖流撞寒天"赞美黑冠白睑猴,认为它性格温润善良,可以包容万物,化解争端,是寒凉世界里的一股暖流。黑冠白睑猴,分布于安哥拉和刚果地区。物语:思路敏锐,非富即贵。

黑狼

林深何处不长情,围炉夜话流云风。
冻原总有绿萌动,黑狼迟早逢春红。

从内容上看,诗歌选取了自然界的三个场景:森林、屋内、冻原。每个场景都有独特的形象和情感表达,如森林的茂密深邃、炉火的温馨、冻原的荒凉。这些场景展示了自然的美妙,表达了诗人对生命的感悟和对未来的憧憬。从情感上看,诗人用"长情"表达了自然的轮回,用"绿萌动"表现了对未来的信心。这种积极向上的情感传递,让读者感受到诗人的真挚和乐观。黑狼,分布于世界各地的狼群均有黑色变种产生。物语:黑色扬威,月色如水。

物语集

动物类

D

大白鼻长尾猴	物语：花开花谢，秋来春过。
大白熊犬	物语：优雅冷静，王者之风。
大耳蝠	物语：听力系统，演化成功。
大耳羚	物语：如花柔情，美化环境。
大林猪	物语：火热夏季，风雨调适。
大沙鼠	物语：回首过往，似曾激昂。
大尾臭鼬	物语：黑白界河，盖上邮戳。
大猩猩	物语：天地之说，日月思索。
袋獾	物语：春夏秋冬，来年重逢。
袋狼	物语：生态文明，同存共生。
袋食蚁兽	物语：生活至简，美好圆满。
袋鼠	物语：平衡物种，现代文明。
袋小鼠	物语：因应环境，出师有名。
袋鼬	物语：自我挑战，突破极限。
戴安娜须猴	物语：冰火两重，惊艳天穹。
戴帽乌叶猴	物语：浓郁之夏，盎然如画。
戴氏盘羊	物语：居高临下，观天奇葩。
岛屿灰狐	物语：水知深浅，花分浓淡。
德国牧羊犬	物语：燃烧生命，相伴启程。
德氏大林羚	物语：春又回还，聚了又散。
地松鼠	物语：田野浓香，细品慢赏。
地中海猕猴	物语：日出日落，迎接游客。
低地貘	物语：顿生爱意，浪漫至极。
帝企鹅	物语：阵容壮观，抱团御寒。
滇金丝猴	物语：经典扬威，弥足珍贵。
滇蛙	物语：面对自己，增加本事。
貂熊	物语：云淡风轻，无限从容。

东北虎	物语：威武雄壮，丛林之王。
东北鼠兔	物语：彩云飘落，香透石坡。
东北雨蛙	物语：以虫为食，务农有利。
东部白眉长臂猿	物语：不声不响，思念飞扬。
东部颈环蜥	物语：心有期盼，草香弥漫。
东非狒狒	物语：风铺春路，枝头无语。
东非剑羚	物语：长剑出动，少年英雄。
东格陵兰岛驯鹿	物语：冰寒之地，生命奇迹。
东美松鼠	物语：花开春时，留住秋季。
斗牛獒	物语：岁月悠远，相伴平安。
杜宾犬	物语：风云激荡，尽兴鉴赏。
短尾矮袋鼠	物语：美好时光，心宽体胖。
短尾猴	物语：置身花草，与春同老。

E

俄罗斯猎狼犬	物语：气质天成，冷月疏影。
鹅喉羚	物语：风过云舒，时光漫步。
厄立特里亚美羚	物语：季节转身，等待萌春。
鳄鱼	物语：装备坚固，两栖霸主。
耳廓狐	物语：嘤嘤小怪，聪明可爱。

F

法国斗牛犬	物语：活泼有趣，容易相处。
法老王猎犬	物语：超越距离，彼此珍惜。
飞蛙	物语：无翅飞行，绝对本领。
飞行狐猴	物语：娉婷生动，诱惑倍增。
飞鼬蜥	物语：寒冬不冷，只因真情。
非洲豹	物语：完美猎手，芳邻担忧。
非洲草原象	物语：日落感动，月出长情。
非洲灵猫	物语：世纪芳香，风云碰撞。
非洲狞猫	物语：心细胆大，捕猎世家。

非洲狮　　　　　　　　物语：草原雄风，任兴纵横。
非洲跳鼠　　　　　　　物语：标配乐观，活成神仙。
非洲野水牛　　　　　　物语：彪悍勇敢，牛气冲天。
非洲疣猪　　　　　　　物语：共立斜阳，倩影成双。
菲律宾穿山甲　　　　　物语：收敛激情，携风造影。
菲氏麂　　　　　　　　物语：重焕生机，再现活力。
狒狒　　　　　　　　　物语：太阳之子，生活不易。
蜂猴　　　　　　　　　物语：岁月深处，温暖永驻。
弗里斯马　　　　　　　物语：骏马奔驰，日行千里。
负鼠　　　　　　　　　物语：辛苦带娃，背负全家。

G

高鼻羚羊　　　　　　　物语：美之旋涡，难以逾越。
高冠变色龙　　　　　　物语：美至高天，蓝尽深远。
高角羚　　　　　　　　物语：友好相伴，生活悠闲。
缟獴　　　　　　　　　物语：适当抱团，共享平安。
葛氏苍羚　　　　　　　物语：优雅聪明，克制取胜。
艮氏犬羚　　　　　　　物语：非凡生灵，美如春风。
贡山羚牛　　　　　　　物语：悬崖峭壁，如履平地。
古代英国牧羊犬　　　　物语：各自喜欢，力争完善。
关中驴　　　　　　　　物语：找准方向，定位回访。
冠毛猕猴　　　　　　　物语：奇妙景致，动静相宜。
冠美狐猴　　　　　　　物语：释放心灵，打坐仙境。
光面狐猴　　　　　　　物语：嬉戏活跃，前景广阔。
鬼狒　　　　　　　　　物语：此消彼长，自然现象。
贵州疣螈　　　　　　　物语：岁月无阻，安心居住。

H

海豹　　　　　　　　　物语：飒飒花舞，皎皎如许。
海福特牛　　　　　　　物语：思念有时，重逢可期。
海狗　　　　　　　　　物语：风雨同行，相互尊重。

海鬣蜥	物语：物种起源，海陆之间。
海南长臂猿	物语：相互包容，生活安定。
海狮	物语：海陆两栖，方便生息。
海獭	物语：海中天才，超级可爱。
海象	物语：冰天雪地，深海游弋。
海猪	物语：母子情深，何其幸运。
旱獭	物语：壮硕大憨，颠覆三观。
貉	物语：激荡潜能，自由前行。
豪猪	物语：拥有利刺，甚少天敌。
合趾猿	物语：惊艳瞬间，收藏流年。
河狸	物语：不用蓝图，照造房屋。
河马	物语：实力强大，谁也不怕。
赫克托尔灰叶猴	物语：锦绣华年，春秋相伴。
褐麂羚	物语：云水之间，长路漫漫。
褐美狐猴	物语：地盘收紧，难以置信。
黑白桎柳猴	物语：岁月绵延，无路可返。
黑豹	物语：个性签名，上达天听。
黑背胡狼	物语：守望相助，智者幸福。
黑唇鼠兔	物语：通道相连，宛如宫殿。
黑刺尾鬣蜥	物语：路远水长，冬暖夏凉。
黑冠白睑猴	物语：思路敏锐，非富即贵。
黑狼	物语：黑色扬威，月色如水。

动物物语 全5辑

美月冷霜 著

第3辑

诗人的话

我极目远眺热浪翻卷，千钧横扫沸腾天。
我聚神倾听虎啸林乱，似闻风雪叱咤还。
我伏案夜读隔窗观看，但见万里春撒欢。
我敬畏诗歌国度超前，通达上下五千年。
动物物语，令人震撼。稀世之美，值得一看。

盈蓝岫玉天如水
秋染枝叶旋金飞
猎豹眼看夕阳坠
沃野如画放马追

橘红流晖晚霞天
秋风霜色初团圆
起伏跌宕奔彼岸
万千角马高调还

夕阳无限色如初
流霞风华装玉壶
且将好梦都留住
金丝猴任云卷舒

洪荒沙漠大风歌
骆驼踩出流金河
观天观地观景色
任由空阔夕阳斜

序 言

周 敏

人类真正统治地球的时间，相对于地球46亿年漫长的历史，不过是白驹过隙。

数千年来，我们建立城市、发展生产、推进文明、为人类谋求福祉，但对于自然界的其他伙伴却疏于关爱。

动物，作为地球上最丰富多彩的生命形式之一，一直承载着人类无尽的探索与想象。它们以各自独特的方式，存在于这个世界，诉说着属于它们自己的传奇。但是，在被人类文明的脚步不断侵扰的今天，很多物种濒于灭绝。

本书的作者，一位热爱自然、热爱生命的诗人，她将诗歌的力量发挥到极致，以一种温暖而细腻的笔触，勾勒出动物的内心世界；以动物的视角，去揭示它们在人类世界中的角色与地位，以及在自然界中的生存状态，为读者呈现了一个富有情感与哲理的神秘国度。

书中的每一首真挚的诗作，每一帧优美的图片，每一段专业的诗评，每一句点睛的物语，融合在一起汇成气势磅礴的乐章，直击我们的灵魂，引发我们的共鸣。

通过这部科普文学艺术作品中的新古典诗，我们将看到动物对家园的守护、对子女的关爱、对危险的警觉，以及面对困境时的坚韧与智慧。我们在感受文学艺术之美的同时，更深刻地领悟到生命的意义，更深切地思考人类与自然的关系，以及我们该如何与动物和谐共处。

《动物物语》不仅仅是一部科普文学艺术作品，更是一部关于动物、关于自然、关于生命的启示录。希望这些诗歌能够给大家带来美好的阅读体验，更希望能激发读者对动物的关爱与呵护。最后，我相信这部诗集会成为一扇窗户，引领读者走进瑰丽多彩的动物世界，去感受它们的生命之美。

谨以此书，献给每一位热爱动物、心怀慈悲的朋友。

愿我们永远徜徉在旭日星辉之下，与生灵共舞。

目录 contents

H

科普七言话动物	/ 1
黑脸绿猴	/ 2
黑马羚	/ 3
黑猫	/ 4
黑帽悬猴	/ 5
黑尾长耳大野兔	/ 6
黑猩猩	/ 7
黑熊	/ 8
黑叶猴	/ 9
黑掌树蛙	/ 10
黑足鼬	/ 11
红背松鼠猴	/ 12
红河野猪	/ 13
红颊长臂猿	/ 14
红颊长吻松鼠	/ 15
红领狐猴	/ 16
红帽白眉猴	/ 17
红松鼠	/ 18

红熊猫 / 19
红眼树蛙 / 20
洪堡企鹅 / 21
洪都拉斯白蝙蝠 / 22
狐蝠 / 23
狐狸 / 24
狐獴 / 25
狐鼬 / 26
虎纹蛙 / 27
虎鼬 / 28
花豹 / 29
花栗鼠 / 30
花面狸 / 31
华丽扇喉蜥 / 32
华南虎 / 33
怀俄明州驼鹿 / 34
獾 / 35
环颈蜥 / 36

环尾狐猴 / 37
浣熊 / 38
皇狨柳猴 / 39
皇家企鹅 / 40
黄喉貂 / 41
黄眉企鹅 / 42
黄鼠 / 43
黄蛙 / 44
黄眼企鹅 / 45
黄鼬 / 46
灰狐 / 47
灰驯狐猴 / 48
火山兔 / 49
獾狐狓 / 50

J

吉娃娃 / 51
几内亚狒狒 / 52
加岛环企鹅 / 53

加拿大森林狼	54
加拿大无毛猫	55
简州猫	56
杰克森变色龙	57
杰氏狓	58
捷克狼犬	59
金猫	60
金色乌叶猴	61
金面狓	62
金丝猴	63
金头狮面狓	64
金竹驯狐猴	65
巨松鼠	66
巨型雪纳瑞	67
狷羚	68

K

卡拉巴赫马	69
卡南犬	70
柯氏犬羚	71
科莫多巨蜥	72
克莱兹代尔马	73
库氏狓	74
阔鼻驯狐猴	75

L

腊肠猎犬	76
蓝羚	77
懒熊	78
狼	79
狸花猫	80
利皮扎马	81
鬣羚	82
鬣蜥	83
林蛙	84
林鼬	85
临清狮猫	86
伶鼬	87

灵猫 / 88
羚牛 / 89
羚羊兔 / 90
领狐猴 / 91
六带犰狳 / 92
落基山大角羊 / 93
驴羚 / 94
旅鼠 / 95
绿鬣蜥 / 96

M

马达加斯加番茄蛙 / 97
马岛獴 / 98
马可罗尼企鹅 / 99
马来熊 / 100
马来亚虎 / 101
马里努阿犬 / 102
马鹿 / 103
麦哲伦企鹅 / 104
物语集 / 105

新韵七言话动物

黑脸绿猴

高树花絮风一帘,情海月圆相思天。
求而不得多少怨,恰如云烟拂还满。

晚香绕芳树,花絮沾风帘。相思何处诉,情海共月圆。这首诗道出了爱情的复杂和无奈。"求而不得"是人生几大苦楚之一,诗人用"恰如云烟拂还满"这句加以形容,十分贴切,同时富有文学艺术的美感。整首诗中最生动的莫过于最后一个"满"字,将情感的无所不在、无处安放、无从化解描刻得入木三分。黑脸绿猴,又名草原绿猴,分布于非洲多个地区,栖息于近水源的稀树草原,杂食性,会游泳,用叫声交流。物语:情愫之间,阳光舒展。

黑马羚

晴天忽起龙卷风,疾驰飞奔黑马羚。
黄金大漠孤烟令,百年之后仍流行。

这首诗描写了一幕富有强烈历史感的场景。晴朗的天空突然刮起了龙卷风,成群结队的黑马羚宛如墨云一般疾驰,踏起滚滚烟沙。值得一提的是,龙卷风被诗人比拟成古代帅帐中传出的箭牌,一声令下,万军出动,遮天蔽日,呼啸而来,这是何等壮观的景象。诗人运用形象生动的修辞手法,将历史和现实交织在一起,让人叹为观止。黑马羚,牛科,马羚属,分布于非洲地区,津巴布韦的国兽。物语:荒野硬汉,求生艰难。

黑猫

云收雨散万里山,晚风回眸百花园。
月影红颜依稀见,黑猫长伴不夜天。

这首诗在短短几十字中,融汇了云、雨、山、风、花、月、猫等丰富的意象,凝聚成一幅月夜园景。其中"云收雨散""晚风回眸""月影红颜"等词汇将自然景物描绘得含蓄且深情。黑猫的出现则给这个夜晚带来了一些神秘和灵动的气息。整首诗意境优美,语言简练,给人留下深刻的印象。同时,诗中隐藏的若即若离的情感也值得玩味。黑猫,又名玄猫,泛指全身黑色的短毛猫,以前饲养多用于避鼠,现为宠物猫。物语:春风化雨,天地如许。

黑帽悬猴

初夏云高风流长，枝叶花果午睡香。
新蝉传情放声唱，黑帽悬猴且赏光。

这首诗描述了初夏的景象，以及午后的悠闲心情。初夏时节，风高气爽，山抹微云，给人以清新、舒适的感觉。花果沉酣，香气萦绕，就连枝叶都慵懒地静止不动，仿佛沉入梦乡。只有蝉在放声高唱，而黑帽悬猴安静地蹲在一旁，充当演唱会贵宾。诗人用颇具情趣的笔调描绘出一幅夏日图景，画中有静有动、有声有色、有主有宾，彼此间相互勾连，共同营造出活色生香的世界。黑帽悬猴，分布于美洲地区。物语：集群居住，互相帮扶。

黑尾长耳大野兔

折腰紫花洋苏草,荒野无处藏天娇。
地火运行风大笑,觅一知己伴终老。

　　这是一首富有哲理的诗歌,表达了诗人对人生的感悟和思考。盛夏将过,秋意渐浓,草原上色彩斑斓,花团锦簇。紫花洋苏草开得正艳,它们看见了黑尾长耳大野兔的身影,纷纷弯下腰身,似乎被它的风姿所折服。但是野兔却无意顾惜花草娇怯的模样,它挺直身躯眺望远方,期望能寻觅到一位知己,一起欢度时光。黑尾长耳大野兔,兔科,兔属,分布于北美洲,栖息于半沙漠或沙丘草原的灌丛中。物语:灵活敏锐,成群结队。

黑猩猩 (hēi xīng xing)

光阴一箭穿万年,日月二圆系两端。
百变千变未再变,欲知结果待科研。

  这首诗表达了光阴似箭、日月如梭的感慨,同时也反映出现代科学对于未知现象的探索和追求。"光阴一箭穿万年""日月二圆系两端"描绘了时间和空间的奇妙之处,而"百变千变未再变"则表达了无论世界如何变化,有些本质始终是稳定的。"欲知结果待科研"则强调了现代科学对于探究未知现象的重要性。这首诗具有一定的思想深度和艺术价值。黑猩猩,灵长目人科,分布于非洲中部和西部地区。物语:春生畅想,天佑灵长。

黑熊

蛛丝结个罩天网，桦树林里秀风光。
黑熊吃蜜没商量，找个蜂巢探飞翔。

这首诗开篇用夸张的语言，勾描了一个世外桃源般的世界。柔软的蛛丝结成的网当然不能罩天，但在艺术空间里却是无所不能的。贪吃的黑熊对香甜的蜂蜜垂涎三尺，它爬上枝丫，掏出金黄的蜂蜜大快朵颐，吓得蜜蜂全城戒备，嗡嗡乱飞。这首诗用直白的语言记录了桦树林里生物的自然活动，显得天然而富有情趣。黑熊，别名亚洲黑熊、狗熊，分布于欧亚大陆东部、中国和日本等地的森林地带。物语：爪子锋利，用于捕食。

黑叶猴

绿树成荫夏正浓,温馨何处无春风。
黑叶猴家忽宁静,如此深情与谁同。

　　夏季当然不会有春风,诗人是用"春风"指代家庭和睦的温馨氛围。黑叶猴家族栖息在密林高枝,它们成群结队,或休憩,或嬉戏,平安祥和的氛围令人向往。杜甫曾有名句:"老妻画纸为棋局,稚子敲针作钓钩。"对于高度重视家族关系的中国人来说,"家"具有极其特殊珍贵的含义,诗人也借此传递出家和万事兴的理想。黑叶猴,别名乌猿、乌叶猴、岩蛛猴、猴科哺乳动物、分布于越南及中国南部。物语:涂鸦天籁,风云留白。

黑掌树蛙

麦熟杏黄立夏长,绿意天地各一方。
黑掌树蛙踏风浪,飞翔之时先变装。

　　麦子成熟,黄杏丰润,正是一年立夏时。天高云淡,绿意盎然,自然界一派生机。黑掌树蛙踌躇满志地准备踏风浪而行,它在飞翔之前先变换肤色,就像特种兵穿上迷彩服,既保护自己也迷惑敌人。这首诗生动描摹出黑掌树蛙独特的技能和生存智慧,称赞了它们对环境的超强适应能力。黑掌树蛙,可以从4—5米的高处滑翔,分布于亚洲和非洲丛林,昼伏夜出,肤色多变,以蚱蜢等昆虫为食。物语:生活艰难,从不抱怨。

黑足鼬

晚来夕阳红欲燃，秋风云影扫平川。
黑足中用更中看，黄泉转了好几圈。

　　夕阳西下，红彤彤的热烈景象给人以强烈的视觉感受。秋风掠过平川，云影随风而动，天地一派疏阔清朗。诗歌前两句似乎是想要传递出一种生机勃勃的精神，同时为下文做足铺垫。黑足鼬是一种小巧的生物，它们命途多舛，曾经几乎灭绝，后来被人类拯救而恢复生机。诗人用"黄泉转了好几圈"这句诗，形象地叙述了黑足鼬传奇般的经历。黑足鼬，又名黑足雪貂，以草原犬鼠、土拨鼠和地松鼠为食。物语：欠缺食物，故而清苦。

红背松鼠猴

芭蕉叶胜碧玉床,风起雨林散花香。
灌木草丛百虫唱,正是午餐好时光。

芭蕉如翠,风起雨林,花香四溢,百虫齐鸣,这些意象汇成了一幅生机勃勃的画卷,显示出大自然的神奇与生命力的旺盛。红背松鼠猴生活在如此美妙的世界,它以花果为食,以芭蕉为床,每根毛发,每粒细胞都洋溢着惬意。这首诗韵律自然流畅,情感真挚动人,表达了诗人对自然和生活的热爱。红背松鼠猴,又名赤背松鼠猴,仅生活于巴拿马西北端近哥斯达黎加边界,有两个亚种,栖息于低地的次生林及原生林。物语:雨水充盈,食物丰盛。

红河野猪
hóng hé yě zhū

hǎi liú shēn suì làng shǐ píng　　jiǔ dé zhēn qíng bēi bù kōng
海留深遂浪始平，酒得真情杯不空。
hóng hé yě zhū wèi yǐn shèng　　gù jiā zhuàng yuan suàn tóu míng
红河野猪未饮胜，顾家状元算头名。

　　海洋深邃宽厚，能包容世间一切不平；时过境迁，不妨把酒言欢。要论比拼酒力，红河野猪不能取胜，但如果评比顾家好男人，它肯定能拔得头筹。这首诗将红河野猪的生活习性描写得妙趣横生，是一首充满生活情趣的小品诗。红河野猪，猪科，非洲野猪属，分布于撒哈拉以南的西部和中部，到南非北部和马达加斯加，性情凶猛，善于游泳，杂食性，掘洞为巢，昼伏夜出。
物语：凡间烟火，温暖岁月。

红颊长臂猿

登高望远黄鹤楼,天下风景一眼收。
千载之水千载秀,万古唯美无尽头。

　　这首诗描绘了登高望远,欣赏天下美景的壮阔场面,同时也强调了自然之美的永恒和无限。"黄鹤一去不复返,白云千载空悠悠",唐朝诗人崔颢的千古名句表现了人们登高远望时豁然开朗的心情。诗人将这个意境代入此诗十分贴切,时光如流水滔滔逝去,只有自然之美永恒不变。面对此情此景,又何必计较爱恨得失,不如珍惜当下,尽情享受生活。红颊长臂猿,分布于老挝南部、柬埔寨东部、越南中部南部。物语:水拨柔弦,风弹清欢。

红颊长吻松鼠

芳泽烟雨蓄成湖，红颊长吻松鼠出。
枝头前瞻又后顾，越冬口粮先备足。

  烟雨如织，沁润着花草的芳香，慢慢凝聚成浩渺的湖水。红颊长吻松鼠小心翼翼地出现在枝头，它们"前瞻又后顾"，一边谨慎地观察四周，一边努力采集食物准备过冬。"越冬口粮先备足"这句描述了松鼠为过冬做准备的情景，同时也暗示了季节的更替，展现出诗人对自然界的敏锐观察。红颊长吻松鼠，又名赤颊鼠，分布于亚洲多国，栖息于热带和亚热带森林，常见于中国云贵川和两广地区。物语：常居树洞，安于石缝。

红领狐猴

hóng lǐng hú hóu

极目恍如桃花飞，细瞅似长柳叶眉。
疑似今日有点醉，欲往盐城看神龟。

  诗人用"极目恍如桃花飞"来形容红领狐猴在林间纵横飞跃的形态，让人仿佛看到了桃花盛开的景象。如果凝目细望，就会发现它似乎长着一对柳叶俏眉，显得娇媚可人。不过，诗人的心思并没有停留在这美景之中，而是用"疑似今日有点醉"来表达自己有些恍惚又美妙的心情。她身未动，心已远，期待能飞越关山，去盐城探访传说已久的神龟。红领狐猴，是马达加斯加岛上的独有物种。
物语：清风明月，挽回空阔。

红帽白眉猴

轻罗云衣少年郎,风回草绿嫩芽香。
棕红小帽戴头上,眉目传情万里长。

芳草萋萋,和风习习,一位正值韶华的少年郎伫立在春色之中。他眉似春山,眼如秋水,烟罗般的袍袖拂过翠叶嫩芽,仿佛抚触少女的心底。整首诗的用词简洁明了,语言清新自然,给人以愉悦的感受。诗人通过少年的形象和神态,表达了对青春、对爱情的珍视。同时,这首诗也给人以启示:生命是珍贵的,我们应该像少年一样充满活力,寻觅我们的情感归宿。红帽白眉猴,分布于非洲地区的热带稀树草原或林地。物语:美好无限,自在安然。

红松鼠

森林犹闻钢琴声,似有若无古风情。
红松鼠欲万籁静,手捧果子侧耳听。

  阳光在枝头跳跃,风儿拂过林梢,摇曳的枝叶仿佛活泼的音符此起彼伏,大自然合奏出一曲优美的钢琴曲。琴声如融冰溪水潺潺流动,又如沐阳花朵簌簌绽放。正在觅食的红松鼠浑然忘记了丰收的喜悦,它愣愣地一动不动,沉浸在乐声之中。诗人生动地描绘了一幅唯美的画卷,有声、有色又有趣。欧亚红松鼠,又名红松鼠,哺乳纲啮齿目动物,广泛分布于欧洲中部至西亚等整个寒温带森林。物语:天高地阔,喜欢跳跃。

红熊猫

花冷月色箭竹少，绿光潋滟红熊猫。
力挽狂澜于风啸，且待山林比天高。

    在密林清幽、山风清冷的场景里，红熊猫宛如大自然的精灵，羞怯地伏在枝丫间。原本茂密的竹林因为开花变得不能食用，红熊猫忍着饥肠辘辘，在梦中看见竹干上又冒出绿光潋滟的嫩芽。幸运的是，人类并没有在一旁袖手旁观，他们运送来鲜竹缓解燃眉之急。等到竹林恢复生机，红熊猫们又能快乐地生活了。红熊猫，中文名小熊猫。原产于中国云南和四川等地区，不丹、印度、缅甸及尼泊尔也有分布。物语：天然珍奇，充满神秘。

红眼树蛙

无穷碧接映日红,天下何处不春风。
月下雨林正躁动,缭绕一片蛙叫声。

  这首诗第一句似乎是化用了杨万里的名句"接天莲叶无穷碧,映日荷花别样红",虽然并没有出现"莲花"的字样,但显然诗人描述的场景是一片莲塘。红眼树蛙蹲在花瓣之间,娇嫩可爱,跟莲花相比也毫不逊色。在传统文学中,蛙声的寓意往往是丰收富足,这首诗通过描绘这些细节,表达了对自然界的热爱。同时,也反映了诗人对生态环境的关注。红眼树蛙,雨蛙科,分布在中美洲的哥斯达黎加和墨西哥的热带雨林。物语:食谱丰富,吃相如虎。

洪堡企鹅

春来深情信天流，换上新妆仍含羞。
洪堡企鹅相亲秀，朝霞纷飞逐日收。

　　这首诗以春日洪堡企鹅追求伴侣为题材，通过细腻的描写和生动的语言，展现了诗人对大自然细致入微的观察。春天到来后，万物复苏，情感也随之涌动，洪堡企鹅换上艳丽的春装，含羞带怯地去相亲。诗中尾句"朝霞纷飞逐日收"文辞优美，一语双关。我们可以理解成这是描绘清晨朝阳与霞光交织的美景，同样也可以引申理解为洪堡企鹅明媚的心情，因为遇见心仪的对象而有了寄托。洪堡企鹅，分布于南美洲西岸。物语：目光所至，处处生机。

洪都拉斯白蝙蝠

水晶透明脂粉甜，浅浅肉色蛋黄边。
捧在手心不忍看，唯恐融化小雪团。

    这首诗细腻地描绘了洪都拉斯白蝙蝠惹人怜爱的模样。它们如脂粉香甜，比白雪纯洁，似糕点软糯，捧在手心颤颤巍巍，娇小又脆弱，让人不舍得放下。在东西方文化中，蝙蝠似乎都是神秘、邪恶的象征，但楚楚动人的洪都拉斯白蝙蝠却能勾起人们的爱怜。所以我们在看待事物时，应当尽量避免被传统印象所束缚。洪都拉斯白蝙蝠，小蝙蝠亚目动物，分布于中美洲的洪都拉斯东部到巴拿马西部。物语：唯美小样，颜值担当。

狐蝠 (hú fú)

风轻云淡翠几何，狐蝠白日梦如约。
天边一弯蛾眉月，清悠时分品仙果。

　　微风轻拂，浮云淡薄，天气晴好，青翠碧绿的颜色多么美丽。白天，蝙蝠在美梦中畅游。它梦见什么了呢？天空的尽头，一弯蛾眉月挂在天边。在这清新悠然的时刻，它尽情品尝美味的水果。这首诗以梦为纽带，勾连梦境和现实，也为诗歌增添了神秘感和想象力。整首诗语言清新简洁，意境优美深远，给人以愉悦安宁的感受。狐蝠，分布于东半球，白天倒挂树枝上，夜晚觅食水果花朵，冬眠于荒山或废弃矿洞。物语：斜阳西落，鲜少彩色。

狐狸

寒冬炎夏大不同，云水空灵伴清风。
狐狸入定听响动，屏息或许可逃生。

　　冬天寒冷而漫长，夏天炎热而短暂，春秋天则云水空灵，清风徐徐。在不同的季节，动物都会敏感地调整状态，应对环境的变化和各种突发状况。"入定"的本意是指在修行的过程中身体静止不动，内心专注于某种事物而不动摇的状态。诗人借此来形容狐狸倾听四周、保持警觉的样子，生动地折射出动物的生存智慧。狐狸，中文学名狐属，犬科狐属，环境不同，各有差异。分布于欧亚和北美大陆。物语：若思若闻，旁若无邻。

狐獴

日圆大漠有几何，寒凉之外亲情多。
狐獴得知风热烈，长足精神向天歌。

"大漠孤烟直，长河落日圆。"原本萧瑟寒冷的情景，因为有亲情的代入而显得温情脉脉。炙热的夏风拂过万里荒原，寸草不生，但在生性乐观的狐獴眼中，呼啸的热风不过是大自然在和它们寒暄。它们直立起毛茸茸的身躯，向高天眺望，兴致勃勃地与风声唱和。读这首诗能令人忘却环境的贫瘠艰苦，沉浸在快乐当中。狐獴，又名太阳猫，獴科狐獴属，分布于南非的卡拉哈里沙漠，罕见的社会化动物。物语：保土护疆，安全有望。

狐鼬

春来清晨未及品,转眼又到秋黄昏。
绿波之中稳住阵,唤个红颜同销魂。

一朝一夕,从春到秋,由清晨及黄昏,让人油然而生时光荏苒、往事不可追的怅惘。世事如绿波,人情逐流水,但狐鼬却并不在意已经过去的时光,也不畏惧缥缈的未来。它牢牢把握当下,"唤个红颜同销魂",不让分秒时光虚度。这首诗前半低郁,后半激昂,诗人通过描写狐鼬的生活态度做了情感上的转折,强调了主题。狐鼬,鼬科狐鼬属下唯一一种,分布于中美洲和南美洲的丛林里。物语:西风倾诉,百花无语。

虎纹蛙

地阔任兴接浮云,天低和雨入黄昏。
虎纹蛙群最兴奋,结伴而行捉极品。

  这首诗前两句描绘了土地宽广、浮云悠悠、天空低垂、细雨绵绵的黄昏景象。其中,"天低和雨入黄昏"一句雅致含蓄,韵味悠长,颇有古典诗词的美感。在烟雨黄昏之中,虎纹蛙成群结队,热情活跃地捕食,喧闹的场景令诗歌充满动感。诗人细腻谱写了一曲优美的田园颂歌,令人油然而生避世的念想。虎纹蛙,又名田鸡、泥蛙、虾蟆,原产于亚洲部分国家,中国南方分布广泛,以各种昆虫为食。物语:保护环境,势在必行。

虎鼬

云开雾散大漠远，明月前往贺兰山。
鼠害太盛必法办，虎鼬充当先行官。

　　云开雾散，广袤的大漠显得寥廓无垠，明月从海底跃出，向着遥远的贺兰山迈进。前两句诗表达了人们在自然山水中寻找灵性和宁静的心态；后面讲述的是人类常常为鼠害所扰，他们派遣虎鼬作为先锋官去治理鼠灾，维护自然界的平衡。这首诗前后两部分融会在一起，我们可以体会到：自然界的美景和生态平衡息息相关，幸福的生活有赖于自然和谐地运转。虎鼬，又名马艾虎，鼬科虎鼬属，分布于欧亚大陆部分地区。物语：守护农田，任劳任怨。

花豹

时光轴上月渐高,昼伏夜出错不了。
哪里有吃哪报到,花豹与天相携老。

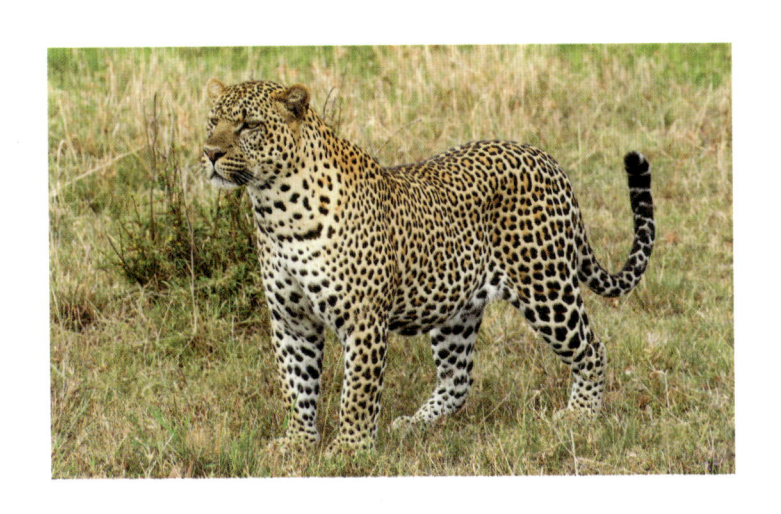

　　这是一首现代风格的诗歌,富有意境和韵律感。地平线仿佛是一条雕刻时光的轴线,明月一跃而起,高挂夜空,这一句形象地描绘了时间的流逝,暗示了生命的短暂。花豹昼伏夜出是它的本能,但在旁观者看来,月夜狩猎本身也是一幅令人赏心悦目的画卷。这首诗描绘了花豹在自然界的生存状态,也表达了对生命、规律、本能的感慨和敬畏。花豹,猫科豹属的大型肉食动物,分布于亚洲喜马拉雅山脉至非洲的撒哈拉沙漠。物语:战力超强,活出风光。

花栗鼠

四月风流花未了,何处新绿不拔高。
立起身来看热闹,长势又比去年好。

  鲜花绽放,新绿遍布,构成了一幅美丽的图景。活泼可爱的花栗鼠立起毛茸茸的圆润身躯,欣喜地视察生机勃勃的田野。作为大自然的一分子,它热切地观照身处的环境,繁茂的春景意味着这一年的富足。当我们深陷低谷时不妨学习花栗鼠,站起身欣赏这个充满生机的季节,不知不觉中烦恼也将散去。花栗鼠,中文学名西伯利亚花栗鼠,又名五道眉,啮齿目,松鼠科,分布于亚洲地区的山地针叶林、针阔混交林中。物语:静美无言,极尽渲染。

花面狸

无意成为大新闻,定格天穹记忆深。
冰火世界爱与恨,挥手抛给风和云。

  作为野生经济动物,花面狸一直遭到人类的捕杀,甚至在几十年前那场肆虐全球的病疫之中,它们被迫当起了"背锅侠"。其实,现实中的花面狸只是种艰难求生的小动物,它们栖息在山林之间,与世无争,毛茸茸的外形呆萌可爱。诗人借这首小诗表达了希望人类能够善待动物的心愿,呼吁不要让无辜的生命成为人类迁怒的对象。花面狸,又名果子狸,灵猫科花面狸属,分布于亚洲地区,多见于中国华北以南。物语:墨痕清纯,书写乾坤。

华丽扇喉蜥

田野闪烁翡翠蓝，放眼寻觅桃花天。
后宫三千华丽扇，天赐时光仅一年。

　　这首诗借华丽扇喉蜥绮丽的外形和短暂的生存周期，引申成一个寓意深刻的爱情故事。诗人通过翡翠般的田野和象征爱情的桃花，为我们展示了一个美丽而短暂的春天。即使身处锦绣丛中，坐拥三千佳丽，但人的生命短暂，能够享受的美好时光非常有限。这首诗探讨了时光的流逝和珍惜当下的主题，使得整首诗更具深度和内涵。华丽扇喉蜥，英雄蜥属的小型陆生动物，分布于印度干旱地区。物语：高山流水，相逢即美。

华南虎
huá nán hǔ

风来欲裂金缕衣,虎啸低吼怒雷起。
百兽之王曾蔽日,如今不似当年时。

狂风袭来,似乎要把金缕衣撕裂,华南虎低沉的咆哮就像雷鸣。作为百兽之王,它曾经让太阳都黯然失色,然而现在却已经不再像当年那样威风凛凛。诗中提及的"金缕衣"是古代帝王贵族身份的象征,在这里形容华南虎的外形和地位十分贴切。由于华南虎已经在野外灭绝,因此我们无法再看到它在自然界呼风唤雨的威风样貌。华南虎,别名中国虎、厦门虎,猫科豹属,中国特有的虎亚种。物语:过度危险,跌落深渊。

怀俄明州驼鹿

正午草原小憩多，细风惊起花蝴蝶。
天边云彩悠闲落，品味驼鹿慢生活。

　　日煦草离离，风细蝴蝶轻。驼鹿悠然地漫步在湿地草甸，庞大的鹿角上栖息着三两只小鸟。天边的云霞慢慢掠过，走走停停，一如驼鹿踩着富含音律的步伐。现在的都市人生活节奏很快，压力巨大，想必过着"慢生活"的驼鹿一定会惹来无数艳羡的目光。诗人借此劝告读者，不妨放缓步伐，悠然前行。怀俄明州驼鹿，又名夏伊拉斯驼鹿。鹿科，驼鹿属，北美驼鹿的亚种之一，分布于美国怀俄明州西部等地区。物语：幸运流年，播种圆满。

獾 (huān)

何处轻风织云锦，直教夏夜胜早春。
獾哥约在树附近，月圆之时就进村。

夏风轻送，云锦飘摇。皎月半掩，草木迢迢。人们已经沉浸在仲夏夜之梦，而此时此刻，狡黠的獾正计划着一场夜袭。它们聚集在村庄边缘，遥望里面星罗棋布的灯火，向往着举行一场盛宴。诗人用妙趣横生的文辞，活灵活现地勾描出獾的生活习性。这些拥有一定智慧的小生物往往神出鬼没，真是让人无可奈何。獾，又叫狗獾、欧亚獾，食肉目鼬科动物，分布于欧洲和亚洲大部分地区，栖息在丛林和荒山野岭或溪流湖泊。物语：来者不善，胆大包天。

环颈蜥
huán jǐng xī

向阳坡上万缕风，吹出帅哥大英雄。
足踏高地发号令，哪片乌云不放晴。

这首诗以"向阳坡上万缕风"为引子，描绘了一幕风光旖旎的自然景象。环颈蜥身穿蓝袍金甲，威风凛凛地出现在高处。它"足踏高地发号令，哪片乌云不放晴"，这强大的气场简直能震慑住风云。这首诗最值得称道之处在于"以小寓大"，环颈蜥虽然只是自然界一种渺小的生物，但它同样也能豪气万丈地跟老天叫板，这样的志气很能鼓舞人心。环颈蜥，主要分布于美国西部至墨西哥。物语：青涩时光，风云放浪。

环尾狐猴

林深引入白云光，风细花绕芳香长。
妈妈背上两小样，同框欢乐又开张。

　　母爱大概是全世界最普遍、最共通、最能跨越种族的情感。诗人用饱含情感的笔触，勾描了一幅环尾狐猴的"天伦之乐"图景。白云似盖，碧草如茵，环尾狐猴妈妈背着两个小宝贝在丛林间散步。两小只懒洋洋地趴在妈妈的背上，耍赖似的不肯下来行走。这样相亲相爱的欢乐时光无比珍贵，读来令人感动。环尾狐猴，又名节尾狐猴，灵长目狐猴科狐猴属，分布于非洲马达加斯加南部和西部，常年生活于森林或丛林中。物语：给点空间，保护自然。

浣熊

微雪过后月清绝,寄望浣熊能守约。
各守边界各自过,强盗难有好结果。

　　这首诗文辞直白,朗朗上口,很有几分民谣的趣味。在诗人的笔下,浣熊就如它的绰号一般是个夜行的"蒙面大盗",它徘徊在人家附近,鬼鬼祟祟地窃取财物。原本是反面教材,但是诗人依然用戏谑的口吻描述浣熊的行为,还殷殷劝诫它守住边界,不要再冒犯人类,以免自身受到伤害。显而易见,诗人对这个小动物还是包含喜爱和怜悯之情。浣熊,食肉目浣熊科的一种哺乳动物,分布于北美和中美洲。物语:获利之前,准备妥善。

皇柽柳猴

风云自在林中欢，长须雪白仍少年。
早已收藏春万卷，任由花香随意旋。

　　风云在林荫间欢快地穿梭，花叶飞坠，露出一个皂衣老人的身影。他长须飘逸，双眸中闪烁的却是少年一般清澈的光彩。他细心收藏春天缤纷多彩的画面，将它们谱写入歌，吟诵成诗。漫天飞舞的花朵在无形的韵律中跳跃，好奇地品味其中的奥妙。这首诗所呈现的画面和意境都唯美且耐人寻味，表达了诗人对自然之美的推崇。皇柽柳猴，又名长须狨、皇狨猴狨科柽柳猴属，主要生活于南美洲的亚马孙丛林中。物语：长者风范，源自天然。

皇家企鹅

欢声笑语几时收,岁月如歌美上头。
白面书生天成就,皇家企鹅何须愁。

　　这首诗仿佛在讲述一个童话故事。开篇营造出欢乐热烈的氛围,动物们欢聚在一起,高声笑语,追忆岁月如歌,祝福更加美好的未来。在众多宾客中,皇家企鹅格外引人瞩目。它发型规整,皮肤白皙,气质温文尔雅,天生就是一副斯文书生的相貌。大家纷纷为它送上祝福,希望它能够充分发挥自己的才华,创造辉煌的成就。皇家企鹅,又名皇室企鹅,分布于澳大利亚麦格理岛,以南极磷虾和甲壳类为食。物语:百花添香,春意绵长。

黄喉貂

谁说天道不酬勤，邻里邻外抖精神。
林中生息貂发愤，勇敢蜜蜂又聚群。

中国的寓言童话中，蜜蜂往往是勤劳的代指，它们不辞辛苦地往返于百花和蜂巢之间，采撷花露酿制蜜糖。可惜黄喉貂却总是跑来捣乱，惊吓得蜂群四散奔逃。好在天道酬勤，等到黄喉貂饱餐一顿后兴尽离开，蜂群又重整旗鼓，再建家园。诗人似乎是在爱怜蜜蜂的弱小，同时也对它们百折不挠的精神报以赞赏。黄喉貂，别名青鼬、蜜狗、黄腰狸，鼬科貂属，分布于东亚和东南亚，中国各处可见。物语：来去如风，集体出动。

黄眉企鹅
huáng méi qǐ é

huā shū fāng cǎo fēng qīng tán　yán hǎi shù guān zhē yáng tiān
花疏芳草风轻弹，沿海树冠遮阳天。
huáng méi qǐ é àn biān zhàn　guān wàng xiǎo yàng hé shí huán
黄眉企鹅岸边站，观望小样何时还。

　　这首诗语言生动优美，又不乏诙谐的情趣。暖风吹拂芳草，花瓣轻轻坠落，海岸边葱郁的树木洒下一路阴凉。黄眉企鹅伫立在海边眺望远方，期待淘气的孩子早点回家。诗人用"小样"这个东北方言指代幼仔，生动地展现了父母对于"熊孩子"既牵挂又无奈的矛盾心理，也令这首诗充满生活气息。黄眉企鹅，又名凤冠企鹅，企鹅科，凤头黄眉企鹅属，可见于新西兰最南边的湿地和峡湾及斯图尔特岛。物语：水陆之间，从容自然。

黄鼠

七月太阳太热情，远处风吹喊打声。
黄鼠事先打好洞，钻进被窝莫出行。

　　七月艳阳蒸腾大地，飘摇的热风挟带着人类的喊打声。幸亏黄鼠早就打好地洞，急忙躲进小小的安乐窝。诗人别出心裁地以黄鼠的视角看待人类，字里行间充满了对这些小小生物的同情。它们的存在确实威胁了人类的生活，但它们所做的一切也不过是为了生存。我们能够感受到诗人对低等生物的包容和同情。黄鼠，又名达乌尔黄鼠、草原黄鼠，啮齿目松鼠科，分布于蒙古、俄罗斯、中国的北部干旱草原和半荒漠地区。物语：送去学校，悉心教导。

黄 蛙

春风细雨贵如油,花草露头尚含羞。
黄蛙不想大合奏,且将声音放温柔。

  春雨贵如油,让人不禁联想起春天里温柔、细密的雨丝所笼罩的天地风物。在这个季节里,花草们都露出了头,它们羞怯地打量着这个熟悉又陌生的世界。而黄蛙们呢?它们并不想大合奏,去惊扰这个静谧安详的春景,于是纷纷压低了音量。总的来说,这首小诗用非常形象的语言描绘了春天的特点,让人感到舒适和愉悦。黄蛙,又名黄拐、黄蛤蟆、油蛤蟆,水陆两栖,生长于江西上饶五指峰和紫阳地区。物语:雨湿春草,风丝缠绕。

黄眼企鹅

仲夏花草千秋香，夕阳归家风送凉。
碧海若起万古浪，黄眼企鹅比并响。

　　这首诗以简洁明了的语言描绘了仲夏时节的自然美景。诗中"千秋"和"万古"形成对仗，凸显了山川草木这些自然意象的稳固，难以撼动。自然界的力量如此强悍，相比之下，黄眼企鹅的情感就显得尤其温柔动人。这首诗富有情感和意境，从字里行间，读者可以感受到诗人对自然美景的观察和对生命的感悟，以及对美好情感的向往。黄眼企鹅，黄眼企鹅科，黄眼企鹅属，栖息于新西兰有森林覆盖的海岛海岸线，岛屿特有物种。物语：雨后晴天，海蓝深远。

黄鼬

九万里路风和云,南北两极力千钧。
黄鼬不吝惹仇恨,天地无奈夜游神。

    九万里路风云激荡,南北两极电闪雷鸣,大自然在恣意地宣示强大的威力。诗人笔下的自然风物往往具有强烈的情感,天地间的这些动荡似乎是在暗示人生的路途充满荆棘坎坷,需要克服许多困难,才能走向成功。小小的黄鼬不怕招惹仇恨,我行我素地随性生活,表现出一种无畏又豁达的人生态度。黄鼬,又名黄鼠狼、黄大仙、黄皮子,分布于欧亚大陆及中国大部分地区,栖息于平原河谷山区及城乡附近。物语:总有一用,绘画有功。

灰狐

花未绽放春已浓,踱步呼唤柔情风。
灰狐担子千斤重,海底瀑布流沙成。

　　寒冬刚去,花朵尚未绽放,但春天的气息日益浓厚。诗人漫步在花季,呼唤着春风早日到来。"灰狐担子千斤重"一句暗示着在大好的形势下,我们也有许多责任需要承担。"海底瀑布流沙成"则暗示自然力量无时无刻不在变化,未来充满机遇和挑战。从诗意上看,这首诗通过种种意象,传递出作者对春天的期待和向往,同时也表达了对责任和挑战的思考。灰狐,分布于北美南部至中美和南美北部。物语:任由变幻,只管向前。

灰 驯 狐 猴

竹林分流风雅天，登高举目可望远。
深情视线无从断，约在雪月升起前。

　　这首诗歌以优美的文辞塑造了一个生动的艺术形象。我们似乎可以看到一位风雅的少年，他身着月白长袍，手执玉笛伫立在竹林之巅。雪月如巨幕，映照得青山似碧，竹林如雾。他深情地眺望远方，期待心上人如约而至。这首诗无论景物描写还是意境都极其唯美典雅，尤其是将思念之情刻画得楚楚动人。灰驯狐猴，灵长目，狐猴科驯狐猴属，分布于非洲马达加斯加，栖息于竹林中。
物语：多种选择，更易生活。

火山兔

火山喷涌烈焰凉,溶岩溢出百草香。
倾城兔长俏皮样,洞房守候少年郎。

　　火山喷涌时仿佛末日降临,无坚不摧,所到之处生命瞬间消失。但等到烈焰凉透,这片土地又会变成孕育生命的沃土,为无数植物提供丰沛的养料。火山兔是灾害之后的受益者,它饱餐肥嫩的芳草,出脱得娇俏迷人,等着和一位"少年郎"结成伴侣,繁衍生息。这首诗以火山喷涌和烈焰为主题,描绘了一幕热烈而充满生命力的场景。火山兔,又名墨西哥兔,分布于墨西哥的四座火山分散地段。物语:等待春天,阳光御寒。

㺢㹢狓

天下无端添珍稀,金埒恭候㺢㹢狓。
五洲四海都好事,又问来历又刨底。

这首诗用夸张的语言描述了㺢㹢狓的珍贵。"金埒"原指用钱币筑成的界垣,后来指代奢华的骑射场。诗人将它用在此诗中,寓意这种美丽又珍奇的动物从天而降,令所有人都产生好奇,盘根问底地探索它的出身。此外,诗中的词汇、音韵和句法都具有传统诗歌的特点,体现了诗词艺术的独特魅力。㺢㹢狓,又叫欧卡皮鹿。偶蹄目长颈鹿科大型哺乳动物,1901年首次被发现,分布于刚果东部森林和热带雨林中。物语:原始标志,极为神奇。

吉娃娃

气吞斗牛好年华,云雾情怀风当家。
尽管吠叫声音大,毕竟只是吉娃娃。

  诗人先是夸张地渲染了吉娃娃的独特魅力,它风华正茂,总是精力十足,像云雾和风那般不被束缚。接下来笔锋一转,用戏谑的语调描写了狗狗的大嗓门和小身躯之间巨大的反差,营造出一种颇有趣味的情境。或者我们可以反过来联想,这样可爱的小家伙看似不起眼,实际上却怀揣着远大的志向。吉娃娃,别名茶杯犬、迷你狗;哺乳纲犬科动物,世界上最小型的犬种之一,体重大约1—3千克。物语:小小萌宠,活泼好动。

几内亚狒狒

天地可知春领先,日月借得千里眼。
欲随风云起变幻,却见母子正安闲。

在无数期盼的目光中,春天终于姗姗而来。大自然恣意地搅弄风云,日月将天地当作游乐场。但当它们看到草地上悠闲漫步的几内亚狒狒母子,忍不住收敛了玩闹的心思,不想打扰这温馨的一幕。这首诗描绘了春天动物与自然和谐相处的画面,表达了诗人对自然生物温柔的情意。几内亚狒狒,猴科,狒狒属,分布于非洲地区,栖息于苏丹稀树草原和几内亚热带草原边界,杂食性,由雄性率领群居,不怕人。物语:亲情飞扬,清欢流淌。

加岛环企鹅

春山绘出火辣情，秋水留下赤道风。
南美企鹅爱丰盛，四季精彩各不同。

　　这首诗充满了自然的气息，诗人用春山、秋水做对仗，描绘出赤道一带独特的景色和氛围。其中"春山绘出火辣情"展现了春天的热情与活力，"秋水留下赤道风"则暗示了秋季时这片领域依旧富足。加岛环企鹅快乐地生活在这里，尽情享受一年四季大自然赐予的食物和美景。相比起生活在南极冰原上的同类，加岛环企鹅真是上天的宠儿。加岛环企鹅，分布于南美洲科隆群岛，是唯一涉足北半球的企鹅。物语：望向远方，情深意长。

加拿大森林狼

短草为霞染灿金,夕阳无限落高林。
天边余晖才着韵,便见双星立黄昏。

　　芳草缤纷,如云蒸霞蔚;层林尽染,似斜阳悬枝。黄昏初现,夜幕还未降临,仿佛一只无形的手拨动琴弦,余音袅袅,带着对白昼逝去的怅惘,又满含对月夜的憧憬。就在这声色兼具的唯美画卷中,两只加拿大森林狼悄然伫立在一角,它们就像夜晚最先出现的金星那样,熠熠生辉,神秘又沉默。加拿大森林狼,犬科,犬属,分布于加拿大西部和阿拉斯加,栖息于多样化森林及山地草原。物语:有缘无缘,尽情喜欢。

加拿大无毛猫

忽见万千锦色窝,方知自身乱星河。
基因突变未必错,天地爱恨各选择。

这首诗写得很有意境,诗人巧妙地运用了夸张等修辞手法,表达了对于加拿大无毛猫这一独特物种的喜爱和关切,同时也给人以思考和启示。作为人工选育而非自然衍生的品种,加拿大无毛猫的生命非常脆弱,完全依赖人类的宠爱而存活。也正因此,它们的命运尤其值得关注。加拿大无毛猫,又名斯芬克斯猫,经过近交选育而成的宠物猫,长有一层极纤细的光洁绒毛,眼睛看不到,手感光滑如缎。性情温和,喜欢与人亲近。物语:刷新认知,接受稀奇。

简州猫

白云只道风乱忙,举目但见琼花香。
乌云盖雪深情望,天送锦被当牙床。

　　北风呼啸,雪花飘摇,将枯木寒枝装点成玉树琼花。白云以为风儿只是捣乱,等看到这番美景后也不禁心驰神往。它将自己洁白的身躯散落成白雪,为大地铺上厚厚的锦被,哪怕自己褪尽铅华,变成乌云也在所不惜。诗人运用丰富的想象力,将白云描绘得温情脉脉,生动感人。简州猫,家养猫,因其原产于简州(现四川省简阳市)而得名,多在农村喂养用于捕猎家鼠,毛色各异,有一锭墨或雪里拖枪之美名。物语:狩猎之猫,千年荣耀。

杰克森变色龙

绿意悠悠春相思,雨云飘飘心着急。
变色龙说有妙计,约见选在风来时。

　　这首诗歌情感细致婉转,描述了相爱之人对于约会的急迫心情。转眼又到了恋爱的季节,变色龙早早换上春装,即将到来的佳期让它心潮澎湃。可惜的是,恼人的雨云却不期而至,蒙蒙烟雾阻挡了去路。不过它并不焦急,只等春风吹散雨丝,天地清朗,届时就能一解相思之苦。诗人巧妙地运用了象征主义手法,将情感与意象融为一体,细腻感人。杰克森变色龙,有鳞目避役科的一种动物,栖息于热带雨林。物语:妙上云端,莫名无言。

杰氏狨

银须金缕火云风，花开富贵杰氏狨。
丑到爆时美有用，多看几眼变萌宠。

　　这首诗用富含哲理的文字，营造出一种独特的审美感受。银须和金缕给人以华丽的感觉，而火云风则带来一种热烈的氛围。花开富贵具有吉祥寓意，用在杰氏狨身上，表达了诗人对它的喜爱。常言道：否极泰来，物极必反。诗人用"丑到爆时美有用"呈现出一种反转的美感，这是一种对传统审美的颠覆。杰氏狨看似外形丑怪，但它极具特色，不符合大众审美并不代表它本身缺乏美感。杰氏狨，原产于南美洲巴西热带雨林。物语：风云无暇，照样入画。

捷克狼犬

眺望远方情如海，玉宵飞练奔驰开。
豪迈直上高天外，无凭狼犬月中来。

  捷克狼犬眺望远方，眼眸中流露出款款深情，它是在思念家乡？又或者只是单纯地渴望自由？它奔跑时迅疾无比，身影宛如一道闪电。这样出神入化的绝技简直不像凡间动物所能拥有。确实，它来自九天之上的月宫，神通广大，豪情万丈。只是不知道它会不会因为寻觅不到势均力敌的对手而陷入"独孤求败"的寂寞呢？捷克狼犬，最初为特种部队军犬，后来用于搜救、追踪、放牧、狩猎等。物语：顺势起飞，天下无谁。

金猫

茂树平林风摇枝，金猫漫步凉爽时。
龙虎彪豹连天碧，古往今来说传奇。

  平林漠漠，绿荫如衾，天地间一派宁静凉爽。金猫在其中漫步，威严地巡视自己的领地。在中国的传说中，龙虎彪豹都是猛兽，是无数文学艺术作品中的传奇元素。但是在真实的大自然中，金猫的威猛丝毫不亚于它们。诗人用对比的手法和层层递进的情感描刻了金猫的形象，让人感慨造物的神奇。金猫，又名亚洲金猫、黄虎、芝麻豹，猫科的中型猛兽，分布于东南亚及中国多个地区。
  物语：胜者为王，逆天则伤。

金色乌叶猴

长长金丝对春风，漫漫高天枝头红。
三元及第今得中，思量前往沉香亭。

这首诗刻画了金色乌叶猴耀眼的外貌以及它过人的智慧。它身上披拂的金丝在春风中摇曳，高耸入云的树冠也因为春天的到来而变得红艳。值得一提的是，诗中代入了"沉香亭"的典故，诗仙李白曾经在沉香亭为杨贵妃写下三首《清平调》，堪称传世之作。金色乌叶猴"连中三元"之后，想去沉香亭追仰诗仙的风采，诗人的巧思为此诗增添了浓厚的古典韵味。金色乌叶猴，又名黄冠叶猴、金叶猴，分布于印度和不丹。物语：红花唯美，绿叶青翠。

金狮面狨

浑身金丝天玉成,偶尔回眸也春风。
且教枝头花勿动,以免脂粉乱妆容。

　　我们可以把诗中的主角想象成一位美丽的女子,她身着华美的金色衣裳,飘然出现,宛如上天赐予的礼物,让人不由自主地陶醉在她迷人的风姿之中。"偶尔回眸也春风"这句诗将她的魅力推向了高潮,她的一个回眸,就足以让春风失色。后两句诗尤其具有巧思,佳人希望枝头的春花不要恣意摇动,以免花粉会落到她的面颊之上,扰乱了她精心描画的妆容。金狮面狨,狨类体型最大的一种,原产于巴西大西洋沿岸地区。物语:天下萌宠,因爱阵痛。

金丝猴

卷地云起风无沿，行至密林忽有边。
开窗得见春光苑，金光呼啸过高天。

　　春天的风缥缥缈缈，无形无边。它吹至莽莽森林忽然停下脚步。眼前是一个神秘的世界，就像世外桃源一般时光凝滞。春风透过枝叶的缝隙，看到里面繁花似锦，林木葱郁，生机勃勃。忽然，几道金色光芒在林间迅疾穿梭，那是金丝猴在跳跃奔驰。它们辗转腾挪，潇洒不羁，此起彼伏的清啸声直达九天。金丝猴，别名仰鼻猴，其中三种为中国特有的珍稀动物，缅甸和越南各有一种，常年栖息于高山密林中。物语：林中精英，聪明灵动。

金头狮面狨

金丝飘飘欲成仙,墨云欲去又欲还。
柔如云锦初抖散,烟色又用黄点染。

  诗人用纤巧的画笔描刻出金头狮面狨柔美可爱的模样。日光色的长发飘飘欲仙,远远望去就像戴着一顶光环。墨色的绒毛随着它的行动而流光溢彩,好似天边的乌云鲜活流荡。柔如云锦,烟点黄晕,金头狮面狨一身华贵的装点看花了人的眼,看乱了人的心。诗人从色泽、触感、动态各方面将它的美感进行了细致入微的描写,值得学习借鉴。金头狮面狨,卷尾猴科,仅分布于巴西东部的巴伊亚州原始森林。物语:敏捷灵巧,自在逍遥。

金竹驯狐猴

顶天立地抬望眼，竹林深处云雾欢。
花开花落三千遍，青翠依然在心田。

　　金竹驯狐猴作为一种小型狐猴，生活在竹子茂密的雨林中，长着浓密的毛发和圆溜溜的眼睛。它们天性活泼好动，在竹林深处与云雾为伴，静静地享受大自然的美好。年轮叠加三千圈，沧海早已变桑田，但是它们似乎没有变化，依然眷恋安详的生活。这首诗象征着一种淡定从容、处变不惊的生活态度，传递出诗人对不受时光限制的自由生活的向往。金竹驯狐猴，又名金竹狐猴，分布于南美马达加斯加岛的热带雨林及竹林。物语：竹林云烟，共度流年。

巨松鼠

风流得意枝头行，雨后众山一水青。
且将天地洗干净，步入中天赏月明。

　　这是一首富有意境和美感的诗歌。开篇描绘了清风拂面，巨松鼠行走在树枝间的场景，带有一些人生得意之情。雨后群山在清水的洗濯下更加青翠欲滴，诗人希望天地间的一切都变得纯净，这样人们就可以步入中天，仰望明月，沉浸在温柔祥和的氛围之中。这首诗带有一些浪漫和梦幻的气息，同时也寄寓了诗人希望乾坤清朗、世界安宁的美好愿景。巨松鼠，松鼠科，分布于亚洲东南部，常见于中国云南、广西等地。物语：岁月如风，久而平静。

巨型雪纳瑞

云若走马风扬鞭,纵横一眼定万年。
原生之物已罕见,日月又造新鲜感。

　　这首诗写得非常有气势,仿佛将读者带到了一个遥远而又神秘的国度。云朵在天空中摆出骏马的造型,疾风吹过,像扬鞭一样狂烈,催它奋进。在诗人的眼中,大自然的奇妙是如此永恒和稳固,仿佛可以穿越时空,纵横捭阖。在自然的伟力之下,生物在不断繁衍进化,有的消亡,有的新生,我们对大自然应当永远怀有敬畏之情。巨型雪纳瑞,又名慕尼黑雪纳瑞,由粗毛牧牛犬和标准雪纳瑞杂交培育而成。物语:勇敢机警,对人热情。

狷羚

fēng chuī wàn wù ér bù zhēng　cǎo yuán píng jìng rèn chí chěng
风吹万物而不争，草原平静任驰骋。
juàn líng zhī wú kě bǐ xìng　wéi yǔ tiān dì gòng cóng róng
狷羚知无可比性，唯与天地共从容。

这首诗描绘了一幅宁静平和的场景。风吹过草原，没有带来任何冲突或竞争。这种安详的氛围也感染了狷羚，它们深切地了解自身，因此不和天地竞争，而是以一种从容的态度漫步在草原上。这首诗中蕴含了深刻的哲学思考，表达了诗人对于自然、生命和宇宙的看法。我们也应该以一种从容不迫的态度来审视生命，面对生活中的挑战和磨难。狷羚，牛科狷羚亚科狷羚属的一种草原羚羊。分布于非洲地区的草原和灌木林地。物语：春有去处，草原富裕。

卡拉巴赫马

太阳欲照绿葱茏,奈何云雾遮群峰。
天地忽觉无限重,不知何时遇春风。

这首诗描绘了山峦被云雾遮蔽的景象,表达了对于春风的期待和渴望。太阳升起时,云雾遮蔽了群峰,让天地间变得朦胧而沉重。这样的景象让人们的心情也变得阴郁。草木盼望春晖,一如我们期盼光明,但人世间总有浮云遮望眼,不如意事十之八九。最后,诗人用"不知何时遇春风"表达了对于未来的希冀。面对困境,我们应保持乐观精神。卡拉巴赫马,以驯服和速度闻名于世。
物语:花草美妙,风之味道。

卡南犬

朝阳偶尔纵暮云，春风吹过天地新。
卡南随和望月奔，终生不负信托人。

    暮云只存在于黄昏，虽然绚烂无比，但非常短暂。等到春风吹拂大地，又是一年新气象，但暮云已经消失无踪，正如宝贵的生命，稍纵即逝。在诗人的心中，卡南犬用自己短短的一生践行誓言，它望月而奔，一往无前，从不辜负人类对它的信任。这首诗借卡南犬的形象歌颂了忠诚、守信等高贵的品质，同时也体现出对这些人类朋友的珍爱之情。卡南犬，原产于中东的一种牧羊犬和羊群护卫犬。物语：今非昔比，生活如意。

柯氏犬羚

眉峰淡淡耳招风,睫毛长长掩美瞳。
世间何物最贵重,天下无解唯爱情。

这首诗描绘了柯氏犬羚可爱软萌的外貌。其中,"眉峰淡淡""睫毛长长""招风耳"和"美瞳"都是形容它的外貌细节。这样讨人喜欢的小动物不仅外形迷人,还有着温柔纯洁的内心。它们虽然弱小,但坚决捍卫爱情。因为对它们来说,爱情是无价之宝,无法用任何物质财富来衡量。柯氏犬羚,牛科犬羚属,体重约7千克,雄性长角隐于头发中,分布于非洲东部和南部地区,以灌木枝叶花果为食。物语:得意生活,优雅而过。

科莫多巨蜥

依山傍水花草香，身强力壮敢称王。
威胁源自含毒量，须知风云多无常。

这首诗生动地描绘了自然风光，科莫多巨蜥身处美丽的山间江畔，感受到花草散发出的脉脉芳香。它体格强壮，又携带极具震慑力的毒素，堪称当地的王者。可惜的是，命运之途总是变幻莫测，这样强大的生物如今也濒于灭绝。从这首诗我们可以展开丰富的联想：任何强势都只是喧嚣一时，我们对于未来要始终保持居安思危的警醒。科莫多巨蜥，蜥蜴目，巨蜥科，巨蜥属，现存种类中体型最大的蜥蜴，仅分布于印度尼西亚科莫多岛。物语：星辰不落，天地开阔。

克莱兹代尔马

勇者之傲铁蹄声，唯有回忆慰生平。
偶尔伴驾有点用，收刀入鞘追长风。

曾经驰骋沙场的光辉岁月已经成为过往，只有偶尔午夜梦回，热血依旧沸腾。伴随皇室出巡时，街道挤满欢呼的人群，但克莱兹代尔马知道，那些激动的眼神并不是送给它的。有生之年，它再不能回到原野，任山风吹透鬃毛，看花草摇曳。克莱兹代尔马，原产于苏格兰克莱德山谷。1715年苏格兰利用选育杂交，再引进大挽马血统，才最终获得这个马种。它因具有光鲜亮丽的外表而成为英国仪仗队马匹，出入重大场合。物语：飞奔无路，与风倾诉。

库氏狨

谁奏一首缤纷曲,几片苔痕美如初。
库氏不忍风筝误,登临凝望玄晖府。

  春天的风无形又任性,弹奏出撩人心弦的乐曲,渲染了色彩缤纷的山河,就连微不足道的青苔都焕发新绿,宛如初生的婴孩。库氏狨攀缘在树干上,忧虑地眺望天空。它担心风筝被春风带到云霄之上,被皎洁的月色诱惑,忘记了回家的路。这首诗文辞优美,情意婉转,生动地表达了诗人复杂的心情。诗中"误"字用得巧妙,一语双关,引人遐想。库氏狨,又名黑毛冠耳狨,狨科狨属,仅分布于巴西东南部的热带雨林。物语:曾经浪漫,风云无憾。

阔鼻驯狐猴

月光拂动枝头春，大地何处无花痕。
竹林若是粮草尽，换个地方再风云。

诗中的"月光"和"春"喻示生机和希望，意思是即使身处逆境，周围仍然有很多美好的事物可供欣赏。所以无论何时，我们都要保持乐观的心态，积极面对生活。这首诗的意境清新自然，尤其是"大地何处无花痕"一句格调高昂，积极乐观。诗人借诗抒情，鼓励世人勇敢面对挑战，追求更好的未来。阔鼻驯狐猴，灵长目驯狐猴属体型最大的一种，分布于非洲马达加斯加半岛，栖息于热带雨林和竹林中。物语：眼界开阔，机会更多。

腊肠猎犬

轻烟细风阳春坡，满眼枫叶摇心河。
猎犬无意染秋色，却道晚霞新邀约。

  轻烟袅袅，金风细细，一夜之间层林尽染。满目彤丽的枫叶此起彼伏，让人们的心情也随之摇摆。腊肠猎犬的毛色仿佛被秋意浸透，呈现出金褐色的光泽。它害羞地表示自己平时并不会如此盛装打扮，只因为刚刚接到了晚霞的邀约。这首诗表现出诗人对季节的观察力和对色彩的感受力，充满情感的笔触也将腊肠猎犬的形象描画得纤毫毕现。腊肠猎犬，犬科犬属，原产于德国，小型狩猎犬。
物语：风云相悦，视野开阔。

蓝羚

迅雷收起掩耳风,漫天秋色霞映红。
生命何以担其重,若爱刹那即永恒。

黄沙滚滚,烟雾弥漫,那是大群蓝羚在草原上奔腾。它们的铁蹄扬起漫天风烟,像是在追求理想,又像是在被生命追赶。这是一首富有激情和浪漫色彩的诗歌,表达了作者对爱情的深刻体验和追求。"生命何以担其重,若爱刹那即永恒"作为诗的主题,鲜明地传递出诗人对于爱情的珍视,并将它和生命价值紧密联系在一起。蓝羚,中文名大蓝羚,分布于印度、尼泊尔及巴基斯坦,引进至美国和墨西哥。物语:客居荒野,以春为乐。

懒熊

满山草木寒意起，秋风萧瑟果子稀。
懒熊不理天地事，直奔蜂巢吃蜜食。

    这首诗通过细腻的描写，展现出自然的韵味和生命的节奏。首先，诗人通过"满山草木寒意起"，勾描秋天草木凋零、寒意渐起的景象，此句与后面的"秋风萧瑟果子稀"一同营造出暮秋时节草木逐渐衰败、果实零落的萧瑟氛围。然后，诗人的笔锋一转，"懒熊不理天地事，直奔蜂巢吃蜜食"，以一个有趣的形象打破了前两句的沉郁，增加了诗的趣味性。懒熊，分布于印度、斯里兰卡、孟加拉国、尼泊尔及不丹。物语：昼伏夜出，踏月漫步。

狼

迎面走来天狼王,踏雪留痕回故乡。
探看子孙可兴旺,有无猎物同分享。

　　白雪皑皑,万物沉睡,狼王长途跋涉回到故乡。威风凛凛的狼在诗人笔下,俨然变成一个慈爱的大家长。它肩负着家族兴旺的重任,惦记着后代子孙生活是否富足。诗人对于自然界的生灵充满包容和博爱,善于发掘动物的可爱之处,并从中汲取温暖人心的力量。这首诗洋溢着阳光般的色调,妙趣横生。狼,食肉目犬科犬属,分布于全世界绝大部分地区,栖息于森林、沙漠、山地、寒带草原等人烟稀少之处。物语:山高路远,群体分担。

狸花猫

唯恐春来风不知，枝头冷香赠千里。
山黛凌波相逢季，恰是狸花猫来时。

　　冰雪消融，叮咚似琴。花草树木唯恐春风不知春信已经抵达，有些性急的花朵早早绽放，将沁着寒意的香气送到千里之外，提醒风儿早日吹拂大地。当山峦被林木覆盖，显露出青黑色的色泽；当湖面泛起波澜，春水折射出点点粼光，狸花猫终于踏着优雅淡定的步伐向我们走来。狸花猫，原产于中国，属于自然猫，体格健壮，长有美丽的斑纹被毛，抗病力强，不易掉毛，活泼好动，有捕鼠功能。家庭宠物。物语：天生豪气，活出自己。

利皮扎马

花香尽倾春杯中，皓月收获天下情。
为赢而生乃天命，千年浪漫又东风。

　　鲜花盛开，浓郁的芳香倾进杯盏，春之神尽情享受百花的供奉；皓月当空，人们对它的敬仰赞美汇成清辉，奔赴它的怀中。对于春和月来说，催放百花、慰藉人心都是它们的使命，正如利皮扎马在赛场上驰骋夺魁也是它的使命。其实对于人类来说也是如此，有些人为赢而生，有些人为创造而生，有些人为爱而生。只可惜太多人浑浑噩噩，虚耗光阴。利皮扎马，斯洛文尼亚的高级骑术马，全世界的纯种利皮扎马仅有三千匹。物语：聪明温顺，源自本心。

鬣羚 lièlíng

足踏祥云掠长城,天马飞越数十峰。
依山取势常得胜,忠勇可嘉扬威名。

这首诗描绘了一幅神话般壮美的画卷。无数匹天马接天连日,如脚踏祥云一般掠过长城,飞跃山峰。这样的阵仗让凶残的敌人"两股战战,几欲先走"。整首诗中最巧妙的一处是第三句中的"势"字。凡事要趁势而为,大势所趋也就意味着胜利。诗人用"依山取势"渲染了天马不仅具有神秘力量,更懂得借助外在的优势,增强自身的能量,这实际上已经上升到智慧的高度。鬣羚,别名天马,分布于中国、东南亚和喜马拉雅山脉。物语:大敌当前,敢于亮剑。

鬣蜥

雄浑收拾天下风,腹中装尽晚霞红。
鬣蜥整装要出动,此行只为建后宫。

    这首诗运用了一种类似于传统曲艺中的相声式创作手法,描述了雄性鬣蜥去求爱的场景。诗人用前三句做足了铺垫,层层递进地展现雄鬣蜥雄浑的气势能"收拾天下",气吞山河般"腹中装尽晚霞红",它"整装待发"仿佛要指挥一场盛大的战役,诗人却在最后一句抖出了包袱——"此行只为建后宫"。看到这个主题简直让人忍俊不禁。鬣蜥,分布于中国广东、广西至云南,越南和泰国也有。物语:短暂交集,各奔东西。

林蛙

不伴红日不伴花,看完明月看朝霞。
寒风送信至水下,冰天玉衾眠雪蛤。

世人皆爱朝阳之灿烂,红花之鲜妍,而林蛙却钟爱明月的皎洁,朝霞的柔和。这首诗开篇就凸显出主角与众不同的喜好和特立独行的气质。林蛙宛如一个幽居在深谷的佳人,她隔绝在世俗之外,不与人亲近,洁身自好地享受孤寒静谧的生活。就连冬眠,都被诗人描述成"冰天玉衾眠雪蛤",这样唯美的意境传递出诗人对这种生活状态的向往。林蛙,别名雪蛤、哈士蟆,蛙科林蛙属,分布于中国东北地区及西伯利亚和朝鲜。物语:三级保护,雪蛤大补。

林鼬

千里飞扬夏风景，万树花果各自争。
林鼬遇喜好激动，求偶也用霸王功。

　　广袤的原野覆盖绿色，树木花卉在繁荣的夏季争奇斗艳。这些景象展示了大自然的壮丽富饶，充满欣欣向荣的活力。诗人用戏谑的笔调描写了林鼬独特的求偶方式，它相貌呆憨，没想到求爱时却莽撞粗暴，喜欢霸王硬上弓。这样的描写十分生动，也增加了诗歌的趣味性。林鼬，别名欧洲林鼬，共有7个亚种，分布于除爱尔兰之外的欧洲所有地区，栖息于山地或森林等各种环境中，独居、夜行、肉食性，求偶用暴力。物语：憨鼬壮硕，富有成果。

临清狮猫

接天柔丝白胜雪，璀璨双目含情多。
临清狮猫由此过，疑似九天落银河。

  这首诗描绘了临清狮猫的美丽形象和高贵气质。诗人用"接天柔丝"比喻狮猫柔顺洁白的毛发，用璀璨形容它流光溢彩的眼眸。它的形态唯美，气质华贵，好似从九天之上的银河降落到凡间。美好的事物总会引起人们的珍视爱护之情，因此诗中还透露出对生命的思考。总体而言，这是一首优秀的咏物诗，体现出诗人过人的文学造诣。临清狮猫，又名山东狮子猫，中国特有种，清末由波斯猫和本地猫杂交选育而成。物语：稀世品种，出自临清。

伶鼬 (líng yòu)

柔软细长捆鼠绳,上天入地不放松。
七窍伶鼬三两重,卷风卷云卷成功。

纤巧的身姿灵活柔软,宛如一条"捆仙绳"把猎物牢牢缠住。伶鼬独特的外形和它的生活习性相辅相成,让我们不禁要赞叹造物的神奇。最后一句"卷风卷云卷成功"一语双关,看似是在描画伶鼬捕食的动作,实际上传递出深刻的道理:尽管自然界风雨变幻,但我们不能妄自菲薄,应当坚信只要努力就能获得成功。伶鼬,又名银鼠、白鼠、倭伶鼠,鼬科鼬属,分布于亚洲、非洲、欧洲及北美洲。物语:灵活勇猛,鼠族克星。

灵猫

花影无风绕枝眠，一半含春一半酣。
相识恨晚结成伴，转眼就去觅新欢。

　　静谧的月夜，花影未动，幽香暗递，远处也许是朦胧的萤光，也许是人间阑珊的灯火。半梦半醒之间，我们似乎看到灵猫偷偷去寻欢，这让人又不禁联想到红尘中的年轻男女幽会的场景。整首诗通过简练的语言和生动的描绘，呈现出一种柔和安逸的氛围。不过可惜的是，薄情人转眼就另觅新欢，令这份情感笼上一层淡淡的哀伤。灵猫，哺乳纲灵猫科，全世界约有34属75种，中国有9属11种。物语：灵香作用，解热止痛。

羚牛

力拔山叫盖世侠,树大志时可当家。
羚牛走到峭壁下,开启枝头好年华。

乍一见"力拔山",很容易联想起武力盖世的西楚霸王,诗人借此来形容羚牛的壮硕和勇猛。当初生牛犊立下远大的志向,也就寓示着它很快就可以承担起守卫族群,甚至开疆拓土的重任。"羚牛走到峭壁下"是一个形象的比喻,似乎是在暗示它即将开启自己的人生,挑战自我,勇攀高峰。诗人明为写羚牛,实际上隐含了很多人生启示。羚牛,牛科羚牛属,分布于中国西南、西北及尼泊尔和不丹等。物语:威武漂亮,喜庆景象。

羚羊兔

沙漠玫瑰火热天，飞身跃过间歇泉。
羚羊兔为情而战，赢得温柔好家园。

这首诗所描述的故事是在一片火热的氛围中展开。诗歌开篇提到的沙漠玫瑰，率先把读者带入炙热的场景之中，而"间歇泉"原意是指间断喷发的温泉，多存在于火山运动活跃的地区。这两个元素叠加在一起，为羚羊兔对爱情的热烈追求做足了铺垫。我们可以把这首诗看作诗人对爱情的一首颂歌，生动有趣，同时富有浪漫主义色彩。羚羊兔，兔科兔属，分布于美国和墨西哥，栖息于沙漠灌木或高大草丛。物语：出拳凌厉，争夺第一。

领狐猴

黑天白夜合欢长，如花美眷初上妆。
日月自有傲娇样，永恒之色巧飞香。

　　这首诗以领狐猴为题，描述了爱情的永恒与美好，赞美了婚姻的幸福。"黑天白夜合欢长，如花美眷初上妆"很容易就令人联想起《长恨歌》中所写"云鬓花颜金步摇，芙蓉帐暖度春宵"，领狐猴成双成对地沉浸在爱情之中，形影不离，黑白永恒色的身影在夏日晴空中欢快地飞舞，空气中似乎都洋溢着幸福的味道。领狐猴，又名黑白领狐猴，灵长目狐猴科领狐猴属，分布于马达加斯加的赤道雨林。物语：闲时放声，乐时纵情。

六带犰狳

刀枪不入有多牛,子弹反弹令天忧。
高度近视难挽救,车来切勿滚成球。

六带犰狳顶盔挂甲,像是穿着防弹衣一般坚韧不摧,这样独特的形态令它抵御天敌,绵延生存。但是人类文明的脚步逐渐侵蚀了它们的生存领地,令这个已经在地球上存活数千万年的物种濒于灭绝。所以说再"刀枪不入"的防护在人类科技面前都是不堪一击,诗人忧虑地再现了六带犰狳的生存困境,呼吁人类保护自然。六带犰狳,又叫黄犰狳,分布于中美和南美地区,生活在热带雨林或广阔草原上。物语:远离公路,确保无虞。

落基山大角羊

蓝天白云好风光,悠闲自得大角羊。
今天吸收神力量,明日争霸上战场。

  这首诗描述了落基山大角羊在蓝天白云下悠闲自在生活的模样。诗人赋予了它人格化的特征,使得读者可以感受到这些动物的生命力。大角羊生活在蓝天碧草之间,沐浴阳光雨露,诗人夸张地描写它能吸收神的力量,实际上表露的是对大自然的敬畏之情。大角羊在自然之神的庇佑下,悠然自得地繁衍、生生不息。落基山大角羊,又叫大角羊,牛科盘羊属,分布于加拿大和美国。
物语:时光深处,收藏物语。

驴羚

大地美景不忍收,凌空飞出云栖楼。
列羚远眺看不透,择日不如撞日走。

　　这首诗将大地、天空、云彩、楼阁等自然、人文元素巧妙地融合在一起,描绘出一幅空灵、飘逸的画卷。"云栖楼"是鹳雀楼的别称,因其视野开阔,登楼有凌空而小天下之感,故名云栖楼。诗人借此描绘出驴羚登高远眺,又因为看不清去路而踯躅不定的情状。不过它并没有就此止步,而是毅然决然地出发,因为它相信无论前方有多少坎坷,自己最终都会成功跨越。驴羚,又名列羚,分布于非洲南部的热带草原。物语:水满不响,极高修养。

旅鼠

夏日清凉草虫鸣,云亦非云风非风。
旅鼠不动天地动,生长之迷谁知情。

  夏季炎热,偶然的清凉显得格外舒适。草虫鸣叫,花叶摇摆,让人感受到生命的美好。旅鼠是一种非常神奇的动物,它们因"自杀式大迁徙"而得名。但是至今生物界都无法解释它们为什么会"集体自杀"。"旅鼠不动天地动"这句蕴含哲理,似乎是在表示旅鼠以自己千百年不变的独特习性来应对自然界的风云变幻,这种牺牲精神让人感受到一种超越常理的存在和力量。旅鼠,常年居住于北极苔原地区。物语:生态之谜,等待破译。

绿鬣蜥

花多眼乱美无穷,碧玉留白爱上风。
绿鬣蜥说非不幸,且挽韶光听蝉鸣。

    这首诗具有鲜明的季节感和氛围感。诗人通过描绘花、风、绿鬣蜥、蝉等自然元素,描述了盛夏之美的同时,也通过"且挽韶光听蝉鸣"一句,表达出对生命的珍视和对安详岁月的向往。从文学角度来看,这首诗的语言清新自然,用词简练,句式优美,韵律和谐。比喻、拟人等修辞手法运用得当,使这首诗歌更加生动形象。绿鬣蜥,野生种分布于南美洲热带雨林,现世界各地已经广泛饲养,性格温顺,完全素食。物语:萤火流光,天短情长。

马达加斯加番茄蛙

翠色缤纷天不老,夜香雨细嫣红娇。
番茄蛙儿柔声叫,多少春风被迷倒。

诗人运用优雅华丽的辞藻,展现了春天的繁荣和生命的魅力。诗中的每一句都洋溢着独特的韵味和意象,它们共同构成了一幅美丽的画卷。也许有人会疑问,绿色怎么会缤纷呢?实际上大自然中的色彩极其丰富,绿色也可以分成无数种,缤纷娇艳,丝毫不逊于百花。而马达加斯加番茄蛙的叫声婉转悠扬,为这幅唯美的自然画卷又增添几分灵动。马达加斯加番茄蛙,分布于非洲马达加斯加热带雨林或池塘沼泽中。物语:善于挖洞,濒危生灵。

mǎ dǎo měng
马岛獴

guāng yǐng tiào yuè zhī yè xiǎng　　huān lè xī xì qiū shí guāng
光影跳跃枝叶响，欢乐嬉戏秋时光。
qīng yīn yǎ yùn hū pèng zhuàng　　yíng miàn yù shàng shōu shēng wáng
清音雅韵忽碰撞，迎面遇上收声王。

　　这首诗通过对光影的描绘，对秋色和音乐的渲染，侧面烘托马岛獴出场时威风凛凛的气概。诗人先是铺展了一幅欢快的秋日场景，光影跳跃，枝叶如琴，动物们嬉戏玩耍，我们似乎可以看见那热闹的画面，听见喧闹的鸟兽欢唱。不过，当马岛獴出现在画面中，一切都戛然而止。诗人用"收声王"来形容动物们看见它时的表现，可谓惟妙惟肖，颇具巧思。马岛獴，又名隐灵猫，分布于马达加斯加岛。物语：春秋如画，珍惜当下。

马可罗尼企鹅

跃过巅峰踏熔岩,直面南极雪啸天。
海誓山盟情无限,眼中只有伊甸园。

  这首诗洋溢着轻松愉悦的氛围,马可罗尼企鹅生活在冰原,这里覆盖着万年冰雪,呼啸而过的大风扬起雪沫,经常遮蔽了双眼。但是在企鹅们的心中,这些都不过是寻常。正应了那句"有情饮水饱"的俗谚,它们整天卿卿我我地腻在一起,再艰难的环境都是伊甸园。诗人借这些可爱的生物表达出对爱情的赞美,同时也传递出积极乐观的人生态度。马可罗尼企鹅,又名长冠企鹅、通心面企鹅,分布于南极半岛至亚南极群岛。物语:潜水大师,跳高第一。

马来熊

天若下雨地上和,阔叶林里风放歌。
暮色苍茫熊出没,等候品味月如雪。

　　白雨如练,倾泻银河。玉盘珠落,风林相合。诗人将自然界再寻常不过的风雨演绎成悠扬的乐曲,而尤其别致的是把雨落声、叶摇声比喻成和声,这就将天地万物用无形的音符勾连在一起,营造了盛大和谐的场景。暮色苍茫中,熊出没寻找食物,但是它被眼前的美景吸引了注意,期待月升高天之时,能够静静品鉴风雅的画卷。马来熊,又叫小狗熊,熊科马来熊属下的一种最小的熊类,分布于东南亚和南亚地区。物语:林中悠闲,享受平凡。

马来亚虎

日光映照云成霞，水倾绝壁瀑开花。
马来亚虎卧石下，笃定自己是赢家。

　　这首诗描绘了日出之时霞光万道的瑰丽景象，水流从悬崖峭壁间倾泻而下，溅落出朵朵水花。马来亚虎悠闲地卧在绝壁之下，它不怒自威，藐视一切挑战。这首诗选用了一些常见的自然元素，独特的排列组合营造出一种颇具震慑力的氛围。这首诗生动地体现了马来亚虎的威严形态，还有它作为天生王者的自信。马来亚虎，又名马来虎、马来西亚虎，分布于马来西亚半岛，马来西亚的国兽。
物语：澄澈明朗，夏日清凉。

马里努阿犬

知冷知热风云哥,绝尘而来一团火。
豪气压得星辰落,前揽明月后揽河。

  明月掩映,星河垂落,这些都不足以衬托马里努阿犬的气概。它像熔炉中的火焰,席卷大地,奔向主人的怀抱。这首诗歌的文学价值主要体现在其意境的创造和情感的表达上。诗人通过"星辰落"等意象,描绘出一幅壮丽的画面,使诗歌具有强烈的视觉冲击力和想象力。同时,诗人通过抒情的笔触,传达了对犬的忠诚和勇气的赞美之情,相信所有爱犬的人都能深刻理解诗人的情感。马里努阿犬,原产于比利时。物语:忠诚勇敢,终生相伴。

马鹿

六月林边风细微，枝头弹拨绿韵美。
吃饱喝足打瞌睡，马鹿幸福何须吹。

　　微风穿透绿荫，抚动马鹿犄角之间系着的透明琴弦，簌簌声响恍如天籁，又仿佛是在吟唱一曲赞美自然的颂歌。阳光从蔚蓝的晴空洒落，照在马鹿油亮的皮毛之上，折射出点点微芒。天地是如此宁静安详，成群的马鹿徜徉在无边风光当中，懒洋洋地打着瞌睡。其实，对于自然界绝大多数生物来说，幸福就是如此简单。马鹿，又名八叉鹿、赤鹿、红鹿，生活于高山开阔林缘或草原地区，雄性有角，由雌性带领族群。物语：生存不易，注意隐蔽。

麦哲伦企鹅

夕阳晚照水长流,天下何处不春秋。
若非雷霆火山秀,便是霞光送温柔。

　　夕阳洒落在水面之上,半江瀲灩半江红。晚霞随着水流游荡到五湖四海,无论我们身在何处都能看到这般绚丽的美景,感受四季缓慢地轮转。天地是如此广阔,山川草木又是如此斑斓,这一切都能激起人们心底最温柔的情感。当然,世界并不总是唯美可爱,会有惊涛骇浪,会有雷霆火山,但我们可以把这些都看作大自然的表情,等它怒气平息,就又是安详美好的家园。麦哲伦企鹅,栖息于南美的温带海岸线草原环境中。物语:晚霞之盛,风云促成。

物语集

动物类

H

黑脸绿猴	物语：情愫之间，阳光舒展。
黑马羚	物语：荒野硬汉，求生艰难。
黑猫	物语：春风化雨，天地如许。
黑帽悬猴	物语：集群居住，互相帮扶。
黑尾长耳大野兔	物语：灵活敏锐，成群结队。
黑猩猩	物语：春生畅想，天佑灵长。
黑熊	物语：爪子锋利，用于捕食。
黑叶猴	物语：涂鸦天籁，风云留白。
黑掌树蛙	物语：生活艰难，从不抱怨。
黑足鼬	物语：欠缺食物，故而清苦。
红背松鼠猴	物语：雨水充盈，食物丰盛。
红河野猪	物语：凡间烟火，温暖岁月。
红颊长臂猿	物语：水拨柔弦，风弹清欢。
红颊长吻松鼠	物语：常居树洞，安于石缝。
红领狐猴	物语：清风明月，挽回空阔。
红帽白眉猴	物语：美好无限，自在安然。
红松鼠	物语：天高地阔，喜欢跳跃。
红熊猫	物语：天然珍奇，充满神秘。
红眼树蛙	物语：食谱丰富，吃相如虎。
洪堡企鹅	物语：目光所至，处处生机。
洪都拉斯白蝙蝠	物语：唯美小样，颜值担当。
狐蝠	物语：斜阳西落，鲜少彩色。
狐狸	物语：若思若闻，旁若无邻。
狐獴	物语：保土护疆，安全有望。
狐鼬	物语：西风倾诉，百花无语。
虎纹蛙	物语：保护环境，势在必行。
虎鼬	物语：守护农田，任劳任怨。

花豹	物语：战力超强，活出风光。
花栗鼠	物语：静美无言，极尽渲染。
花面狸	物语：墨痕清纯，书写乾坤。
华丽扇喉蜥	物语：高山流水，相逢即美。
华南虎	物语：过度危险，跌落深渊。
怀俄明州驼鹿	物语：幸运流年，播种圆满。
獾	物语：来者不善，胆大包天。
环颈蜥	物语：青涩时光，风云放浪。
环尾狐猴	物语：给点空间，保护自然。
浣熊	物语：获利之前，准备妥善。
皇柽柳猴	物语：长者风范，源自天然。
皇家企鹅	物语：百花添香，春意绵长。
黄喉貂	物语：来去如风，集体出动。
黄眉企鹅	物语：水陆之间，从容自然。
黄鼠	物语：送去学校，悉心教导。
黄蛙	物语：雨湿春草，风丝缠绕。
黄眼企鹅	物语：雨后晴天，海蓝深远。
黄鼬	物语：总有一用，绘画有功。
灰狐	物语：任由变幻，只管向前。
灰驯狐猴	物语：多种选择，更易生活。
火山兔	物语：等待春天，阳光御寒。
獾狐狓	物语：原始标志，极为神奇。

J

吉娃娃	物语：小小萌宠，活泼好动。
几内亚狒狒	物语：亲情飞扬，清欢流淌。
加岛环企鹅	物语：望向远方，情深意长。
加拿大森林狼	物语：有缘无缘，尽情喜欢。
加拿大无毛猫	物语：刷新认知，接受稀奇。
简州猫	物语：狩猎之猫，千年荣耀。

杰克森变色龙	物语：妙上云端，莫名无言。
杰氏狨	物语：风云无暇，照样入画。
捷克狼犬	物语：顺势起飞，天下无谁。
金猫	物语：胜者为王，逆天则伤。
金色乌叶猴	物语：红花唯美，绿叶青翠。
金狮面狨	物语：天下萌宠，因爱阵痛。
金丝猴	物语：林中精英，聪明灵动。
金头狮面狨	物语：敏捷灵巧，自在逍遥。
金竹驯狐猴	物语：竹林云烟，共度流年。
巨松鼠	物语：岁月如风，久而平静。
巨型雪纳瑞	物语：勇敢机警，对人热情。
狷羚	物语：春有去处，草原富裕。

K

卡拉巴赫马	物语：花草美妙，风之味道。
卡南犬	物语：今非昔比，生活如意。
柯氏犬羚	物语：得意生活，优雅而过。
科莫多巨蜥	物语：星辰不落，天地开阔。
克莱兹代尔马	物语：飞奔无路，与风倾诉。
库氏狨	物语：曾经浪漫，风云无憾。
阔鼻驯狐猴	物语：眼界开阔，机会更多。

L

腊肠猎犬	物语：风云相悦，视野开阔。
蓝羚	物语：客居荒野，以春为乐。
懒熊	物语：昼伏夜出，踏月漫步。
狼	物语：山高路远，群体分担。
狸花猫	物语：天生豪气，活出自己。
利皮扎马	物语：聪明温顺，源自本心。
鬣羚	物语：大敌当前，敢于亮剑。
鬣蜥	物语：短暂交集，各奔东西。

林蛙	物语：三级保护，雪蛤大补。
林鼬	物语：憨鼬壮硕，富有成果。
临清狮猫	物语：稀世品种，出自临清。
伶鼬	物语：灵活勇猛，鼠族克星。
灵猫	物语：灵香作用，解热止痛。
羚牛	物语：威武漂亮，喜庆景象。
羚羊兔	物语：出拳凌厉，争夺第一。
领狐猴	物语：闲时放声，乐时纵情。
六带犰狳	物语：远离公路，确保无虞。
落基山大角羊	物语：时光深处，收藏物语。
驴羚	物语：水满不响，极高修养。
旅鼠	物语：生态之谜，等待破译。
绿鬣蜥	物语：萤火流光，天短情长。

M

马达加斯加番茄蛙	物语：善于挖洞，濒危生灵。
马岛獴	物语：春秋如画，珍惜当下。
马可罗尼企鹅	物语：潜水大师，跳高第一。
马来熊	物语：林中悠闲，享受平凡。
马来亚虎	物语：澄澈明朗，夏日清凉。
马里努阿犬	物语：忠诚勇敢，终生相伴。
马鹿	物语：生存不易，注意隐蔽。
麦哲伦企鹅	物语：晚霞之盛，风云促成。

动物物语 全5辑

美月冷霜 著

第 4 辑

中国友谊出版公司

诗人的话

我极目远眺热浪翻卷,千钧横扫沸腾天。
我聚神倾听虎啸林乱,似闻风雪叱咤还。
我伏案夜读隔窗观看,但见万里春撒欢。
我敬畏诗歌国度超前,通达上下五千年。
动物物语,令人震撼。稀世之美,值得一看。

云海泛滥千堆雪
疑似星落宝蓝窝
近草奶牛摆阔绰
细赏才知明媚多

绿意浩荡风冰凉
足踏万千冷花香
放眼群峰倾玉浪
山鹿微醉有何妨

日照寒山千丈冰

云天空灵万里行

驯鹿悠闲享宁静

雪有尽而风长情

寒烟湿香卷地欢
云沉高天追逐远
牵挂思念从未断
狮可认出不羁颜

序　言

周　敏

人类真正统治地球的时间，相对于地球46亿年漫长的历史，不过是白驹过隙。

数千年来，我们建立城市、发展生产、推进文明、为人类谋求福祉，但对于自然界的其他伙伴却疏于关爱。

动物，作为地球上最丰富多彩的生命形式之一，一直承载着人类无尽的探索与想象。它们以各自独特的方式，存在于这个世界，诉说着属于它们自己的传奇。但是，在被人类文明的脚步不断侵扰的今天，很多物种濒于灭绝。

本书的作者，一位热爱自然、热爱生命的诗人，她将诗歌的力量发挥到极致，以一种温暖而细腻的笔触，勾勒出动物的内心世界；以动物的视角，去揭示它们在人类世界中的角色与地位，以及在自然界中的生存状态，为读者呈现了一个富有情感与哲理的神秘国度。

书中的每一首真挚的诗作，每一帧优美的图片，每一段专业的诗评，每一句点睛的物语，融合在一起汇成气势磅礴的乐章，直击我们的灵魂，引发我们的共鸣。

通过这部科普文学艺术作品中的新古典诗，我们将看到动物对家园的守护、对子女的关爱、对危险的警觉，以及面对困境时的坚韧与智慧。我们在感受文学艺术之美的同时，更深刻地领悟到生命的意义，更深切地思考人类与自然的关系，以及我们该如何与动物和谐共处。

《动物物语》不仅仅是一部科普文学艺术作品，更是一部关于动物、关于自然、关于生命的启示录。希望这些诗歌能够给大家带来美好的阅读体验，更希望能激发读者对动物的关爱与呵护。最后，我相信这部诗集会成为一扇窗户，引领读者走进瑰丽多彩的动物世界，去感受它们的生命之美。

谨以此书，献给每一位热爱动物、心怀慈悲的朋友。

愿我们永远徜徉在旭日星辉之下，与生灵共舞。

目 录 contents

M

科普七言话动物	/ 1
蛮羊属	/ 2
曼加利察猪	/ 3
毛鹿豚	/ 4
毛丝鼠	/ 5
牦牛	/ 6
帽带企鹅	/ 7
美国霸王犬	/ 8
美洲豹	/ 9
美洲水鼬	/ 10
美洲驼	/ 11
蒙古马	/ 12
蒙古野驴	/ 13
孟加拉豹猫	/ 14
孟加拉拉虎	/ 15
孟加拉巨蜥	/ 16
猕猴	/ 17
麋鹿	/ 18

米沙鄢野猪 / 19
蜜袋鼯 / 20
蜜獾 / 21
绵羊 / 22
摩弗伦羊 / 23
民都洛水牛 / 24
墨累灰牛 / 25
墨西哥食蚁兽 / 26
貘 / 27

N
奶牛猫 / 28
南非地松鼠 / 29
南非狐 / 30
南非犰狳蜥 / 31
南跳岩企鹅 / 32
囊地鼠 / 33
尼尔吉里塔尔羊 / 34
捻角山羊 / 35

牛头梗 / 36
扭角林羚 / 37
努比山羊 / 38

O
欧洲驼鹿 / 39
欧洲野牛 / 40

P
盘羊 / 41
狍 / 42
箬甲尾袋鼠 / 43
婆罗门牛 / 44
婆罗洲猩猩 / 45
普氏野马 / 46
普氏原羚 / 47

Q
乔氏虎猫 / 48
翘眉企鹅 / 49
秦岭羚牛 / 50

R

日本鬃羚 / 51
绒毛蛛猴 / 52
绒毛猴 / 53
绒顶柽柳猴 / 54

S

萨摩耶犬 / 55
三花猫 / 56
沙漠角蜥 / 57
沙大袋鼠 / 58
沙丘猫 / 59
山地水牛 / 60
猞猁 / 61
蛇怪蜥蜴 / 62
麝牛 / 63
麝鼠 / 64
麝鼹 / 65
圣伯纳犬 / 66

狮虎兽 / 67
狮尾猴 / 68
狮子兔 / 69
石貂 / 70
食蟹狐 / 71
食蚁兽 / 72
鼠狐猴 / 73
鼠兔 / 74
树袋熊 / 75
树懒 / 76
双峰驼 / 77
双冠蜥 / 78
水羚 / 79
水鹿 / 80
水兔 / 81
水豚 / 82
斯岛黄眉企鹅 / 83
斯里兰卡猕猴 / 84

松果蜥 / 85
松鼠猴 / 86
薮羚 / 87
薮猫 / 88
薮犬 / 89
薮兔 / 90
苏格兰高地牛 / 91
苏格兰牧羊犬 / 92
苏门答腊猩猩 / 93

T

塔巴努里猩猩 / 94
塔吉克盘羊 / 95
汤氏瞪羚 / 96
蹄兔 / 97
黇鹿 / 98
条纹臭鼬 / 99
条纹鬣狗 / 100
条纹松鼠 / 101
土耳其梵猫 / 102
兔狲 / 103
跳羚 / 104
物语集 / 105

新韵七言话动物

蛮羊属

野树凛然八万里，山路石径依次低。
三十六计浑无计，蛮羊属春有谁知。

　　这首诗流露出一种淡淡的哀伤。开篇一句中的"野树凛然"先是铺设了一层肃杀寒凉的底色，山路蜿蜒向下，似乎是在暗示每况愈下的窘状。而"三十六计浑无计"更是显现出面对艰难处境无计可施的困扰，"蛮羊属春有谁知"表明了蛮羊对于春天的渴望。在自然界中有很多性情温良无害的生物，它们依赖于大自然的恩赐而生存，因此在面对极端的气候时就显得非常无助，令人同情惋惜。蛮羊属，仅有一个物种"蛮羊"。物语：无畏清苦，悠然自渡。

曼加利察猪

江河水深波浪宽，单一物种得循环。
时光擦肩留灿烂，泰然自若任长短。

　　世界上存在着丰富多彩的自然景观和物种，单一物种是极其珍贵而脆弱的，正如曼加利察猪，它们依赖人类的保护和培育。也许正因如此，它们对于自己的命运有着清醒豁达的认知，从不执着于困境，只珍惜当下。这首诗启示我们应当以一种泰然自若、不骄不躁的态度去面对人生的坎坷，以一种超然的心态去享受生命中每一个美好瞬间。曼加利察猪，欧洲一种未改良的猪油型品种，脂肪占整个体重的70%。物语：岁月静好，天地不老。

毛鹿豚

秋声春色忆古今，登岛常客毛鹿豚。
疏林芳草浓缩尽，天下何处可容身。

这首诗的情绪略显深沉，蕴含哲思。"秋声春色忆古今，登岛常客毛鹿豚"，表达了诗人对时光流转、历史悠悠的感慨，对自然美景的喜爱，并且融入了毛鹿豚善于游泳，往来于岛屿之间的特性。后两句则流露出人生短暂、世事变幻无常，个人难以找到安身寄托的无奈。总体而言，这首诗写出了诗人对自然、历史、人生的感悟。毛鹿豚，又名摩鹿加野猪、巴比鲁萨猪鹿，分布于印度尼西亚苏拉群岛区域。物语：恢复林地，解决问题。

毛丝鼠

夜晚皓月别清秋,寒星一步一回头。
欲雪风流拂满袖,龙猫柔软赤金裘。

　　皓月和寒星在夜空中交相辉映,它们依依不舍地作别,彼此间充满缱绻的情意。深秋即将过去,寒冬皓雪降临,人们对温暖的庇护所充满期待。毛丝鼠换上丰满柔软的皮毛,像是裹上一袭赤金裘,呈现出富贵慵懒的神态。诗中"欲雪风流拂满袖"一句格外风雅,显露出潇洒落拓的超然气质。毛丝鼠,又名龙猫,原产于南美洲安第斯山区,现已在世界各国广泛饲养,野生种被列为极度濒危物种。物语:金丝绒鼠,暖手宠物。

牦牛

莫将厚德等闲分，载物回春谢白云。
牦牛无语送天信，神圣奉献为昆仑。

这首诗借牦牛表达了对于自然、天地和生命的敬畏、感恩之情。诗中运用了比喻、拟人等修辞手法，将"厚德载物"从字面上拆分，但字断意不断，既是描绘牦牛负重前行的姿态，同时喻示人类应当以感恩和回馈的心态来对待自然。同时，诗中也表现出对于生命的珍视和对牦牛奉献精神的歌颂。牦牛，哺乳纲偶蹄目，牛科牛亚科。中国是世界牦牛的发源地，地球上90%的牦牛生活于青藏高原及邻近的6个省区。物语：全能家畜，牛之荣誉。

帽带企鹅

寒风迂回千里长，砾石堆上泛春光。
冰雪消融新气象，帽带企鹅晾翅膀。

这是一首优美的借景抒情诗，诗人通过描绘冬天和春天的气息，表现了季节轮转对万物的影响。朔风穿越千里，天地寒冷而辽阔。等到冬去春来，嫩芽从泥土的缝隙中钻出，砾石堆仿佛披上鲜绿的春装。帽带企鹅展开翅膀，惬意地享受阳光。在这冰雪消融、万物复苏的季节，一切都显得生机盎然。这是一年四季中最能给人希望的时候，经过漫长的蛰伏，终于可以整装待发。帽带企鹅，栖息于南极洲。物语：春之风光，南极芳香。

美国霸王犬

三不五时求神仙，翠玉盘来霸王犬。
凌云要找好玩伴，肌肉猛男带点甜。

这首诗很有民谣风，节奏明快，富有韵律，读起来朗朗上口。诗人用"肌肉猛男"来形容美国霸王犬显得很有趣味。它卧在碧玉盘一般的绿草茵上，呈现出一种豪迈而不失优雅的气质。美国霸王犬是人类优秀的伙伴，外形阳光，性格温顺可人，简直就像甜宠系男友。有它伴随身边，我们就可以放心大胆地去天上玩耍，顺便去探访一下各路神仙。美国霸王犬，中文名美国恶霸犬，原产于美国加利福尼亚州洛杉矶市。物语：耐心友善，理想伙伴。

美洲豹

物种平衡有绝招,力扶大厦之倾倒。
顶级猎手美洲豹,遇上就怕跑不了。

  这首诗歌表现出对物种平衡和自然法则的敬畏和尊重。"力扶大厦之倾倒"这句诗源自苏轼的名句"回狂澜于既倒,支大厦于将倾",诗人是想借此阐释生态系统就像一座大厦,处于食物链顶端的猛兽诸如"顶级猎手"美洲豹的存在,是极其重要、不可或缺的。诗人在强调自然界的复杂性和相互作用的同时,也反映了自然法则的残酷。美洲豹,又叫美洲虎,分布于中美洲及南美洲,生活于多水之地。物语:举足轻重,遇上没命。

美洲水鼬

琼楼玉宇在九天，水貂皮裘不胜寒。
明月无眠回首看，长风万里春满园。

　　这首诗以"琼楼玉宇在九天"开头，为读者描绘了一幅壮丽而神秘的画卷，同时给人一种奢华而高贵的感觉。其次，诗歌中的意境和情感表达也很到位。"明月无眠回首看，长风万里春满园"形象地描绘了明月的孤独和行者的旅途，暗示了心灵深处的情感。再次，诗歌的韵律和节奏非常流畅，抑扬顿挫，字里行间充满诗人的情感和思想，令人心潮澎湃。美洲水鼬，又名美洲水貂，鼬科美洲水貂属，原产于北美洲。物语：梅香雪冷，神韵娉婷。

美洲驼

山色如云天地小，巍峨起伏风潇潇。
美洲驼等时辰到，投之木桃报琼瑶。

雪山辉映白云，绵延起伏，风过无痕。这是诗人对自然壮丽景观的描绘，同时也比喻人生的旅途，我们可以感受到诗人对生命风景的热爱和珍惜。"投之木桃报琼瑶"这句源于《诗经·卫风》中的名句"投我以木桃，报之以琼瑶"，象征着两个人之间情感的平等交流。诗人借此来比喻美洲驼对大自然的感恩之心，也暗含动物与自然界和谐共存、相辅相成的道理。美洲驼，又名无峰驼，生活于南美洲，以草为主食。物语：品味厚重，与风同行。

méng gǔ mǎ蒙 古 马

fēng juǎn dà mò qǐ fēi shā　　wàn lǐ jí chí méng gǔ mǎ
风卷大漠起飞沙，万里疾驰蒙古马。
shì bù kě dǎng duó tiān xià　　zhí jiāng tiě tí tà yún xiá
势不可挡夺天下，直将铁蹄踏云霞。

　　草原上风沙漫天，蒙古马群遮天蔽日，呼啸而过，似乎再现了成吉思汗统帅的大蒙古国雄踞天下的辉煌历史。这种自然景象也体现了草原民族的豪迈和坚韧，以及不屈不挠、追求自由和荣耀的精神。"马踏云霞"很有浪漫主义色彩，骏马在天空中驰骋，风云如怒涛翻滚，锦缎一般的彩霞铺设出通往光明终点的花路，这番景象瑰丽且宏伟，充满想象。蒙古马，原产于中国内蒙古草原。广布于中国北方以及蒙古国和俄罗斯部分地区。物语：自由完胜，和谐共生。

蒙古野驴

春风着墨花芳踪，秋韵零落琵琶行。
干旱无雨非绝境，蒙古野驴善掘井。

　　这首诗表现了在极端环境下，生命的顽强。诗歌第一句描述了春天万物复苏，花儿绽放的美丽景象。第二句则描绘了秋天万物凋零，宛如琵琶弹唱的哀怨凄美。这两句形成鲜明对比，凸显了生命的美好和无常。第三句点出了环境的恶劣，但即使在这样的情况下，蒙古野驴依然凭借坚韧的生命力和生存技能顽强地生存。诗人告诉我们，在困境时要保持乐观和勇气，同时也要具备一技之长。蒙古野驴，分布于中亚和西亚。物语：水清风欢，冬寒春暖。

孟加拉豹猫

几度乘风欲飞天，狂野豹猫飙性感。
夏日水中洗香汗，高卧窗外夜不眠。

  这首诗每一句分别描述了孟加拉豹猫的不同动作和情境，猫的形象和特质在诗人笔下呈现得生动而突出。从诗中我们可以看出，孟加拉豹猫具有飞天的神力，它热爱野外自由广阔的天地，却"高卧窗外夜不眠"，是不是很像一个整天在外面撒欢玩耍，夜晚却一定会回家的孩子？在它野性十足的表象下，有着一颗对主人充满依恋的温柔心。孟加拉豹猫，具有豹纹般的绚丽皮毛，温和且充满野性之美。物语：勇敢如豹，弹跳力好。

孟加拉虎

看完日落看日出，不知是祸还是福。
流年人虎若相遇，头把交椅谁做主。

  日升月落，星辰如流，谁也无法预测明天会发生怎样的祸福。孟加拉虎睥睨天下，仿佛是自然界的主宰。但是当它和人类相遇，命运的齿轮就会发生逆转。它要么遭遇捕杀，要么被豢养在宫殿，无论怎样都失去了王者的尊严。这首诗流露出对命运无常的感慨，同时也凸显了人类才是真正的万物之王这一含义。孟加拉虎，又名印度虎、不丹虎、孟加拉皇家虎，猫科豹属下的指名亚种，主要分布于印度和孟加拉地区。物语：春风唤醒，鲜活生命。

孟加拉巨蜥

万物生长知天高，忽见六月落冰雹。
风云万里也咆哮，方知巨蜥不轻饶。

　　自然界的亿万生灵都遵循着自然规律，各种天象都有迹可循。但在炎热的酷暑，忽然降下冰雹，伴随而起的是狂风万里，山呼海啸。这是孟加拉巨蜥在释放自己强大的威力。诗的尾句"方知巨蜥不轻饶"非常引人遐想，这里面似乎隐藏了一个曲折的传奇故事。在中国传统文化中，"六月飞雪"或者"六月飞霜"往往指代冤情，难道这只巨蜥是为了昭雪冤屈而来吗？孟加拉巨蜥，分布于印度半岛和中南半岛。物语：改变信念，抑恶扬善。

猕猴

映日高树似飞天，斜挂调皮在眼前。
母亲忧心忡忡看，半青儿子恰少年。

　　这首诗想象丰富，景中寓情。秋阳高照，半黄半绿的树叶一片一片簌簌飘落，那是小猕猴调皮奔窜的结果。诗人用"飞天""斜挂"两个动作，生动地展现了小猕猴灵巧的姿态，而母猕猴却忧心忡忡地凝视儿子，生怕它遭遇危险。这首诗表现了母亲对孩子未来的担忧和期望，手法细腻，很容易引起读者的共鸣。猕猴，又名猢狲、恒河猴、广西猴，哺乳纲猕猴属，分布于阿富汗、巴基斯坦、印度北部及中国南部广大地区。物语：决斗争王，族群兴旺。

麋鹿
mí lù

绿水还原大自然，风雨过后玉宇欢。
麋鹿回归有远见，向天再借百万年。

　　自然覆绿，雨后艳阳，这些意象都是在渲染灾难之后、重现生机的氛围。四不像是中国特有的动物，《封神榜》中姜子牙的坐骑就是它，它也因此被笼上了一层神秘的面纱。随着中国近年来环保力度不断加大，曾经陷入灭绝危机的麋鹿终于获得拯救。因此诗人热情地呼喊"向天再借百万年"，感叹这种历史悠久的美丽生物重获新生。麋鹿，又名四不像，鹿科麋鹿属哺乳动物，原产于中国长江中下游沼泽地带。物语：天时地利，促成好事。

米沙鄢野猪

寒风几度吹长滩，足下无水起波澜。
爆炸发型时尚范，临危不惧照贪玩。

　　这首诗以简洁的语言描绘了面对危机的态度和勇气。寒来暑往，时光荏苒，即使面临濒危的困境，米沙鄢野猪依旧踏实地生活、嬉戏着。整首诗以自然景观为背景，对米沙鄢野猪的特点进行了生动描述，引申出人们在危机面前应该保持淡定从容的心态。这种积极向上的情感和价值观，对于现代社会中的人具有启示和引导作用。米沙鄢野猪，又名卷毛野猪，仅生存于菲律宾米沙鄢群岛，被誉为世界上最新潮的野猪。物语：大起大落，天择勇者。

蜜袋鼯

春风满园唤不回，野生喜欢自由飞。
亲情向来比金贵，远方父母盼儿归。

　　缤纷多彩的百花园中，蜜袋鼯展开柔软的肉翼恣意地滑翔。它在空中的姿态好似阿拉丁的飞毯，它温暖的拥抱尤其具有魔力，能令人心尖颤动，充满柔情。诗中后两句笔调一转，描写了蜜袋鼯的父母在热切期盼远行的孩子平安归家。整首诗营造了一种自然、安详、平静的氛围，令人感到心灵被安抚，想家的心情也油然而生。蜜袋鼯，袋鼯科袋鼯属哺乳动物，分布于澳大利亚和印尼及巴布亚新几内亚。物语：万千家庭，珍惜萌宠。

蜜獾

草原似乎从未老,蓝天苍茫稀树高。
蜜獾胆壮又霸道,风云一怒照样跑。

这首诗通过对草原、蓝天、风云、树木的描绘,展现了大自然的广袤和壮美。生长在其间的蜜獾就像是个街头小霸王,它胆壮又霸道,天不怕地不怕的熊孩子性格任谁见了都发愁。不过它却是个欺软怕硬的家伙,风云被它惹怒直发飙,吓得它掉头就跑。诗人活灵活现地描绘了蜜獾的特点,不过面对这样可爱的小动物,谁又真的忍心和它计较呢?蜜獾,食肉目鼬科,分布于非洲、西亚和南亚的干旱草原或岩石山丘等环境。物语:谁都不怕,自高自大。

绵羊

天下无双点数高，挤奶吃肉剪羊毛。
绵羊献祭也祷告，来世还是不见好。

这首诗歌运用了诙谐的语言、鲜明的意象、朗朗上口的韵律传达了深刻的哲理。绵羊作为家畜已经有上万年的历史，它们全身都是宝，一生都为人类奉献。尽管如此，它们依然祷告"来世还是不见好"。因为作为自然界的生灵，它们也向往生命的自由，拥有生存的权利，它们的"奉献"并不是主观的愿望，是人类赋予它们的崇高品质。整首诗寓意深刻，值得再三品读。绵羊，哺乳纲牛科绵羊属的一种常见饲养动物。物语：无须多言，全情奉献。

民都洛水牛

闲看青山两相知，帝业兴盛当年时。
遥望一水连天碧，足下锦簇就地起。

这首诗描述了青山和碧水的美景，同时也有对当年辉煌历史的缅怀和对当下繁荣现状的感慨。诗人悠闲地看着青山，青山也似乎与之相知相伴。这里曾经建立过伟大的帝国，但如今的繁荣昌盛更胜往昔。春水连天，碧空如洗，四海升平，脚下簇拥着鲜花如锦缎，每个人都富足安宁。民都洛水牛，又名菲律宾水牛，一种体型较小的野生水牛，菲律宾民都洛岛的特有种，以草和嫩竹及白茅等为食，现只存在于偏远的山地草原。物语：世事无常，只留向往。

摩弗伦羊

昨夜雪花满天开,如林月桂下瑶台。
摩弗伦羊立景外,且看皎洁入地怀。

　　皑皑白雪纷纷扬扬,宛如天花乱坠;茫茫天地一夜间开满玉树琼花,恍如仙境。摩弗伦羊静静地伫立在雪景之外,它像是一个穿越到尘世间的仙灵,冷眼旁观大地被风雪改头换面。我们不禁联想,在这些纯洁的表象之下,又掩盖了多少红尘悲欢?这首诗的巧妙之处在于让摩弗伦羊置身于画外,用第三视角审视画卷的内容,冷静客观又引人遐想。摩弗伦羊,欧洲绵羊的野生祖先,体型较小,植食性。物语:柔中有情,软中含硬。

墨累灰牛

春风春雨春美食,墨累灰牛最贪吃。
蓝天白云秋冬季,此时减重最当时。

　　春风春雨润泽大地,草木鲜嫩正是可口之时。墨累灰牛在清朗明净的天空下,尽情享受大自然赐予的美食,像个贪吃的孩子不知节制。转眼秋季来临,空气中弥漫成熟的芳香,墨累灰牛已经长得膘肥体壮。它们不知忧愁地玩耍嬉戏,诗人却为它们的命运担忧起来。她奉劝牛儿赶紧减轻体重,要不然就会被拉到屠宰场,再也见不到来年的春光。墨累灰牛,著名的肉牛品种之一,由澳大利亚培育而成。物语:如烟记忆,世间神奇。

墨西哥食蚁兽

秋风搅扰时光河,流云铺就芳草窝。
林木枝条掩寂寞,切叶蚁族断香火。

  宁静流淌的时光河,因为秋天的到来而泛起波澜;流云舒卷,芳草葳蕤,为众多生物构筑了温暖的庇护所。不过对于切叶蚁族来说,这些都是水月镜花,因为它们的天敌墨西哥食蚁兽正在一步步逼近。这首诗通过秋天景象的描写,表达了时间的流逝和生命的循环。大自然就是这样,看似有情又无情。墨西哥食蚁兽,分布于中美洲和南美洲,栖息于各种森林、红树林及周边草地,以切叶蚁等蚁类为食。物语:生无大任,只有本真。

貘 (mò)

春天过完有金秋，夜宵丰盛第一流。
貘在水中玩出岫，独行也算好追求。

　　春来秋往，四季变迁。这首诗以轻松幽默的语言描述了大自然赐予万物以生机，同时也表露出诗人对于自由恬淡生活的向往。尤其是在水中玩耍的貘，它除了吃饱穿暖之外别无所求。整首诗以简洁明了的语言，表达了简单的情感和思想。动物与人类不同，它们对于自然索求只是为了生存。貘，奇蹄目貘科，是现存最原始的奇蹄类哺乳动物，分布于东南亚和拉丁美洲，喜欢活动于森林附近的水或泥水中，善于游泳。物语：墨云雪月，自得其乐。

nǎi niú māo奶牛猫

nuǎn fēng chuī guò lǜ yīn dī　　nǎi niú māo bù kuà wàn lǐ
暖风吹过绿荫低，奶牛猫步跨万里。
shì jiāng qíng sī xì dà dì　　qiān yǐn fēng yún rì yè jí
试将情丝系大地，牵引风云日夜急。

　　这首诗借暖风拂过绿树、奶牛猫跨步前进的场景，表达了将情感与大地联系在一起，就能够牵引着风云昼夜奔驰的寓意。诗人通过对自然景象的描绘，传递了情感与自然相互融合的思想。我们从"奶牛猫步跨万里"一句中似乎可以获得某种启示：小小的猫儿都有如此远大的志向，我们又怎能丧失追梦的勇气呢？奶牛猫，因黑白两色酷似奶牛而得名，不易掉毛，抗病力强。奶牛猫聪明温和，深受人们欢迎。物语：酷爱自由，随时出走。

南非地松鼠

慢煮生活慢成仙，转眼春夏秋去远。
飘香花草都不见，太阳底下晒冬天。

  诗中展现的场景给人一种恬静的感受，春夏秋三季过去，凛冬降临，大地逐渐进入沉睡。南非地松鼠在冬阳下晒着油亮亮的皮毛，惬意且悠闲。正如我们的生活，起起伏伏，有张有弛，在低谷时我们不妨放慢步调，细心品味生活中的美好。诗中对时间流逝所发的感慨，更加强调了慢生活的珍贵，同时也呼应了"慢成仙"的寓意。南非地松鼠，又叫开普地松鼠，主要栖息于撒哈拉以南非洲干旱或半干旱地区。物语：目光无形，收尽寒冷。

南非狐

天边秋风又飞声，地头难见故园情。
前思后想难平静，唯恐机器再轰鸣。

　　这首诗歌以自然景观为意象，表现了离乡背井的孤独和对人类文明逐渐摧毁自然的忧虑。现代工业的发展给人们带来了便利，但同时也带来了许多负面影响。诗人对机器轰鸣声的忧虑，体现了对现代工业负面影响的关注和反思。这种情感体现了诗人对自然、生命和社会的深刻思考。南非狐，又名银背狐，犬科狐属，体重大约5千克，长有一条浓密蓬松的大尾巴，分布于非洲草原及半沙漠灌丛。物语：落花如梦，流水长情。

南非犰狳蜥

身披盔甲如飞龙,霸气十足智多星。
避敌不选硬碰硬,咬住尾巴变球形。

　　身披铠甲,威风凛凛如飞龙腾跃,霸气十足又充满智慧,诗人将南非犰狳蜥塑造成一位智勇双全又神通广大的英雄人物。这样的英雄当然不会轻率鲁莽,遇见不能力敌的对手也不会"鸡蛋碰石头"。随后的两句则描述了南非犰狳蜥蜷成球形逃生的特性,同时也带给读者以启迪:在面对困境时,应该保持清醒的头脑和灵活的身手,保存实力,以智取胜。南非犰狳蜥,环尾蜥科绳蜥属,分布于南非砂岩地区。物语:强硬回击,动魄演绎。

南跳岩企鹅

一见钟情撞天时,只待霞红龙凤期。
今于风中想心事,相思入海何时止。

　　我们可以将南跳岩企鹅幻想成一位红粉佳人。她曾经在陌上花开之时邂逅了一位风姿卓绝的男子,两人一见钟情。不知什么缘故,女子迟迟等不到龙凤佳期。她寂寞地独上高楼,相思之情仿佛缤纷落英在风中翻飞,又好似沉入茫茫心海令她寝食难安。相思之苦历来是文人墨客偏爱的创作主题,大概因为这种情感既痛苦又甜蜜,充满魅力吧。南跳岩企鹅,分布于南极半岛及亚南极群岛的岩石区。物语:跳岩专家,欢乐大侠。

囊地鼠

风来云舞太阳雨，晴后金雕盘旋出。
直立行走立门户，洞穿天机囊地鼠。

　　这首诗歌描绘了一幅瑰丽的自然景象，诗人对这幅景象进行了诗意解析，使我们不仅看到了它们之间的交互，更理解了它们之间的联系。"风来云舞"表现了自然界的动感，而"太阳雨"则表现出自然气象的变幻多姿。囊地鼠行走在天地间，洞悉了自然的奥妙。诗人所表达的敬畏自然、尊重生命的情感则是共通的。囊地鼠，衣囊鼠科，分布于加拿大至巴拿马地区，以植物根部、球茎、块茎为食。物语：观望猛禽，遇险逃遁。

尼尔吉里塔尔羊

冰雪有尽风无涯,凌云峰开俏皮花。
挂日望月山高大,羊群悠闲住天家。

  春风吹绿了重峦叠嶂,吹开了万紫千红,凌云峰的峭壁间隙钻出了俏皮的花朵。这座山峰是如此崇高险峻,远远望去,日月似乎挂在山巅,给人以震撼的观感。尼尔吉里塔尔羊在山间飞檐走壁,如履平地,别人望而生畏的险境却是它们的乐园。这首诗令我们油然而生感悟:即使是在最艰难的环境里,依然有一些生命悠闲地生活着。尼尔吉里塔尔羊,牛科尼尔吉里塔尔羊属,分布于印度南部西高止山脉等。物语:良辰短暂,渐行渐远。

捻角山羊

三月开放懒云窝，花香可闻不可夺。
悬崖峭壁轻松过，芳心暗许子孙多。

　　三月春光乍泄，百花夺艳争芳，山崖间隐约传来沁人的花香。诗中的"懒云窝"源自元代西域作家阿里西瑛的居所名，原意是蔑视功名利禄、追求人性自由精神的表现。诗人反用这个典故，表示捻角山羊离开安乐窝，在花香峭壁之间轻盈地跳跃。它追求爱侣，繁衍子孙，与大自然完美地融为一体。捻角山羊，又名旋角山羊、螺角山羊，分散于喜马拉雅山西部林地，栖息于多岩石的环境中，雄性独居，雌性组群居住。物语：鸟语花香，生长希望。

牛头㹴

战力爆炸忆当年，如今散步在云端。
不闻不问不震撼，不怨东风不怨天。

  牛头㹴实力强大，战斗力爆表，曾经威名远播。但是现如今它在云端漫步，对于身边的尘世喧嚣都不闻不问，显现出一种超然于世外的通透。诗中的"东风"是指代春风，在此可以引申理解成机遇、好运，牛头㹴"不怨东风不怨天"似乎是在感慨它的运势已经过去，如今只能淡然面对平凡的命运。这首诗表达了对于过去实力的回忆和对于如今处境的感慨，看似豁达，隐含不甘。牛头㹴，原产于英国，家庭护卫犬。物语：天资聪颖，忠于感情。

扭角林羚

万树千树都是家,将身寄托天之涯。
扭角林羚头朝下,决斗赢得小翠花。

　　这首诗表现出一种豁达洒脱的精神。诗人说:每一棵树都可以成为家,我们可以将其理解成"四海为家,随遇而安"。诗人将身心寄托于天涯海角,这是何等浪漫潇洒的气度。诗中"扭角林羚头朝下"似乎是在说低下头用角获得未来,并且专注于当下,无畏地追逐爱情,然后组建一个温馨的家庭。这与开篇所说的"万树千树都是家"遥相呼应,也使主题更加突出。扭角林羚,分布于非洲大陆,已被引入美国。物语:妙无定法,任意成画。

努比山羊

垂柳绿杨托天出,芳草飞花酿香舞。
努比山羊和春住,时光长短都知足。

　　杨柳垂曳,翠绿如烟霞;花草婀娜,踏舞酿蜜香。眼前的美景能让人忘记一切烦忧,只想沉醉在山水之间,任流年笑掷。努比山羊是自然的灵物,它能感受到天地的神奇和美妙,只想永远和春天相伴,感恩自然,享受生命。诗人驰骋丰富的想象力,将自然景物和自己的内心感受相结合,创造出一首具有深刻内涵和情感力量的诗歌。努比山羊,又名纽宾山羊,原产于埃及尼罗河上游的努比亚地区,故而得名。物语:花酿酒香,运逐风浪。

欧洲驼鹿

树木花草竞相开,浸透美意纷飞来。
春风剪裁山如黛,凌霄漫步绿茵怀。

　　树木花草竞相萌发,香气随风飘散,冰水消融,流淌得更加畅快,天地间呈现出丰饶的生机,这正是诗歌中所表达的意境。因为高天知道大地的情怀,所以季节的轮转从来都是坚定不移。春来秋往,寒暑交替,让大地变幻出不同的风姿。这首诗赋予自然以博大的情感,也传递出诗人对春天的热爱和赞美。欧洲驼鹿,又名驼鹿指名亚种,驼鹿的亚种之一。分布于北欧的芬兰和瑞典以及挪威等国家。物语:丛林环抱,风景独好。

欧洲野牛

天地赠予力无穷，也曾激昂快意风。
如今双眼含感动，保护区里获新生。

　　这首诗以天地为背景，展现了自然界的壮美和无穷的力量。欧洲野牛也曾是草原上的壮士，力大无穷，体型剽悍。它们在原野上疾驰如风，那是何等快意潇洒。可惜时过境迁，昔日的强者已沦为濒危动物，只能在"保护区里获新生"。这首诗一定程度上流露出作者对欧洲野牛"龙游浅滩"之窘迫现状的同情，也表达出对人类保护濒危动物行为的赞许。欧洲野牛，欧洲最大的原生食草动物，濒危物种。物语：曾经强大，如今不差。

盘羊

头枕悬崖峭壁眠，唇含草芽嫩叶鲜。
风云日月金不换，而今漫步上蓝天。

　　头枕悬崖峭壁，唇含嫩绿草芽，鼻端萦绕着芳香的自然气息，盘羊徜徉在山水之间，再也没有其他的奢求。诗人用"风云日月金不换"来形容羊儿心满意足的状态，我们也可以联想到身处的环境与幸福感之间的关联。古往今来，醉心于山水的人往往心胸开阔。这首诗表达了诗人对自然的敬仰和珍惜之情，以及对生命和自由的热爱。盘羊，又名大角羊，偶蹄目牛科盘羊属，分布于亚洲中部多个国家。物语：天摇地动，快乐如风。

páo 狍

xuě qiáng bīng xiàng qiān mò cháng　　qīng zhuān dài wǎ huā cǎo xiāng
雪墙冰巷阡陌长，青砖黛瓦花草香。
shǎ páo zhǎng jiù èr hān yàng　　shēng xìng hǎo qí xīn shàn liáng
傻狍长就二憨样，生性好奇心善良。

    雪后的巷子，黑白斑驳。雪花覆盖青石，形成了一道道晶莹的冰墙。青砖黛瓦的房子与墙内花草的香气形成了鲜明的对比，同时也营造出距离的美感，显得神秘而引人遐想。诗中提到的傻狍生性善良，对周围的事物充满了好奇心，也对未知的世界毫无戒备。这首诗表达了诗人对纯真、善良的人生态度的向往，同时也传递出对弱小生物的怜惜之情。狍，鹿科空齿鹿亚科的一个属，分布于中国东北和西北及内蒙古等地区。物语：绝对从容，静观风景。

鬈甲尾袋鼠

风流满天春如许，云朵相伴太阳出。
隐于芳丛欲倾诉，不要害羞要幸福。

　　春花烂漫，绿草如茵，风儿轻轻拂过面颊，令人心旷神怡；天空中飘荡着朵朵白云，仿佛陪伴着太阳一同升起。在这美好的时刻，我们渴望与心爱的人一起分享。不要害羞地藏在花丛中，要勇敢地去追求爱情。愿我们都能在这个春天里尽情敞开心扉，满心欢喜地迎接幸福的到来。鬈甲尾袋鼠，又名尖尾兔袋鼠、纹兔袋鼠，分布于澳大利亚的昆士兰，有500只，个体较小，夜行性动物。
物语：独居害羞，从不争斗。

婆罗门牛

云山两两相对出，林深见鹿不见虎。
世外桃源有几处，婆罗门牛解天语。

这首诗表达了诗人对自然美景和宁静生活的向往，也传达出向往和平、追求美好生活的思想。"林深见鹿"源自李白的名句"树深时见鹿，溪午不闻钟"，描绘了一个与世隔绝的世外桃源。诗人化用此诗，强调了婆罗门牛生存的环境十分清幽，远离尘世烦嚣。"婆罗门牛解天语"这句带有浓厚的神秘和超自然的色彩，给人以遐想的空间。婆罗门牛，最早起源于印度和斯里兰卡，现已有60多个国家饲养。物语：神牛转向，奉献优良。

婆罗洲猩猩

顷刻之间花盛开,此起彼伏果实来。
红毛猩猩若还在,几时想吃几时摘。

　　这首诗歌展现出诗人敏锐的观察力和独特的视角,通过描述花开的瞬间和果实丰饶的盛景,营造出一种自由、自然、享受生活的氛围。同时,诗歌中的主角"红毛猩猩"为整首诗增添了一份生动和幽默感。在艺术表现方面,这首诗歌的意象简洁而生动,韵律和谐,折射出诗人娴熟的诗歌技巧和深厚的文学素养,为读者提供了愉快的阅读体验。婆罗洲猩猩,灵长目人科猩猩属,分布于印尼加里曼丹岛和马来西亚砂拉越。物语:快乐达观,直面困难。

普氏野马

万箭离弦穿山行，荒漠几尽龙卷风。
不幸之中有万幸，放生野马多深情。

　　野马群在荒漠中穿越，如万箭离弦。它们所经之处，像龙卷风席卷大地，尘烟滚滚，草木疯狂摇摆，这一幕景观真是令人赞叹。不幸的是，这样雄伟壮观的场景随着野马群的消失而难以寻觅。幸运的是，它们最终获得拯救，中华大地再现野马群自由驰骋的美景。这首诗强调了幸运与不幸之间的对比，也描画了野马群跌宕起伏的传奇命运。普氏野马，又名野马、亚洲野马，马科马属，原产于中国和蒙古国。物语：大地雄风，震撼天穹。

普氏原羚

花信始于青海湖,秋之景色呼欲出。
普氏原羚立身处,万千气象天如许。

　　这首诗透过普氏原羚的视角,赞美了青海湖的气象万千,展现了该地区自然景观的壮美和多样性。"始于"强调了描述对象的"唯一性"和"独特性",成功地吸引了读者的注意力。青海湖是中国最大的内陆湖泊之一,湖泊、草原、山峦等多种地形融合成独特的风貌。这首诗唤起了人们对于自然环境的热爱与关注,同时提醒我们在享受大自然美景的同时,也要尽自己的一份力去保护它。普氏原羚,中国特有种,分布于青藏高原。物语:情深似海,无法替代。

乔氏虎猫

登顶远望泰山景，云雾缭绕最高峰。
乔氏虎猫观名胜，感慨持久美梦中。

诗人将乔氏虎猫塑造成一位登山客，他登临"岱宗夫如何，齐鲁青未了"的泰山之巅，自然而然地产生"会当凌绝顶，一览众山小"的感慨。山峰高耸、云雾缭绕的壮丽景象，让他神游物外，仿佛肋生双翼，尽情徜徉在美梦之中；又好似穿梭在各个历史时空，与历代先贤哲人进行了一场盛大的精神对谈。乔氏虎猫，又名乔氏猫、美洲云豹，分布于阿根廷和玻利维亚等国家，栖息于河边密林和沼泽荒原。物语：贪欲作怪，带来伤害。

翘眉企鹅

春燕引领百花开,风云深情撞满怀。
万语千言化为爱,翘眉企鹅破冰来。

在中国传统文化中,"春燕"含有美好吉祥的寓意,它象征着希望,夫妻恩爱,以及家庭和美。诗人用春燕开篇,首先铺设了温馨愉悦的氛围。风云在空中流动,撞入对方的胸怀,这个比拟充满生命的动感,也使得前面的情绪更加浓郁饱满。在这美好的季节,翘眉企鹅迫不及待地下水畅游,它们热烈地追逐爱情,令原本就已松动的冰层加速融化,像无数碎玉一般浮荡在海面。翘眉企鹅,繁殖期分布于新西兰岛屿。物语:自强不息,创造生机。

秦岭羚牛
qín lǐng líng niú

xīng yuè liú tǎng shí guāng gē，shēn gǔ xī shuǐ rì yè hé。
星月流淌时光歌，深谷溪水日夜和。
qín lǐng líng niú còu gè lè，bù zhī jīng yàn xiàng shuí duō。
秦岭羚牛凑个乐，不知惊艳像谁多。

  星和月在银河中流淌，宛如奏响一曲时光歌；人间的深谷溪流淙淙而过，像是与天歌遥相应和。秦岭羚牛沉稳的步调出现在时光的乐曲当中，它金色的皮毛闪烁着炫目的光芒，温良的气质令人乐于亲近。秦岭羚牛的外形十分奇特，有"六不像"之称，它结合了棕熊、斑鬣狗、家牛、驼鹿、山羊、角马等动物的特点，诗人因此调侃它"不知惊艳像谁多"。秦岭羚牛，中国特有物种，仅分布于秦岭主脊冷杉林以上。物语：应运而生，浪漫物种。

日本鬣羚

古老森林有树神，夜奏万千幽灵音。
日本鬣羚极谨慎，半点响动也惊魂。

这首诗歌描绘了一片神秘而古老的森林。夜晚，树神演奏着缥缈的音乐，宛如万千幽灵浮动，形成了令人敬畏的氛围。在这片森林里，日本鬣羚非常谨慎，稍有响动就会受惊逃离。诗歌中的景象和情感相互交织，展现了自然界的神秘力量。同时，树神的存在也暗示着人类应当尊重自然，对弱小生灵怀有爱护之心。日本鬣羚，牛科鬣羚属，外观与山羊相似，仅分布于日本的3个地区，是当地的特有物种。物语：生物属性，并非无能。

绒顶柽柳猴

火烧云天谁问鼎，转向远方探中兴。
小黠补拙若有用，当可定位拟前程。

　　云霞似火，天地如灼，谁又能成为世界新的主宰呢？渺茫的未来充满不确定性，让人心生惶恐。这时不如登高望远，去未知的领域寻找新的机会。不过，任何人都不能妄想依靠小聪小慧去弥补能力的不足，还是要勤奋努力，规划出未来明确的发展方向。总体而言，这首诗歌表现出对未来的向往和期待，鼓励人们不断探索和努力。绒顶柽柳猴，又叫棉顶狨，狨科柽柳猴属，分布于哥伦比亚的热带雨林。物语：生命灿烂，无关长短。

绒毛猴

花开花谢花风流，神形绝色画外收。
倾天眼神尽情秀，惊心动魄美上头。

　　花开花谢，花落花飞，它们的神韵风流是用画笔难以描绘的。诗人前两句明为写花，实际上是在为后面的主题做铺垫。她认为一个人最美之处在于眼神，而这种美同样也是难以用语言勾描的。那么在诗人心中，哪一种眼神是最美的呢？结合这首诗的主角我们可以领悟到：绒毛猴性格温和，它的眼眸中透露出纯良无害的神采，令人不自禁的放下心防，生出想要亲近的愿望。绒毛猴，栖息于亚马孙盆地森林，白天成小群活动。物语：小如微尘，贵胜黄金。

绒毛蛛猴
róng máo zhū hóu

yún xiá lù tíng wàn qiān chǐ　　yē zi zhuāng mǎn gān chún zhī
云霞绿亭万千尺，椰子装满甘醇汁。
cǐ kè zhū hóu zuì dé yì　　chī bǎo hē zú zài xiū xi
此刻蛛猴最得意，吃饱喝足再休息。

　　椰树亭亭如盖，仿佛穿透云霞。上面缀满酒壶般的果实，颗颗盛满佳酿。绒毛蛛猴醺醺然沉浸在山水之间，除了吃饱喝足就是嬉笑打闹，这样逍遥的日子简直可以媲美神仙。诗人发挥了丰富的想象力，运用形象生动的描述，将一幅美好而和谐的画面展现在我们面前。同时，诗中也渗透出一种欢快的情感，让读者在阅读过程中感受到愉悦和放松。绒毛蛛猴，蜘蛛猴科下的一个属，仅分布于巴西东南部的山地森林。物语：季节转换，秋果丰满。

萨摩耶犬

花香四溢日和暖,细调氤氲馥郁天。
几团白云傍绿岸,风来拍照忙得欢。

  这首诗构思巧妙,视角独特。天地间似乎有一支无形的画笔,描绘出阳光和暖、花香四溢的画卷。轻淡缥缈的水汽萦绕在四周,氤氲馥郁,几朵白云温柔地傍依在水岸之旁,温柔缱绻。风儿对这幅美景爱不释手,连忙将它拍摄下来永久留存。这是一首纯粹的山水景物诗,诗人将萨摩耶犬比喻成"白云傍绿岸",显得形象十分生动。萨摩耶犬,西伯利亚萨摩耶族培育出的犬种,曾经是工作犬,现为宠物犬。物语:春风无瑕,美至入画。

三花猫

含春姿态影轻绝,眼神撩动月底波。
三花猫添寒香色,喵声一出即天歌。

　　这首诗生动地描绘了三花猫曼妙的姿态,以及它动人的声音。尤其是"眼神撩动月底波"一句,把猫儿的神秘和灵动展现得淋漓尽致。而"三花猫添寒香色,喵声一出即天歌"则是运用了夸张的修辞手法。诗人借助猫的形象来表达自己对美好事物的追求,这是一种成熟的创作技巧,值得借鉴学习。三花猫,又名三色猫,因毛色有黑、白、橘红三大色斑而得名,叫声甜美,对主人温柔。
物语:三花公主,唯美多数。

沙大袋鼠

绿波花影好风光，窈窕枝头影子长。
林木丰盛心舒畅，切记不可当草莽。

这首诗描绘了绿波荡漾、花朵摇曳、树影婆娑的美好景象，让人感受到大自然的生机和活力。同时，诗人也传达了一个重要的主题，即当我们身处自然之中，应该保持敬畏之心，与自然和谐共处，不能毁坏自然环境。诗中的"草莽"是草莽英雄的简化，顺势而动方可成就自己。也可以引申为没有文化、目光短浅的形象。沙大袋鼠，袋鼠科大袋鼠属，分布于澳大利亚和新几内亚群岛部分地区。物语：赶快改变，否则麻烦。

沙漠角蜥

观看九月苍茫天，超凡智慧可圈点。
沙漠角蜥善迎战，血弹一射几米远。

　　九月的高空广阔而深邃，天气晴朗，动物们活跃地捕食以积蓄入冬的能量。每个动物在捕食弱肉的同时，也都要提防天敌的侵袭。这时它们纷纷施展出各自的看家本领，诸如沙漠角蜥就很具有智慧。它们就像是久经沙场的老兵，智勇双全。在喷出"血弹"恐吓敌人的同时，四肢一蹬，以迅雷不及掩耳之势逃之夭夭。沙漠角蜥，分布于北美洲的半沙漠地区，危急时，眼睛喷出一串血珠后逃命，以白蚁昆虫为食。物语：不甚英俊，心地纯真。

沙丘猫

欲扫万里黄金沙,风云一到更繁华。
大漠雷雨忽作罢,只为宠爱小虎娃。

  大漠风暴扫荡万里黄沙,席卷而来的暴雨将沙海变成一片汪洋。这恍如末日一般的景象令动物们崩溃奔逃。忽然,天空中传来一声敕令,刹那间云散雨歇,雷电静默。这是自然之神在怜惜沙丘猫,为这些弱小的生灵留出一条生路。确实,在自然面前,所有生命都渺小得不值一提。那么人类在侵掠低等生物时,是否也该手下留情呢?沙丘猫,又名沙漠猫、沙猫,分布于非洲干旱沙漠地区。
物语:长得好看,天地为伴。

山地水牛

碧空如洗云奔流,风卷晨露未及休。
山地水牛嚼个够,齿颊留香春之头。

　　碧空如洗,纯净润泽;云霞奔涌,恍如飞瀑。清晨的露珠垂在枝头,凝在花心,任性的清风忍不住合上翅膀,静静注视着折射出的七彩霞光。山地水牛悠然地从远方踱近,它们在无边春色之中觅食、休憩,享受上天赐予的自由生命。这首诗歌充满了生命力和美感,诗人通过细腻的观察和感受,将自然界的美丽和谐表现得淋漓尽致。山地水牛,又名山地倭水牛,分布于印度尼西亚的苏拉威西岛。物语:自然环境,重中之重。

猞猁

如花似玉太高洁，美好不及沦陷多。
猞猁似乎正落魄，呼喊几声乱天河。

皑皑白雪之中，走来一个落拓的身影。大雪覆盖了道路，让他无法辨别方向。诗人将猞猁塑造成一个失意的英雄，他也许刚刚遭遇了人生中最晦暗的时刻，也许刚刚失去了最宝贵的东西。他怨恨世道不平，但又不肯放弃高洁的志向。诗人只用寥寥数笔，就刻画出一个生动鲜活的形象，令人产生丰富的联想。猞猁，又名野狸子、山猫，哺乳纲食肉目猫科猞猁属，广泛分布于欧洲和亚洲北部。物语：夜行霸王，小心为上。

蛇怪蜥蜴

高手无意晒轻功,却成江湖第一名。
水面行走可保命,天敌每次都扑空。

  万顷碧波如镜,烟雾浩渺难行。却见一个身着翠绿长衫的身影,从水面一掠而过。他足尖轻点,水面立刻漾起朵朵莲纹。诗人用仙侠小说常用的笔法,将蛇怪蜥蜴独特的保命高招描绘得颇有几分美感。众所周知,自然界物竞天择,适者生存,因此所有生物都锻炼出一身应对险恶环境的本领,让人不禁感叹大自然的神秘和万千生物的生存智慧。蛇怪蜥蜴,又叫耶稣蜥蜴,分布于中美洲和南美洲的热带雨林。物语:江湖轻功,踏水而行。

麝牛

天外有山天外天，花中无花香满园。
麝牛雪原两相看，秀色丰姿各自仙。

寒冷的冻土之上覆盖皑皑白雪，天地浑然一体，看不出分界。这里寸草不生，但依旧能够闻到沁人的芳香。麝牛所到之处，蹄下仿佛能踏出鲜艳的花朵。"麝牛雪原两相看"一句让人联想起唐代诗仙李白的著名诗句"相看两不厌，只有敬亭山。"麝牛和雪原也是如此，它们情感互通，珠联璧合。麝牛，又名麝香牛、北极麝牛，偶蹄目牛科麝牛属，有两个亚种，分布于北美洲北部及格陵兰等北极地区。物语：花香飘落，开放视野。

麝鼠

山顶有峰方知高，凌波微步才逍遥。
麝鼠太香逃不掉，只得成为掌中宝。

高山仰止，只有凭借攀缘峭壁的绝招才能逍遥自在地生活在这里。"凌波微步，罗袜生尘"出自两汉曹植的《洛神赋》，后人常用来形容武侠小说中卓绝飘逸的轻功。在这首诗里，诗人调侃麝鼠身怀异香，又没有"凌波微步"的绝招，无奈只得成为被人类捕捉、豢养的掌中宝了。麝鼠，又名青根貂、麝香鼠，原产于北美洲，20世纪引入欧洲，1957年开始在中国黑龙江和新疆等地区饲养。物语：锦衣玉食，未必中意。

麝鼴

晚照黄昏云缺席，新月出阁风爱惜。
麝鼴终生不入世，天赐百味与花底。

　　黄昏时分，落日余晖将天地之间渲染得一片彤红，但是却看不见一丝晚霞的踪影。因为新月即将升起，风儿将云霞吹散，以免它遮蔽了月亮的光辉。正如风爱惜月光，大自然也爱惜弱小的麝鼴，它赐予麝鼴丰裕的食物和生存土壤，以此来成就它"不入世"的志向。麝鼴，又名鼴鼠、地里排子，终生在地下穴居生活，以蝼蛄和蚯蚓等地下昆虫为食，也吃植物的地下根茎，偶尔也会到地面活动。物语：交给时间，无须回看。

圣伯纳犬

白雪隐约见落霞，犹似苦寻到天家。
搜救名犬圣伯纳，为爱付出好年华。

　　山峰崇耸，就连高高在上的太阳都被遮挡，只能隐约看到折射的霞光。圣伯纳犬在白雪间穿梭，一路攀登，仿佛抵达云层之上。作为著名的搜救犬，它义无反顾地救援雪山困客，用一生的时光甚至生命去报答人类对它的信任。其实，对动物了解越深，越难以理解它们对人类的情感。大自然是如此深奥、神秘，我们对它的探索永无止境。圣伯纳犬，又名圣伯纳德犬、阿尔卑斯山獒，原产于瑞士。
物语：无私奉献，永恒画面。

狮虎兽

排山倒海水长流,天地惊艳从不休。
日月园中狮虎兽,春色撩拨至金秋。

这首诗描述了天地间不休不止的魅力,表达了人们对于自然、生命等美好事物的态度和信念。诗中的日月园和狮虎兽等元素,通过视觉和情感的双重共鸣,令读者在诗歌的意境中感受到一种宏大壮观的气象。诗人利用象征性的塑造手法和浪漫情感的表达,鼓励人们在生活中发现美、欣赏美、追求美。狮虎兽,雄狮和母虎在动物园圈养条件下交配产生的后代,世界上最早的一只狮虎兽诞生于法国,不能繁殖后代。物语:相思飘荡,红尘无恙。

狮尾猴

绿意浓郁火热天，指缝流淌豆蔻年。
半是甘甜半清淡，偶尔回首仍缠绵。

炙热的夏季，浓密的绿意为人们带来丝丝清凉，就像豆蔻年华时常涌动的情思，从指间轻轻滑落。即使过去若干年，蓦然回首，我们依然能够回想起那份"半是甘甜半清淡"的味道。这首美丽而婉约的诗歌将缠绵的情感描绘得入木三分，非常容易引起读者的共鸣。狮尾猴，又名狮头猴、狮尾猕猴，分布于印度南部高山雨林，白天由雄性首领率群觅食，夜晚栖息于树上，以波罗蜜等水果为食。物语：云海起浪，风送清凉。

狮子兔
shī zi tù

耳朵尖尖小侏儒,萌萌哒哒胖嘟嘟。
威名远扬狮子兔,谁若不信来比武。

这首诗充满童趣,诗人用"萌萌哒哒胖嘟嘟"这种非常口语化的文辞形容狮子兔的外形,显得十分贴切。而"威名远扬"这个成语用在狮子兔身上,呈现出一种强烈的反差萌,令人忍俊不禁。试想一下,这样温和可爱的弱小生物又能和谁去"比武"呢?如果是比赛呆萌,想必狮子兔一定会榜上有名吧。狮子兔,又名狮子头兔,哺乳纲兔形目动物,原产于比利时,由安哥拉兔和侏儒兔交配而成。物语:温暖如火,柔软胜雪。

石貂

天雨总要落海河,恰似月亮有圆缺。
不负韶华前景阔,石貂挥别苔藓窝。

　　这首诗形象地描绘了天雨与海河、月亮与潮汐之间的关联。天雨落入海河,就像月亮有圆缺一样自然,这种自然规律不可违背。在苔藓穴中,石貂过着无忧无虑的生活,对这个安乐窝充满了依恋。但是它终究会成长,有朝一日要离开父母的庇护,正如我们每个人都将独自踏上生命旅途。整首诗在欢乐中隐含一层惆怅,同时传达出深刻的人生感悟。石貂,鼬科貂属的一种中小型动物,分布于欧亚大陆的多个国家。物语:生活片段,月夜上演。

食蟹狐

春红夏绿分长短，相思只在风云间。
生曾尽欢死相伴，情至深处感动天。

　　天时变幻、年华流转，但爱情却永恒不变，长久地存在于风云间。这首诗表达了人们对爱情的真挚态度，以及爱情在生命中的重要性。无论是春天的红花、夏天的绿荫，还是缠绵的风云，都贮藏着对爱情的美好回忆。即使生命结束，爱情依然能够陪伴我们走到最后。它所能感动的不仅仅是心灵，更是一种深刻的价值观，这种情感值得我们去追求和维护。食蟹狐，犬科食蟹狐属，分布于南美洲。物语：矢志不移，天地怜惜。

食蚁兽

夏欲成长冬欲藏,地平线下味道香。
造物神奇放眼量,食蚁兄弟探测忙。

《史记·太史公自序》:"夫春生夏长,秋收冬藏,此天道之大经也。"四季更迭是自然的准则,万物都必须遵循。造物者诞生万物,同时也赋予它们生存之道。食蚁兽耐心地寻找食物,繁衍子孙,因为它们知道自己在大自然里总能寻觅到适宜的生存条件。由此我们可以反思自身,无论何时,即使荆棘遍地也要对未来充满信心。食蚁兽,中文学名大食蚁兽,哺乳纲,食蚁兽科体型最大的动物。栖息于热带草原和疏林中。物语:鲜少天敌,自食其力。

鼠狐猴

百花纷飞片片沉，夏光绿影叶叶新。
鼠狐猴宝太招恨，欲令风云都迷魂。

　　这首诗描绘了春天的缤纷景象，以及动物们焕发出的盎然生机。诗人用细腻的笔触表现出花卉摇曳的动态，枝叶鲜嫩的颜色，展现出令人心醉神迷的氛围。花瓣飘落，树荫婆娑，林间传出鼠狐猴动人的鸣叫，它在歌颂春天、歌颂生命。风云也为它的歌声所感动，重新审视这个大千世界的神奇魅力。鼠狐猴，原始猴类中个体最小的一种，通常体重在60克左右，生活于马达加斯加东海岸的原始森林。物语：月夜出动，用歌纵情。

鼠兔(shǔ tù)

非兔非鼠小精灵,剑走偏锋成象征。
满山遍野打地洞,偶尔也会啼春红。

诗歌中用"剑走偏锋"来形容鼠兔的生活习性,体现了作者熟练的修辞手法。而"打地洞"一句则展现了鼠兔在自然环境中的生存能力。有趣的是,这种整天灰头土脸、埋首打洞的小家伙偶尔也会伤春悲秋,"啼春红"一句让人联想起唐诗"芳树无人花自落,春山一路鸟空啼。"也许它正在担心春天会在不知不觉中流逝。鼠兔,又叫石兔,鼠兔科鼠兔属,主要分布于亚洲,北美洲和欧洲也有。物语:草原冬天,影响深远。

树袋熊

倾尽嫣紫姹红风,天高云淡斗输赢。
看赛乖巧又安静,桂冠赐给小呆萌。

　　天高云淡,暖风拂面,大自然的百花园中又展开选美大赛。花朵姹紫嫣红,竞相吐艳,动物们叽叽喳喳地在一旁围观,对选手们品头论足。只有树袋熊乖巧地坐在大树上,不言不语地观看比赛。大概在树袋熊的眼中,每一种花都是很美的,难分伯仲。诗人将树袋熊塑造成一个既呆萌可爱又大智若愚的小家伙,因为树袋熊有一双善于发掘美的眼睛。树袋熊,又名考拉,树袋熊科树袋熊属,分布于澳大利亚。易危物种。物语:远离红尘,呼吸清新。

树懒

明月来照昨夜水，春风吹得星辰归。
树懒不动免受累，年头悬美到年尾。

　　这首诗淡雅如水墨，悠扬如天乐，让人心旷神怡。开篇两句意境极美，诗人尽情展开想象的翅膀，穿越时空，纵横天地，描绘出一幅美轮美奂的图景。后两句诗人着意勾描了树懒可爱的形态，它们在树梢荡起秋千，晃晃悠悠，懒洋洋的样子可爱至极。愿它们永远在春风里摇曳，沐浴在星辉之中。树懒，哺乳纲披毛目下树懒亚目的通称，共有2科2属6种，分布于中美和南美洲，生活于茂密的热带雨林。物语：学会倒吊，懒出猛料。

双峰驼

尺短寸长金沙窝，举重若轻双峰驼。
如今日子舒心过，勇士无须大运河。

  曾经浩渺荒芜的沙漠变成郁郁葱葱的塞上江南，有沙漠之舟美誉的双峰驼行走在地平线上。它们是这片神秘土地的信徒，沉默又虔诚地伴随日升月落，目睹沧海桑田、时代变迁。后面两句诗中，诗人用轻松愉悦的笔调描述了时代给这片土地带来的生机，双峰驼不必再负重前行，它们终于可以卸下包袱，仰望星辰。双峰驼，哺乳纲骆驼科骆驼属动物，主要分布于亚洲及周边较为凉爽的地区。
物语：沙漠方舟，尽兴出游。

双冠蜥

仰望星空高几尺,豪情万丈双冠蜥。
水上轻功好武艺,翡翠玉镶蓝宝石。

　　一个身影从水面飞掠而过,似琴弦,赛惊鸟。他的足尖轻点,荡漾出朵朵莲花。波纹还未消散,人已隐没在云霄之中。诗人将双冠蜥塑造成一个轻功卓绝的武林高手,他翠绿色的衣袍上镶嵌着蓝宝石,万丈星空在他眼里不过区区数尺,因为他的豪情足以冲破云霄。双冠蜥,背鳍蜥属唯一鲜绿色的品种,共有4个亚种,野生种栖息于近河的热带雨林,可在水面飞速奔跑,仿如外星生物,现也为家养萌宠。物语:超级功夫,天然宝物。

水羚

三四月份柔情天，百花随春渐去远。
水羚不想结仇怨，说好只争优先权。

诗人用三言两语，便把水羚温柔平和的性格，以及群居无首的特点描写得淋漓尽致。草木繁盛，万物争辉，水羚也迎来繁衍生息的季节。雄性水羚之间的争夺只发生在此刻，等到完成孕育的职责，它们又恢复和平共处的状态。相比起领地意识和族群观念浓厚的其他生物，水羚堪称和平的使者了。水羚，牛科水羚属。分布于非洲地区，生活于沼泽和近水湿地，会游泳，草食性，喜欢吃湿生草。物语：保持开放，生路通畅。

水鹿

风解云纱天初晴,稀树如黛幽草中,
水鹿谨慎不任性,野渡只在浅处行。

　　风浅云疏层层解,远青近黛叶如眉。初春季节,万物苏醒。此时树梢枝叶略显稀疏,而芊芊幽草已经呈现出勃勃生机。这时,从远处传来呦呦鸣叫,那是成群水鹿在靠近这片丰茂的草场。经过食物匮乏的严冬,眼前鲜嫩的碧草极大地刺激了它们的食欲。但生性谨慎的水鹿并没有贸然前进,它们小心地绕过深水区,从水流清浅的地方优雅登岸。水鹿,又名春鹿,鹿科,水鹿属,分布于中国长江以南地区及周边亚热带国家。物语:日月相伴,生活圆满。

水兔
shuǐ tù

正午风静绿云歇，水兔乘兴过沼泽。
安卧等看云起落，心头响彻万里歌。

  这首诗描述的是一个正午的安详时刻，绿云停歇在风中，仿佛在慵懒地小憩。水兔悠闲地趴卧在草丛间，看云起云落。"心头响彻万里歌"描述的是诗人内心深处响起的悠扬歌声，可能暗示着她对自然美景的感慨和对生命的热爱。整首诗的意象和情感表达比较含蓄，没有过多的修辞手法或复杂的句式结构。但正是这种简洁和自然，让读者感受到了大自然的宁静和美好。水兔，在水中来去自如，同时善于陆地奔跑、跳跃。物语：上天入地，水兔创意。

水豚

清早起来闻花香，喜感十足抱太阳。
与世无争呆萌相，竟是天下柔情王。

    这是一首富有浪漫色彩的诗歌，清晨的空气清新美好，让人感到无比舒适。水豚懒洋洋地躺在草丛间，晒着暖乎乎的晨光，似乎将太阳抱了个满怀。它平和、纯真的状态与天地和谐地融为一体，呈现出与世无争的宁静。"竟是天下柔情王"这句诗夸张地表现了水豚温顺的特质，诗人运用优美的语言和意境，表达了对生活的热爱和对情感世界的向往。水豚，水豚科哺乳动物。分布于美洲巴拿马运河以南地区。物语：春风得意，奔向天际。

斯岛黄眉企鹅

三季花红叶绿长,冬来几曾见雪霜。
天然深海不一样,冷暖自知思家乡。

    这首诗的前两句描写了四季如春的舒适气候,但显然这不是斯岛黄眉企鹅生长的地方。一年中有三季花红叶茂,即使严冬也不见霜雪,从文字中我们可以揣测这里应当是某处人工饲养企鹅的环境。不过这里虽然舒适,但终究比不上天然的海洋,即便那里气候恶劣,甚至食物贫乏,但终究是自己的故乡。诗人借这首诗表达出浓烈的思乡之情。斯岛黄眉企鹅,分布于新西兰或游荡在澳大利亚岛屿。物语:时光花园,擦肩流年。

斯里兰卡猕猴

春寒料峭云如烟,母亲怀抱最温暖。
对面何事一团乱,离得越远越安全。

"春寒料峭"这个成语出自佛教禅宗经典《五灯会元》,书中提及:"春寒料峭,冻杀年少。"以此来形容初春寒冷的天气。在这个季节,没有什么地方会比母亲的怀抱更温暖。在自然界中,尽管物种千奇百怪,母亲对幼崽的呵护却是惊人的一致。她们怀揣着最单纯美好的愿望,希望孩子远离争斗,一生平安。斯里兰卡猕猴,又名兰卡猕猴、寺庙猴,哺乳纲灵长目,仅分布于斯里兰卡,以各种果实为食。物语:以强凌弱,缺乏和谐。

松果蜥

火燎沙灼无荫凉，松果蹒跚回故乡。
年复一年不换样，忠贞不渝深情长。

　　这首诗令人浮想联翩，我们似乎看到一位落拓的江湖客在夕阳余晖中，穿过茫茫戈壁，终于抵达黄沙弥漫的边城。他破旧的衣衫上沾满旅途的尘埃，斑驳的刀鞘还带着烈日的余温。此刻的他目光紧紧锁定前方那座熟悉的小屋，里面隐现的灯火烛光恰似家人温暖的眼神。诗人热情地歌颂了忠贞不渝的情感，渲染了对家乡的思念之情。松果蜥，石龙子科，分布于澳大利亚北部、东部和南部地区。物语：温柔专情，天地动容。

松鼠猴

星光相欠月亮还，松鼠猴选芳香天。
醉态可掬春零乱，潜入公园结花缘。

我们不妨将这首诗的主角幻想成一个风流少年，他像《源氏物语》里的光源氏那样流连花丛，日夜欢宴。他在春光潋滟的夜晚邂逅了一位风华绝代的佳人，他的心被搅乱得犹如暮春的繁花，落英缤纷。他寻觅芳踪进入一个幽深的花园，希望能够与佳人结下情缘。总的来说，这首诗里蕴含了对爱情的美好追求，文辞婉约，引人浮想联翩。松鼠猴，灵长目卷尾猴科动物，有4个亚种，分布于南美洲。物语：适应环境，极度聪明。

薮羚

远水近山夕阳红,浓妆淡抹又春风。
眼下枝叶绿渐重,晚霞向来念长情。

  这首诗描写的是春回大地、万物复苏的景象。夕阳的余晖浪漫洒落,山峦和河水被染成了红色。随着时间的推移,树木的枝叶也渐渐变得浓绿。晚霞是如此美丽,让人不禁想起远方的亲人和朋友,感慨时光的流逝,也让人珍惜眼前的每一个瞬间。这首诗借景抒情,传递出诗人对自然景观的喜爱和对亲人朋友的思念。薮羚,牛科,薮羚属,共有11个亚种,主食草类和各种嫩枝叶,跳跃能力强。物语:自然景色,不可或缺。

薮猫

步履轻盈衣着好，优雅更显婵娟娇。
凶猛犹胜远东豹，铁血猎手名薮猫。

    这首诗描述了薮猫的外表特征和狩猎能力，字里行间透露出对这种猫科动物的欣赏和赞美。诗人运用生动的修辞和流畅的语言，将薮猫的优雅、勇猛、狩猎能力强等特点勾勒得入木三分。在主题方面，这首诗表达了对薮猫狩猎能力的钦佩和对其外表的喜爱。同时，诗人也呼吁人们关注和保护野生动物，强调了保护生态环境的重要性。薮猫，又名非洲薮猫，猫科薮猫属，分布于非洲西部和中部及东部地区。物语：小型猎豹，绝非绰号。

薮犬

花若争艳春光短,风云围观看新鲜。
足上长蹼实罕见,薮犬捉鱼闹翻天。

春天百花争艳,不知不觉时光飞逝。风云每年都围观花朵竞赛,早就习以为常,它的注意力被水边的热闹景象吸引过去。诗人运用拟人手法,将自然现象赋予了人的特点和性格,显得颇为有趣,并且非常自然地引出了薮犬的出场。薮犬奇特的脚蹼是为了生存而演变出来,它们对周遭环境的适应能力真是令人赞叹。薮犬,犬科薮犬属,足部有不发达的蹼,证明傍水而生,南美洲特有物种。物语:水陆两栖,另类奇迹。

薮兔

志高气昂走龙蛇，空旷草原风有约。
薮兔生来爱广阔，决斗之城赢面多。

　　这是一首关于志向和追求的诗，诗人借薮兔志高气昂的风采表达出对前方道路的坚定信心和无惧无畏的决心。薮兔内心充满了对广阔世界的渴望，一旦遇到对手便勇敢迎敌，看看谁才是最终的王者。这首诗具有启发性和鼓舞人心的作用，虽然前路漫漫，但只要心怀信念，义无反顾，相信风儿也会为我们助上一臂之力。薮兔，兔科兔属，分布于南非、纳米比亚等地，栖息于草原和稀树草原。物语：天敌不多，活得快乐。

苏格兰高地牛

云海霸气几时休,迎风走来非主牛。
满身金红秀不够,更有迷人流海头。

  这首诗表现出苏格兰高地牛豪迈和霸气的特质。前两句中的"云海"和"迎风"都显示出它强大的气场,好像要驾驭风浪一般。金红色的毛发恍如神话中的火焰战铠,在风中飘动时周身如裹着炽烈的光辉。有趣的是,这个威风凛凛的神兽居然留着一头迷人的空气刘海,好像要引领潮流一般。这首诗前后风格迥异,跟苏格兰高地牛一样形成反差萌。苏格兰高地牛,牛科牛属,大型偶蹄类动物。原产于苏格兰高地。物语:朝夕相伴,无限温暖。

苏格兰牧羊犬

红炉火里炼真金,风驰电掣大新闻。
温莎堡里获访问,出门又被宠成神。

这是一首充满活力和热情的诗歌,描述了苏格兰牧羊犬的历史和现状,同时也流露出诗人对狗狗的由衷喜爱。"红炉火里炼真金"这一句诗应当是指苏格兰牧羊犬获得维多利亚女王的青睐,也可以引申理解为在艰苦的环境下能够发掘真正的价值和美好。相比大多数生物来说,苏格兰牧羊犬无疑是很幸运的,而它也以忠诚和温顺回报了爱护它的人。苏格兰牧羊犬,哺乳纲,毛色亮丽飘逸,个性温顺可靠。物语:忠诚之伴,绝不背叛。

苏门答腊猩猩

晚风吹拂落日斜,雨林暮霭风云多。
未来日子怎么过,可否给个安乐窝。

　　这首诗写出了晚风吹拂落日、雨林暮霭弥漫的景象,营造出几许寂寥哀伤的氛围。苏门答腊猩猩怀抱幼崽,眼神中透露出对未来的迷茫。它们渴望能有个安乐窝,再也不用为生存发愁。从思想内涵来看,这首诗歌反映出诗人对苏门答腊猩猩濒危现状的关切和同情。在被人类文明践踏的当下,很多物种亟须关爱保护。苏门答腊猩猩,灵长目猩猩属,印尼苏门答腊岛特有物种,活动于热带雨林,栖息于树上。物语:前途未卜,何为出路。

塔巴努里猩猩

月悬高空静无声,草丛青蛙阵阵鸣。
依依不舍疑是梦,花香至今掌心中。

众所周知,猩猩具有类人的智慧,因此它对自然的感悟远比其他生物要深刻得多。这首诗先是描绘了一幕唯美的月夜景观,皓月、蛙鸣、花香都是自然界的美丽元素,而"依依不舍疑是梦"和"花香至今掌心中"这两句具有中国古典文学的韵味。恰似掬水月在手,又如盈花香满袖,在此指代的是诗人对于美好时光的回味和不舍。塔巴努里猩猩,分布于印度尼西亚的亚热带阔叶林中,几乎完全树栖,以昆虫及针叶树为食。物语:深度思念,分享高天。

塔吉克盘羊

晨起望至夕阳红,须长几度又春风。
无量欲求六界净,唯恐天地不玉成。

这首诗通过从早晨到傍晚的观望,表现出生命之水的流逝。长长的胡须,意味着诗中的主角历尽沧桑,充满人生的智慧。诗中提到的"六界"在上古神话中是指神界、人界、妖界、魔界、冥界、佛界,在此可以理解成整个宇宙。诗人祈愿世界清净,但"唯恐天地不玉成",因为尽管愿望很美好,但不可预知、不可抵抗的因素太多,很难心想事成。塔吉克盘羊,分布于塔吉克斯坦、土库曼斯坦和乌兹别克斯坦。物语:直面逆境,绝处逢生。

汤氏瞪羚

绿野流云常飘忽，夕阳浑似流霞雨。
汤氏瞪羚停下步，空阔口语有是无。

  水润矮草湿，流云凭风舞。斜阳脉脉总关情，点点流霞雨。在广袤无垠的非洲大草原上，日复一日地呈现落日美景，但每天的景观又各不相同。汤氏瞪羚沉迷在绚丽安详的氛围当中，不知不觉离开族群，独自走出很远。风中隐隐传来伙伴们呼唤它的鸣叫，焦急且短促，在旷野中似有似无。它依依不舍地眺望几眼彤红的落日，转头奔往家的方向。汤氏瞪羚，又名汤姆逊瞪羚，牛科瞪羚属，分布于坦桑尼亚等非洲国家。物语：相互守望，沐浴阳光。

蹄兔

蝴蝶之翅扇几扇,蹄兔迷得不眨眼。
一看二看再三看,欲知春风何时还。

苏辙曾有诗云:"谁唱残春蝶恋花,一团粉翅压枝斜。"可爱的蹄兔着迷地盯着停驻在花瓣上的蝴蝶,就连呼吸似乎都随着一张一合的蝶翅而翕动。兔子们不知道这些脆弱而美丽的小天使从何而来,只知道它们到来时,天地间就会盈满花香,随处可见鲜嫩的食物。确实,无论是人类还是自然界的其他生物,对于生机勃勃的春天的渴望都是相同的。蹄兔,蹄兔科蹄兔属,分布于非洲和中东及阿拉伯半岛地区。物语:花开叶绿,春来冬去。

黇鹿

xià yuè pāo sǎ jǐ piàn liáng　qià rú dōng yáng róu ruǎn guāng
夏月抛洒几片凉，恰如冬阳柔软光。
tiān lù shōu qǔ tiē shēn shàng　huó bèng luàn tiào kāi xīn zhǎng
黇鹿收取贴身上，活蹦乱跳开心长。

　　这首诗描绘了一幅童话般美好的画面。夏夜月光清凉如水，又好似冬日澄澈的阳光。葱郁的树林沙沙摇曳，仿佛竖琴弹奏悠扬的夜曲。黇鹿将柔软的光芒披在身上，欢快地在林间跳跃舞蹈。在东西方文化中，鹿具有纯洁、温顺、吉祥、财富和智慧等象征意义，人类在鹿的身上寄托了种种对未来生活的美好期许。黇鹿，鹿科反刍动物，生活于地中海南部，栖息于混杂林地和开放的草原。
物语：草原月光，极为漂亮。

条纹臭鼬

三流二流泥石流，左右逢源从未忧。
虚张声势名臭鼬，开启喷雾天敌愁。

  诗人熟练地运用递进、比喻、拟人化等修辞手法，增强了文本的艺术表现力，使诗歌更具有趣味性和可读性。诗中的"虚张声势"和"开启喷雾"等表述，将臭鼬的防御手段与人类的某些行为进行类比，进一步丰富了文本的内涵，使读者更容易理解臭鼬的生存智慧。条纹臭鼬，哺乳纲鼬科臭鼬属动物，有21个亚种，分布于北美洲，栖息于树林或平原沟谷等各种环境中，喜欢找其他动物的废弃洞穴居住，也在大石头下筑窝。物语：无所不能，克敌制胜。

条纹鬣狗

春色满天地丁香，无尽野生自在长。
条纹鬣狗正惆怅，不知前路在何方。

　　开篇伊始，诗人就向我们展示了一幅春日美景，让人仿佛置身于融融春色之间。紫花地丁盛开得无边无际，野生动物自由自在地游荡其间，一切都显得那么美好。然而，条纹鬣狗却感到惆怅，因为它们不知道前面的路在何方。在希腊神话中，紫花地丁是宙斯思念故人而变出的美丽花朵。又或许，条纹鬣狗迷茫的是它不知道心上人何时才能归来。条纹鬣狗，鬣狗科鬣狗属，主要生活在非洲、阿拉伯半岛等地。物语：历尽沧桑，依然向上。

条纹松鼠
tiáo wén sōng shǔ

流霞起时光渐收,日落余香分散流。
liú xiá qǐ shí guāng jiàn shōu,rì luò yú xiāng fēn sàn liú。
皓月相约黄昏后,再将繁星簪上头。
hào yuè xiāng yuē huáng hūn hòu,zài jiāng fán xīng zān shàng tóu。

这首诗写得很有意境,表达了诗人对时光流转和自然美景的感慨。诗中的"流霞"和"余香"暗示了时光的消逝和美景的短暂,而"皓月"和"繁星"则代表了繁华过后心境的沉寂安宁。整首诗的字里行间都渗透自然之美、生命之魅。我们大可将生活中的烦扰暂且抛到一旁,静静享受这幅唯美的画面。条纹松鼠,又名线松鼠,分布于中国云南等地区,缅甸、泰国和马来西亚半岛也有。物语:行动敏捷,食物更多。

跳羚

秋风秋云秋意浓,绿韵变色天中空。
跳羚飞跃草床动,且待明年再春风。

这首诗意境蓬勃,生机盎然,通过描绘秋天的景色和动物,传达出诗人对未来美好的期许。秋意浓重,绿草焕金,成熟季节色彩的变幻和天空的寥廓,都给人以清朗纯净的感受。跳羚轻盈地飞跃在草床之上,就像大地跃动的脉搏。虽然寒冬将至,但它却丝毫没有颓废的感受,满心欢喜地期待大地再迎春风。跳羚,哺乳纲牛科羚羊亚科的偶蹄动物,极善跳跃,每次一跃高达3—3.5米,故而得名,分布于南非,是南非的国兽。物语:长途跋涉,更换生活。

兔狲

远望高空近赏花，直接放翻天边霞。
有趣灵魂丁点大，内掌乾坤外当家。

这是一首富有韵律感的短诗，流畅自然。小猛兽在天地中自由穿梭，尽情享受大自然的恩赐。它毛发浓密飘扬，云霞为之镀上金色花边，显得呆萌可人。后面一句"有趣灵魂丁点大"的视角由外形深入到精神层面，诗人是在提示我们在创作中应注重深度和延展性，让作品更具内涵和吸引力。兔狲，猫科，兔狲属，原产于中国、阿富汗、不丹等国家，现已圈养成功。在野外可适应寒冷和贫瘠环境。物语：风约花续，美不相负。

土耳其梵猫
tǔ ěr qí fàn māo

冰姿风骨玉作成，月华如水雪魄生。
神采飞扬不任性，梳妆打扮入风景。

  在诗人的笔下，土耳其梵猫被塑造成一个玉洁冰清、风华绝代的艺术形象。《庄子·逍遥游》曾提到："藐姑射之山，有神人居焉，肌肤若冰雪，淖约若处子。"而诗人笔下的土耳其梵猫不仅冰肌玉骨，更有着纯洁晶莹的魂魄。她神采飞扬却低调内敛，婉约典雅的气质令所有人为之惊艳。这首诗不仅赞颂了土耳其梵猫的美貌，更传递出诗人对于含蓄美的推崇。土耳其梵猫，起源于土耳其梵湖地区，是土耳其国宝。物语：国宝有价，完美无瑕。

物语集

动物类

M

蛮羊属	物语：无畏清苦，悠然自渡。
曼加利察猪	物语：岁月静好，天地不老。
毛鹿豚	物语：恢复林地，解决问题。
毛丝鼠	物语：金丝绒鼠，暖手宠物。
牦牛	物语：全能家畜，牛之荣誉。
帽带企鹅	物语：春之风光，南极芳香。
美国霸王犬	物语：耐心友善，理想伙伴。
美洲豹	物语：举足轻重，遇上没命。
美洲水鼬	物语：梅香雪冷，神韵娉婷。
美洲驼	物语：品味厚重，与风同行。
蒙古马	物语：自由完胜，和谐共生。
蒙古野驴	物语：水清风欢，冬寒春暖。
孟加拉豹猫	物语：勇敢如豹，弹跳力好。
孟加拉虎	物语：春风唤醒，鲜活生命。
孟加拉巨蜥	物语：改变信念，抑恶扬善。
猕猴	物语：决斗争王，族群兴旺。
麋鹿	物语：天时地利，促成好事。
米沙鄢野猪	物语：大起大落，天择勇者。
蜜袋鼯	物语：万千家庭，珍惜萌宠。
蜜獾	物语：谁都不怕，自高自大。
绵羊	物语：无须多言，全情奉献。
民都洛水牛	物语：世事无常，只留向往。
摩弗伦羊	物语：柔中有情，软中含硬。
墨累灰牛	物语：如烟记忆，世间神奇。
墨西哥食蚁兽	物语：生无大任，只有本真。
貘	物语：墨云雪月，自得其乐。

N

奶牛猫	物语：酷爱自由，随时出走。
南非地松鼠	物语：目光无形，收尽寒冷。
南非狐	物语：落花如梦，流水长情。
南非犰狳蜥	物语：强硬回击，动魄演绎。
南跳岩企鹅	物语：跳岩专家，欢乐大侠。
囊地鼠	物语：观望猛禽，遇险逃遁。
尼尔吉里塔尔羊	物语：良辰短暂，渐行渐远。
捻角山羊	物语：鸟语花香，生长希望。
牛头狸	物语：天资聪颖，忠于感情。
扭角林羚	物语：妙无定法，任意成画。
努比山羊	物语：花酿酒香，运逐风浪。

O

欧洲驼鹿	物语：丛林环抱，风景独好。
欧洲野牛	物语：曾经强大，如今不差。

P

盘羊	物语：天摇地动，快乐如风。
狍	物语：绝对从容，静观风景。
豁甲尾袋鼠	物语：独居害羞，从不争斗。
婆罗门牛	物语：神牛转向，奉献优良。
婆罗洲猩猩	物语：快乐达观，直面困难。
普氏野马	物语：大地雄风，震撼天穹。
普氏原羚	物语：情深似海，无法替代。

Q

乔氏虎猫	物语：贪欲作怪，带来伤害。
翘眉企鹅	物语：自强不息，创造生机。
秦岭羚牛	物语：应运而生，浪漫物种。

R

日本鬣羚	物语：生物属性，并非无能。
绒顶柽柳猴	物语：生命灿烂，无关长短。

绒毛猴	物语：小如微尘，贵胜黄金。
绒毛蛛猴	物语：季节转换，秋果丰满。

S

萨摩耶犬	物语：春风无瑕，美至入画。
三花猫	物语：三花公主，唯美多数。
沙大袋鼠	物语：赶快改变，否则麻烦。
沙漠角蜥	物语：不甚英俊，心地纯真。
沙丘猫	物语：长得好看，天地为伴。
山地水牛	物语：自然环境，重中之重。
猞猁	物语：夜行霸王，小心为上。
蛇怪蜥蜴	物语：江湖轻功，踏水而行。
麝牛	物语：花香飘落，开放视野。
麝鼠	物语：锦衣玉食，未必中意。
麝鼹	物语：交给时间，无须回看。
圣伯纳犬	物语：无私奉献，永恒画面。
狮虎兽	物语：相思飘荡，红尘无恙。
狮尾猴	物语：云海起浪，风送清凉。
狮子兔	物语：温暖如火，柔软胜雪。
石貂	物语：生活片段，月夜上演。
食蟹狐	物语：矢志不移，天地怜惜。
食蚁兽	物语：鲜少天敌，自食其力。
鼠狐猴	物语：月夜出动，用歌纵情。
鼠兔	物语：草原冬天，影响深远。
树袋熊	物语：远离红尘，呼吸清新。
树懒	物语：学会倒吊，懒出猛料。
双峰驼	物语：沙漠方舟，尽兴出游。
双冠蜥	物语：超级功夫，天然宝物。
水羚	物语：保持开放，生路通畅。
水鹿	物语：日月相伴，生活圆满。

水兔	物语：上天入地，水兔创意。
水豚	物语：春风得意，奔向天际。
斯岛黄眉企鹅	物语：时光花园，擦肩流年。
斯里兰卡猕猴	物语：以强凌弱，缺乏和谐。
松果蜥	物语：温柔专情，天地动容。
松鼠猴	物语：适应环境，极度聪明。
薮羚	物语：自然景色，不可或缺。
薮猫	物语：小型猎豹，绝非绰号。
薮犬	物语：水陆两栖，另类奇迹。
薮兔	物语：天敌不多，活得快乐。
苏格兰高地牛	物语：朝夕相伴，无限温暖。
苏格兰牧羊犬	物语：忠诚之伴，绝不背叛。
苏门答腊猩猩	物语：前途未卜，何为出路。

T

塔巴努里猩猩	物语：深度思念，分享高天。
塔吉克盘羊	物语：直面逆境，绝处逢生。
汤氏瞪羚	物语：相互守望，沐浴阳光。
蹄兔	物语：花开叶绿，春来冬去。
贴鹿	物语：草原月光，极为漂亮。
条纹臭鼬	物语：无所不能，克敌制胜。
条纹鬣狗	物语：历尽沧桑，依然向上。
条纹松鼠	物语：行动敏捷，食物更多。
跳羚	物语：长途跋涉，更换生活。
兔狲	物语：风约花续，美不相负。
土耳其梵猫	物语：国宝有价，完美无瑕。

动物物语 全5辑

美月冷霜 著

第5辑

中国友谊出版公司

诗人的话

我极目远眺热浪翻卷,千钧横扫沸腾天。
我聚神倾听虎啸林乱,似闻风雪叱咤还。
我伏案夜读隔窗观看,但见万里春撒欢。
我敬畏诗歌国度超前,通达上下五千年。
动物物语,令人震撼。稀世之美,值得一看。

满眼飞花风扫远
秋色分享艳丽天
棕熊妈妈深情看
身后跟随同心圆

多情春天伴流年

跳羚跃姿胜天仙

浓郁热烈渐沉淀

轻红浅绿两安然

天色浓时美销魂
此情此景犹胜春
长颈鹿高树不问
花在枝头留香痕

云遮黛山万千重
碧流翠草无尽风
新芽鲜嫩浓香重
羊群咀嚼春深情

序　言

周　敏

人类真正统治地球的时间，相对于地球46亿年漫长的历史，不过是白驹过隙。

数千年来，我们建立城市、发展生产、推进文明、为人类谋求福祉，但对于自然界的其他伙伴却疏于关爱。

动物，作为地球上最丰富多彩的生命形式之一，一直承载着人类无尽的探索与想象。它们以各自独特的方式，存在于这个世界，诉说着属于它们自己的传奇。但是，在被人类文明的脚步不断侵扰的今天，很多物种濒于灭绝。

本书的作者，一位热爱自然、热爱生命的诗人，她将诗歌的力量发挥到极致，以一种温暖而细腻的笔触，勾勒出动物的内心世界；以动物的视角，去揭示它们在人类世界中的角色与地位，以及在自然界中的生存状态，为读者呈现了一个富有情感与哲理的神秘国度。

书中的每一首真挚的诗作，每一帧优美的图片，每一段专业的诗评，每一句点睛的物语，融合在一起汇成气势磅礴的乐章，直击我们的灵魂，引发我们的共鸣。

通过这部科普文学艺术作品中的新古典诗，我们将看到动物对家园的守护、对子女的关爱、对危险的警觉，以及面对困境时的坚韧与智慧。我们在感受文学艺术之美的同时，更深刻地领悟到生命的意义，更深切地思考人类与自然的关系，以及我们该如何与动物和谐共处。

《动物物语》不仅仅是一部科普文学艺术作品，更是一部关于动物、关于自然、关于生命的启示录。希望这些诗歌能够给大家带来美好的阅读体验，更希望能激发读者对动物的关爱与呵护。最后，我相信这部诗集会成为一扇窗户，引领读者走进瑰丽多彩的动物世界，去感受它们的生命之美。

谨以此书，献给每一位热爱动物、心怀慈悲的朋友。

愿我们永远徜徉在旭日星辉之下，与生灵共舞。

目 录 contents

T

科普七言话动物 / 1

土狼 / 2

土豚 / 3

豚鼠 / 4

豚尾狒狒 / 5

豚尾猴 / 6

托马斯叶猴 / 7

W

瓦利亚野山羊 / 8

瓦氏水羚 / 9

弯角剑羚 / 10

王企鹅 / 11

维氏冕狐猴 / 12

威尔士柯基犬 / 13

苇羚 / 14

倭河马 / 15

倭黑猩猩 / 16

乌龟 / 17

X

五趾跳鼠	/18
西班牙猞猁	/19
西猫	/20
犀牛	/21
麝鹿	/22
喜马拉雅斑羚	/23
喜马拉雅麝	/24
喜马拉雅棕熊	/25
细纹斑马	/26
香鼬	/27
象海豹	/28
象鼩	/29
枭面长尾猴	/30
小白鼻长尾猴	/31
小斑虎猫	/32
小蓝企鹅	/33
小林羚	/34
小食蚁兽	/35
熊猴	/36
熊狸	/37
熊猫	/38
锈斑猫	/39
旋角羚	/40
雪豹	/41
雪貂	/42
雪山盘羊	/43
雪兔	/44
雪羊	/45

Y

鸭嘴兽	/46
亚洲小爪水獭	/47
岩松鼠	/48
岩羊	/49
眼镜猴	/50
眼镜熊	/51

2

叶蛙 / 52
夜猴 / 53
臆羚 / 54
银白长臂猿 / 55
银狨 / 56
银叶猴 / 57
印度瞪羚 / 58
印度黑羚 / 59
印度灰叶猴 / 60
印度犀 / 61
印度支那豹 / 62
英国斗牛犬 / 63
缨冠灰叶猴 / 64
幽灵箭毒蛙 / 65
疣猴 / 66
疣猪 / 67
渔猫 / 68
雨蛙 / 69

郁乌叶猴 / 70
原麝 / 71
原驼 / 72
羱羊 / 73
远东豹 / 74
云豹 / 75

Z

藏獒 / 76
藏狐 / 77
藏羚 / 78
藏酋猴 / 79
藏野驴 / 80
獐 / 81
爪哇犀 / 82
针鼹 / 83
榛睡鼠 / 84
蜘蛛猴 / 85
指猴 / 86

中国水龙	/ 87
中国细犬	/ 88
中华斑羚	/ 89
中华田园猫	/ 90
中华田园犬	/ 91
中亚牧羊犬	/ 92
侏狨	/ 93
猪獾	/ 94
髭长尾猴	/ 95
转角牛羚	/ 96
紫貂	/ 97
紫羚	/ 98
棕黑疣螈	/ 99
棕鬣狗	/ 100
棕色锄足蟾	/ 101
棕熊	/ 102
鬃狼	/ 103
鬃狮蜥	/ 104
物语集	/ 105

新韵七言话动物

土狼

云淡风轻秋横空,草丛奔走金玲珑。
左瞧右看跌眼镜,土狼徒有狼之名。

　　秋阳煦暖,草木生辉。当大地笼罩在晨光之中,碧绿的草丛里涌动着金色光影,那是土狼在灵巧地捕食。它虽然有着"狼"的名号,实际上胆小而温和,只以白蚁为食。诗人调侃土狼的"名不符实",但心中又对这弱小的生物给予了充分的同情。土狼,土狼亚科的唯一一属且仅此一种,为一种捕食昆虫的小型动物,分布于非洲荒野或半沙漠地带,夜行性,常居于土豚废弃的洞穴中,雌雄单配,共同育仔。物语:不能闲逛,家中正忙。

土豚

无休无止大漠风,晨早吹散夜聚拢。
绵延万里沙作用,生存模式各不同。

　　诗歌中前两句描绘了风的威力,沙漠被狂风肆意地改变模样,也许一日之间就面目全非,鲜活的生命被覆盖在黄沙之下。在这样恶劣且变幻莫测的环境中,土豚修炼出一身本领。它们不断挖掘洞穴抵御风沙侵袭,随时都能躲进安乐窝。这首诗赞颂了土豚顽强坚韧的生命力,以及未雨绸缪的思想,它的生存智慧也许能带给人类某些启示。土豚,又名非洲食蚁兽,哺乳纲,分布于非洲中部和南部。物语:如此造景,另类风情。

豚鼠

雨生百谷谷雨天，绿意成韵韵未还。
朝气蓬勃也感叹，百年只在一瞬间。

　　雨生百谷，表示谷物萌芽，这是自然界生命的展示。"绿意成韵韵未还"一句形象地描绘了植物生长的蓬勃景象，寓意春天的气息已经弥漫在天地之间。最后两句则表达了诗人对于自然界生命的感叹。这首诗带给读者深刻的启示：即使在最青葱美好的年华，我们也应当对时光心怀敬畏。珍惜当下，不让年华虚度。豚鼠，又名天竺鼠、荷兰猪，豚鼠科豚鼠属，在野外已经灭绝，以宠物方式分布于世界各地。物语：流行多年，开心伙伴。

豚尾狒狒

shān lián gāo fēng shuǐ lián hé　　lí qún suǒ jū chéng xī quē
山连高峰水连河，离群索居成稀缺。
tún wěi fèi fèi ruò luò mò　　yǎng zú jīng shén xiàng tiān shuō
豚尾狒狒若落寞，养足精神向天说。

　　山水相连，四季衔接，大自然是个有机的整体，所有生命彼此间有着千丝万缕的联系。诗中描绘豚尾狒狒离群索居，这是一种在现实中不容易生存的状态，我们可以理解成诗人赋予它独特的寓意。豚尾狒狒象征着孤独和落寞，但同时也指代精神上的富足和力量。这首诗以简洁的语言和深刻的意象，表达了对于孤独的感受，鼓励人们在孤独中寻找自我，提升精神力量。豚尾狒狒，分布于非洲安哥拉和莱索托等多个国家。物语：夕阳流金，秋色销魂。

豚尾猴 (tún wěi hóu)

椰子树高无须忧,收获聘请豚尾猴。
欢呼雀跃摘个够,不发薪水不犯愁。

　　椰林沙沙,果实累累,人们欢聚在椰子树下,迎接期盼已久的丰收季。这首诗以生动的语言描绘了豚尾猴攀援直上摘椰子的情景,它们是果农们可靠的伙伴,即使没有薪水也阻挡不了它们的快乐。整首诗用词简练,节奏明快,让人的心情也随之跳跃。动物们的快乐就是如此简单纯粹,我们是否也该放下包袱,轻装前行。豚尾猴,又名平顶猴、猪尾猴,哺乳纲,灵长目。分布于东南亚和中国云南西双版纳等地。物语:绝顶聪明,善于沟通。

托马斯叶猴

望眼欲穿春不还，几缕细风上发冠。
端坐枝头一声叹，三千情丝系云端。

　　这是一首语义清晰、意境优美的诗歌。尽管托马斯叶猴十分渴望春天的回归，但始终没有嗅到春的气息。微风拂过头发，令人感到一丝清凉。它静静地坐在树枝上，对着遥远的天际发出一声叹息。这首诗的情感非常深刻，仿佛三千缕丝线系在云端般绵长和深远，表达了诗人对春天的思念。托马斯叶猴，又名北苏门答腊叶猴，哺乳纲灵长目，猴科叶猴属，分布于印尼苏门答腊，栖息于热带雨林及原始森林。物语：雨林惊艳，发冠冲天。

瓦利亚野山羊

孤壁悬崖各有景,秋在沟壑听风声。
春来婉约心沉重,还望以情待众生。

　　在诗的开篇,诗人先是描绘了悬崖峭壁各具特色的风景,继而将瓦利亚野山羊塑造成一个思想深刻、胸怀博大的艺术形象。诗中的"众生"可以理解为万物,四季更迭给生灵带来希望,同时也会带来挑战。尤其是人类的贪欲对于某些生物来说是灭顶之灾。诗人提醒我们须善待动物,珍惜每一个鲜活的生命,与大自然和谐共存。瓦利亚野山羊,偶蹄目牛科山羊属,仅分布于埃塞俄比亚塞米恩山脉的高原地区。物语:高峰耸立,顶天英姿。

瓦氏水羚

时光长河走行船,逆天从不挂风帆。
洪荒之水若泛滥,口哨响彻百万年。

　　这首诗通过描绘船只行驶在河流中的场景,表现了命运的无常。在时光的洪流中,我们都是一叶叶孤舟,逆天而行但不挂风帆,是因为我们对于未来充满自信。"洪荒之水若泛滥,口哨响彻百万年"这两句的寓意是,生命短暂,但留下的记忆和影响却能长久地延续下去。整首诗通过船只和口哨这两个具有象征意义的元素,表达了诗人对生命价值的深入思考。瓦氏水羚,分布于非洲大草原和洪泛区就近林地。物语:不枉此生,回忆永恒。

弯角剑羚

十二月末待春酒，美如处子似含羞。
弯角剑羚园中秀，从此再无饥渴愁。

　　诗人用"美如处子似含羞"描绘弯角剑羚温柔无害的气质。近年来，濒危的弯角剑羚终于被人类保护起来，圈养在公园里，再也不用为温饱发愁。可惜的是，世界上总会有人为满足贪欲而捕杀动物；幸运的是，也总会有高瞻远瞩的人士挺身而出，制止杀戮。由此我们可以理解，诗人开篇的"待春酒"寓意为生机和希望。弯角剑羚，又名弯刀长角羚、白长角羚、白剑羚，哺乳纲牛科，栖息于沙漠地区，植食性。物语：万水千山，天地成全。

王企鹅

千秋万载南极歌,皇袍加身王企鹅。
多情留下皎洁月,挥之不去满天雪。

亘古不变的南极冰原响彻歌声,那是成群结队的王企鹅在纵情歌唱。它们头戴金冠,颈垂璎珞,玄色外袍和雪白的衬衣在阳光下熠熠生辉。它们是南极洲的王者,对于这片广袤的雪原充满依恋,正如诗中所说,"多情留下皎洁月",虽然千万年挥之不去的冰雪,单调的风景,漫长的冰封期,时常会让它们觉得无趣,幸好有皎洁的明月相伴,能令它们的心灵获得慰藉。王企鹅,分布于南极洲附近岛屿。物语:此生不老,尽情逍遥。

威尔士柯基犬

皇室帝辇行万里，风云吹来金钥匙。
柯基自此成闺蜜，身价只高不会低。

　　帝辇逶迤，仪仗巍峨，在御座之旁俯卧着可爱的威尔士柯基犬。它们随銮伴驾巡游四方，用自己的聪慧和温柔抚慰了帝王冷硬的心肠。值得一提的是，诗中用"金钥匙"这个意象形容柯基犬金灿灿的皮毛，同时也暗喻它是能开启心灵的钥匙，能直达人类心底最温柔的角落。威尔士柯基犬，哺乳纲犬科，一种短腿的中小型犬，分成赛级犬和宠物犬两个品类，向来都是英国王室最喜爱的宠物犬。性情温和，喜欢黏人。物语：遇见柯基，心旷神怡。

维氏冕狐猴

月笼天颜叹玉裘，雪凝翠时风云休。
维氏母子亲情秀，多少羡慕多少忧。

　　月色透过树叶，照在维氏冕狐猴身上，形成了一层淡淡的光晕，让它的美丽更加耀眼。"雪凝翠"一句是在描述它的毛发好似白雪凝成的翡翠，温润无瑕。最后两句则表达了人类对这种亲情秀的感慨。维氏冕狐猴能够享受到亲情的温暖令人羡慕，但它们作为易危物种，这样的温暖又能存在多久呢？维氏冕狐猴，哺乳纲大狐猴科冕狐猴属。主要分布于马达加斯加东部的热带雨林或干燥落叶林中。物语：地面落足，摇摆起舞。

苇羚 (wěi líng)

绿荫渐少林宽敞,枫叶依次落清霜。
深秋明月高大上,苇羚守望流水长。

花叶飘零,枝干苍瘦,深秋的气息扑面而来。枫叶逐渐变红、变黄,被清霜点缀着。一轮孤月高悬天空,散发出清冷的光芒,一如既往地令人难以触及。苇羚在河流边守望,天真地以为自己炙热的目光能够令寒冬暂缓脚步,流水能够绵长地流淌。自然界的每个生物都必须忍受严冬的考验,并不都能迎接春天的到来。也许正因如此,它们格外珍惜每一寸美好时光。苇羚,分布于非洲大陆北部和南部稀树草原。物语:秋之收获,盛夏颜色。

倭河马

天池新宿大明星，出水芙蓉玛瑙红。
侏儒河马可爱命，生来就被抢着宠。

  诗中"天池新宿大明星"一句，将天池和倭河马联系在一起，形容它姿态如出水芙蓉，颜色似玛瑙，以此来表明它备受人们喜爱。这首诗一方面表现出人们对弱小且美丽生物的宠爱，另一方面也在提醒人类多关注那些外表并不出众的生物，毕竟大自然中像倭河马这样有"可爱命"的生物只是少数，但它们同样值得爱护。倭河马，又名侏儒河马、矮河马，产于西非科特迪瓦、利比里亚、塞拉利昂及其邻近地区。物语：山川河流，任意春秋。

倭黑猩猩

万树花开一夜风，不教深红压浅红。
倭黑猩猩心灵动，以柔克刚春满城。

　　这首诗很有意境，描绘了春意无边的自然景观和倭黑猩猩在春天里展现出的盎然生机，令人感叹大自然的神奇和美妙。前两句"万树花开一夜风，不教深红压浅红"形象地描绘了大自然博大的胸怀和对万物一视同仁的态度。倭黑猩猩在春天里被万树花开的景象所感动，它从自然界的变化中领悟到"以柔克刚"的道理，这也是它们的生存之道。倭黑猩猩，又名矮黑猩猩、侏儒黑猩猩，哺乳纲，分布于非洲中部。物语：和睦相处，活得舒服。

乌龟

赛跑何止赢一回,中军旗上风云龟。
绿锦窝里无心睡,三尺之外看美眉。

在中国传统文化的神话体系里,龟不仅是指代长寿的祥瑞兽,由它的形象衍生出的白蜿、赑屃、神鳌等更是极具神力的上古猛兽。不过诗人眼中的龟却很呆萌,它懒洋洋地趴在河滩碧草丛中,春心荡漾地偷觑不远处的倩影。我们几乎能够感受到这个外表坚硬的家伙柔软温和的内心。乌龟,又名金龟、水龟、泥龟、草龟,龟鳖目的爬行动物之一,分布于全世界热带及亚热带地区,水陆两栖性,杂食,性温和。物语:龟鹤春秋,延年益寿。

五趾跳鼠

跳跃而行清幽中,忘却红尘万千情。
百草香味不是梦,无忧世界听回声。

　　苏轼曾经写道:"竹杖芒鞋轻胜马,谁怕?一蓑烟雨任平生。"古往今来,无数文人墨客都曾经表露出对远离红尘烦扰,去到无忧世界的理想,这首诗同样也表达出类似的情绪。不过,这终归只是个虚妄的理想而已。且不说世界上是否真正存在这样的"乐土",能够达到如此思想境界的人往往也具有极强的社会责任感,并不能真正做到"四大皆空"。五趾跳鼠,分布于中国和哈萨克斯坦及周边国家。物语:留点时间,畅想明天。

西班牙猞猁

风动生乱云先知，流霞叠红就地起。
猞猁虎步入秋季，萧瑟草木候春机。

秋风在天地间翻涌，云层缭乱，喻示事物在发生前早有预兆；云霞堆积，仿佛连接大地和苍天。晚秋时节，日渐寒凉，草木从丰盈慢慢变成枯黄，显现出萧瑟的氛围。但是西班牙猞猁坦然面对季节的更迭，虎虎生风地迈入晚秋，对于即将到来的严冬也毫不畏惧。诗人借此劝勉读者，面对人生困境、外界环境变幻时应保持淡定从容的气度、乐观无畏的精神。西班牙猞猁，分布于伊比利亚半岛。物语：逆天勿行，顺势而动。

西猯

热带地区无雪霜,唯有风雨日月长。
西猯生就摘星样,故园可品四季香。

这首诗诠释了热带地区的独特魅力,那里没有严寒和积雪,风雨频繁,阳光热烈,日子似乎格外漫长。这种风雨与日月交织的气候形成了热带地区特有的节奏和韵律。可爱呆萌的西猯在这里生活,它们像是能摘取星星的神仙一样,逍遥自在。不过也许会在偶然的梦中,回忆起故园的芳香。西猯,西猯科,只生活于北起美国西南部、南至阿根廷北部的热带地区,以仙人掌或其他植物为食,群居。物语:春日虽短,月光无限。

犀牛

非是百花撩春风,只因时光自由行。
犀牛尝试爱干净,洗个泥浴再豪情。

　　这首诗以简单有趣的语言体现了生命和自由的价值。诗人运用了比喻、拟人的手法,将百花比作撩拨春风的美人,让读者感受到春天的美丽与活力。犀牛看似威风又带点憨态的外形,令人很难将它和猛兽联系起来。它自由自在地在水坑里打滚嬉戏,尽情享受和煦的春光。整首诗流畅易懂,读起来朗朗上口。犀牛,奇蹄目犀科,分布于非洲及亚洲,栖息于靠近水源的大草原或干旱丛林地带。物语:生性强健,劲爆无限。

鼷鹿
xī lù

树高风轻光影疏，朝闻晨钟暮听鼓。
穿越百年小鼷鹿，白帝城头曾涉足。

诗人在时光长河中尽情穿梭，不拘一格，充满想象。清晨的光影变幻，映照出树木婀娜的姿态。晨钟暮鼓这个意象的出现，将我们的视线带往深山古寺，这里清幽静谧，超凡脱俗，不受时光的侵蚀。诗人笔下的小鼷鹿从白帝城穿越而来，瞬间让我们感受到浓厚的历史气息。这种修辞手法会营造出别具一格的感染力，值得学习。鼷鹿，鼷鹿科体型最小的偶蹄类动物，分布于中南半岛和印尼的周边岛屿。物语：穿越千古，从未认输。

喜马拉雅斑羚

天敌可知青草枯，植物如蜡香味无。
若得饱腹收贪欲，冬雪过后再复出。

这首诗的主题是自然和生命的关系，通过对天敌和植物的描写，诗人表达了对自然规则和生命的敬畏。丰茂的季节过去，凛冬降临，动物们被迫迎来长达数月的"轻断食"。植物需要冬季来积蓄能量，大地也要休养生息，这样的描绘让人深刻地感受到了自然的生存法则，以及生命的脆弱。这对于我们审视当今社会中的诸多现象依然具有意义。喜马拉雅斑羚，分布于不丹、中国、印度、尼泊尔和巴基斯坦。物语：冬天空旷，待春飞扬。

喜马拉雅麝
xǐ mǎ lā yǎ shè

yún níng xīng hàn bā wàn nián　　xuě gài xǐ mǎ lā yǎ shān
云凝星汉八万年，雪盖喜马拉雅山。
sān huáng wǔ dì shè xiāng yuàn　　zhì jīn shén huà réng liú chuán
三皇五帝麝香苑，至今神话仍流传。

　　这首诗表达了诗人对自然与传统的热爱。其中，"云凝星汉八万年"描绘了云雾在星空中凝聚的场景，传达出浓厚的历史感；"雪盖喜马拉雅山"则彰显出大自然的壮美与神秘；"三皇五帝麝香苑"引出了古代传说中的神明和英雄，表达了诗人对他们的敬仰和追缅；"至今神话仍流传"则强调了这些传说在人们心中的重要地位，以及它们所代表的传统文化价值。喜马拉雅麝，分布于中国、不丹、印度和尼泊尔。物语：留条明路，天地眷顾。

喜马拉雅棕熊

棕熊调皮爱躲藏,十月伊始入梦乡。
春回大地再闲逛,虚掷一生好时光。

这首诗写得趣味盎然,对棕熊的生活习性描写尤其传神。深秋十月,棕熊开始进入漫长的冬眠期,诗人将冬眠比喻成捉迷藏,显得十分俏皮。等到来年春三月,大地复苏,这些沉睡的大家伙又跑出来闲逛,尽情享受逍遥时光。对于人类来说,棕熊的生存方式像是在虚度年华,其中多少有点羡慕的成分吧。喜马拉雅棕熊,又名红熊,熊科熊属,体型最大的亚种之一,分布于印度和尼泊尔等地。物语:报时大钟,最是无情。

细纹斑马

墨痕雪影如花环,优雅带雨缠成圈。
再无天敌随处见,只因身在皇家园。

  细纹斑马的体态奇特且富有美感,身上的黑白条纹像宣纸上的笔笔墨痕。它优雅闲适地在绿茵上漫步,仿佛踏入烟雨蒙蒙的春景。有了人类的关爱,细纹斑马再也不用担心天敌的伤害,可以无忧无虑地在皇家园林里颐养天年。细纹斑马,别名细斑马,马科马属,分布于非洲,以草为主食。1882年非洲的阿比西尼亚皇帝赠送给法国总统格雷维一匹后,才被认识,因此又名格氏斑马。
  物语:心怀善念,庇佑于天。

香鼬

放眼望去不见天,料峭春风一日还。
花蕾半开真好看,香鼬此刻刚成年。

这首诗以自然景观为载体,表达了诗人对生命和时光的感悟。"放眼望去不见天"是一种谦虚和敬畏自然的态度。春寒料峭之时,春回大地,万物的喜悦冲抵了对严寒的畏惧。花蕾在风中颤颤巍巍地绽开,虽然阳光还不够充足,但已经预示着美好和希望就在不远的前方。刚刚成年的香鼬踌躇满志地踏上生命旅途,等待它的将是铺满阳光的前程。香鼬,鼬科鼬属。身体细长灵活,体重100—200克,主要以鼠兔为食。物语:聪明能干,生活美满。

象海豹

俯仰变幻天无常，碧水山下浪花香。
卧岸千里费思量，何故春风不出墙。

　　这首诗表达了诗人盼望春回大地的热切心情。季节轮转，终于又迎来暖阳，不料今春步履迟迟，花香未能如期蔓延到身边，象海豹只能想象浪花也能溢出芬芳。它们卧在海岸边痴痴观望，翘首企盼春光早日踏浪而来。通过这首诗，我们可以展开丰富联想，其实，热切盼望春天的又何止是小动物们呢？象海豹，哺乳纲食肉目，海豹科象海豹属，肉食性群居动物。北象海豹分部于南美洲，南象海豹分布于南半球海洋。物语：坚定勇敢，为爱而战。

象鼩

云峰不肯带雨行,祝融乐得烟波生。
大火燎原快逃命,象鼩奔跑也惊鸿。

这首诗描绘出一幅令人触目惊心的宏大场景。酷热的荒原上遭遇大旱,河流干涸,草木枯黄。原本总是白云缭绕的山峰却没有带来一丝雨滴,火神祝融看见湖泊被蒸腾得烟雾缭绕,幸灾乐祸地拍手称快。最终,荒原燃起熊熊大火,所有动物都在惊慌失措地悲鸣,冒着浓烟四散逃命。这首诗让我们深刻理解到自然界的强悍无情,包括人类在内的所有生灵都无力抗衡。象鼩,分布于非洲地区。物语:开辟路径,留下行踪。

枭面长尾猴
xiāo miàn cháng wěi hóu

自知大地行路难，选择吃住森林间。
金风玉露不曾见，红果绿叶都甘甜。

  整首诗既富有艺术感，同时也具有深刻的现实意义，是一首值得欣赏和品味的佳作。枭面长尾猴意识到在大地上行走很困难，因此选择在森林中吃住，与自然和谐共处。虽然见不到金风玉露，同样也远离风雪严霜。这样的生活看似平淡，但未尝不是一种幸福。从艺术手法上看，这首诗运用了对比、比喻等修辞手法，生动有趣，同时也更加具有艺术感染力。枭面长尾猴，分布于刚果、卢旺达西北部和乌干达。物语：风过云往，夏日模样。

小白鼻长尾猴

观花观叶观秋成,从未抱怨春失踪。
疏影暗香藏鸾凤,警语解作天地通。

　　花开花落,叶卷叶舒,肃穆的秋声逐渐取代了温暖的春阳、炙热的夏风。智慧的小白鼻长尾猴从不伤春悲秋,因为它们能够领悟天道,听懂大自然的声音表情,知晓四季轮转是必然的规律,春去得越远,距离归来就越近。诗中的"鸾凤"可以理解成雌雄猴子相亲相爱的状态,也可以引申为未知的美好事物其实早已静静地守在我们身边。小白鼻长尾猴,猴科长尾猴属,分布于非洲多国,杂食性。物语:久处不厌,只如初见。

小斑虎猫

依山傍水绿妖娆,散花楼上旋红娇。
小斑虎猫天生俏,精彩不多也不少。

这首诗让人不禁联想到唐代诗人韦庄的名句:"骑马倚斜桥,满楼红袖招。"在春光明媚的都城,绿意盎然。意气风发的少年春衫单薄,风流倜傥,引得无数少女凭楼观望,掷下万千花朵仿佛花雨纷纷扬扬,飘落在少年的衣上发间。诗人笔下的小斑虎猫外形俊美,身姿矫健,正似那位风流少年。这首诗字里行间都洋溢着对美好事物的赞美,愿我们都能在最美好的年华,勇敢地追求爱、追求美。小斑虎猫,分布于南美洲。物语:不动声色,适当沉默。

小蓝企鹅

神仙企鹅贵族蓝，皓月出时约高天。
同入情海同上岸，执子之手共流年。

　　小蓝企鹅身披蓝色缎袍，举手投足间显露出一派贵族风范。它们风度翩翩，对于爱情更是忠贞不二，当月亮从海平面上升起时，它们双双对对地在波浪间嬉戏，又或者在广阔的天地间携手遨游。"执子之手，与子偕老"，语出自《诗经》，本意是形容出生入死的战友情，后常被当作情诗使用。小蓝企鹅对伴侣许下厮守终生的承诺，表达了诗人对于爱情的赞美。小蓝企鹅，又名神仙企鹅，在南太平洋觅食，于岸旁沙丘筑巢。物语：情比金坚，大爱无言。

小林羚

妆容犹似晚霞染,天教风云渡花仙。
没入灌丛看不见,小林羚羊如粉团。

诗人将小林羚塑造成一位粉雕玉琢的花仙形象。她的妆容恰似晚霞一样唯美,梦幻迷人的风姿简直不像尘世间该拥有的。天神命令风云去渡她到九天之上,但是她却躲到灌木丛中,粉团一样的身影一下子就消失不见。诗人运用多种修辞手法,极力赞美了小林羚的外貌,同时加入神话元素,为整首诗注入了浪漫主义的色彩。小林羚,又名非洲小羚羊,牛科林羚属,栖息于非洲东北部的林地或干燥灌丛中。物语:天地温暖,风云正酣。

小食蚁兽

细雨柔软天下春,除却枝头无绿云。
清风徐来望闻问,水波如镜照蚁神。

　　这是一首描述春天景象的优美诗歌。柔和气息弥漫大地,蒙蒙细雨是春天的注脚。绿叶在阳光下泛出莹润的光泽,呈现出勃勃生机,令整个天地都显得格外清新。风缓缓地吹来,带着对大地和万物的问候。光滑如镜的水面,倒映着小食蚁兽的身影。它的身姿娇小软萌,但在白蚁、树栖蚁、蜜蜂的眼中,它却是天神一般的存在。小食蚁兽,分布于安第斯山脉以东地区,栖息于各种森林及稀树草原。物语:选择食物,预防中毒。

熊 猴
<small>xióng hóu</small>

<small>céng yǒu duō shǎo liào bù jí　　hū rú yī yè huā mǎn zhī</small>
曾有多少料不及，忽如一夜花满枝。
<small>xióng hóu zhī yǒu xīn xī jì　　wàng tiān wén xiāng zhāi guǒ shí</small>
熊猴知有新希冀，望天闻香摘果实。

　　花开花落，生命无常，这是自然规律，但正是它的变幻难测而常常让人措手不及。不过，诗人对于未来总是充满憧憬，期待着新的希望和生命的延续，因此她用"花满枝"来形容未知。确实，无论是人类、熊猴还是其他动物，都应用积极的心态拥抱未来。总体而言，这首诗歌通过对自然景观和动物行为的描写，传递出一种乐观阳光的精神。熊猴，又名喜马拉雅猴，分布于中国和印度及周边国家。物语：落花有梦，果结长情。

熊狸

微言大义春秋情，风云史记山海经。
奇珍异宝逆天性，独有熊狸信步行。

诗歌中提到的"微言大义"是指《春秋》简约而深刻的表达方式，意思是文字中暗含褒贬，委婉而微妙地表达思想。而《山海经》是中国先秦古籍，一般认为主要记述的是古代神话、地理、动植物等方面的内容。诗人引用这两部书是想表达这样的思想：人类著作中往往不能直抒胸臆，相比起来，熊狸的天性烂漫自然，比起书籍中记载的奇珍异宝更加珍贵。熊狸，灵猫科熊狸属，分布于东南亚。物语：想象逆天，美学观点。

熊 猫

三月纷飞春光景,熊猫问是哪路风。
对面竹林若茂盛,何不携手去踏青。

"太极初分判,浑浑天地游。"熊猫在青翠竹林中惬意地进食嬉戏。它可爱的形态萌翻了所有人的心,温文尔雅的气质更与中华民族所崇尚的"温良"不谋而合,这是一种博大、同情、智慧的力量。作为国宝,熊猫远赴重洋,担任缔结中外友谊的使者,将中华精神和文明传播到四海八方。熊猫,又名猫熊,熊科大熊猫属,仅有两个亚种,主要栖息于四川、陕西和甘肃的山区。中国特有的国宝级动物。物语:憨态可掬,富贵丰腴。

锈斑猫

绝地飓风气势凶，野外不见其踪影。
如今凝望广寒宫，风光独好美无穷。

这首诗意境优美，表现了锈斑猫神秘的气质，但同时也流露出淡淡的忧伤。锈斑猫曾经是原野上骁勇的斗士，它们威风凛凛，捕猎时犹如飓风一般山呼海啸，令人望而生畏。但是如今它们只能在动物园中依赖人类的庇护。偶尔仰望夜空，期待能奔赴月宫寻找一片安宁的乐土。如今，自然环境的变化令很多动物濒于灭绝，其中既有自然变迁造成的不可抗力，也不乏人类的侵蚀。锈斑猫，栖息于印度森林。物语：机警娇小，难以见到。

旋角羚

<small>xuán jiǎo líng</small>

<small>shí yuè gāo shù zhī tóu xián　kū cǎo lǎo yè wèi dào xiān</small>
十月高树枝头闲，枯草老叶味道鲜。
<small>xuán jiǎo líng yáng bù suí biàn　jué dòu duó guān zhēng bà quán</small>
旋角羚羊不随便，决斗夺冠争霸权。

  诗人首先用"枯草老叶"来形容十月晚秋的景象，在这个成熟的季节，旋角羚羊在悠闲地品味生活。为了争夺配偶，气质温和的雄羚也会"兵戈相向"，彼此间展开激烈的角斗，用力量和速度来争夺胜利。即使这样，旋角羚也丝毫不给人凶猛的感觉。这样优雅美丽的动物却因为盗猎而濒临灭绝，令人十分痛惜。旋角羚，偶蹄目牛科旋角羚属，分布于非洲大草原，群居，行一雄多雌制。
  物语：族群繁衍，帝后随便。

雪豹

风深风浅风华长,天地一夜换银装。
雪豹行走雪地上,盘算何处捉迷藏。

  这首诗以简洁明了的语言,描绘了一幅壮丽的自然景象。无论风深风浅,寒来暑往,自然界都充满魅力。天地在一夜间银装素裹,给人以强烈的视觉冲击,表现了自然力量的雄浑和气势恢宏。雪豹行走在皑皑白雪之上,威风凛凛中透露出机智和灵动。诗人将雪豹捕猎比喻成捉迷藏,妙趣横生,也令整首诗充盈着动感和生命力。雪豹,大型猫科动物,分布于青藏高原、阿尔泰山脉及中国西部和中亚东部的其他高山地区。物语:雪山住客,萌宠王者。

雪貂

风啸云松琼花舞,如箭在弦狂飞出。
梦中雪貂捉玉兔,醒来却在花草屋。

  风舞云松,琼花飘曳,漫天风雪之中,一道灰白的身影如离弦之箭,将一只玉兔扑翻在地。猎人随后赶来,夸赞雪貂今天又立功劳,不愧是最得力的小伙伴。可惜,主人手掌的温度还没消退,美梦却已破碎。雪貂睁开双眼,发现自己正睡在一个精致的宠物笼中,再也不用为了生存而捕猎。但是不知为何,它乌黑的眼睛透过笼杆望向窗外,脑海里浮现的却是一片皑皑雪原。雪貂,鼬科鼬属,栖息于靠近水源的森林和半林地。物语:春山多情,秋水如梦。

雪山盘羊

蓝天如海春欲归，风流饮醉不肯回。
山色平添几分媚，盘羊登顶健步飞。

诗人运用拟人化的修辞手法，将春天塑造成风流恣意的艺术形象。它沉浸在蓝天如海的美景之中，俨然忘记了夏季将要到来，它应当踏上归途。风光如酒，迷人魂魄，它醉意朦胧地盘桓不肯离去，而天地也因此平添几分妩媚的粉红色。雪山盘羊借着无边春色努力向高峰攀登，开启自己美好的生活。雪山盘羊，又名西伯利亚盘羊，分布于俄罗斯东北部，栖息于多岩石的高山草甸，群居生活，植食性。物语：春来物长，天地荡漾。

雪兔

xuě tù

天际不忍雨空流，裁成飞花戏春秋。
红尘等来好时候，雪兔盛装出玉楼。

　　上天怜惜雨水的落寞，将它幻化成片片雪花，这样就能长久地存在于沃土、林梢，不用再像以前那样，浸润草木之后消失无踪。这句诗形象地描述天际和雨水的情感勾连，增强了诗歌的艺术感染力。在漫天白雪之中，冰清玉洁的雪兔终于现身，它宛如精灵般缥缈，如皓月般冷清。至此，我们豁然领悟，上天为何帮助雨水变成雪花长留世间？大概就是为了圆它再见雪兔一面的梦吧。雪兔，在中国分布于寒温带及亚寒带地区。物语：雪中精灵，入夜出洞。

雪羊

冬穿长绒夏换单，上崖容易下壁难。
雪羊无须用眼看，信步一登就飞天。

  诗人用简明生动的语言，将雪羊的外貌特征、生活习性娓娓道来。雪羊仿佛是武侠小说中的一个神秘形象，他本领高强，身穿雪白的貂绒长袍，在悬崖峭壁间行走如飞。偶尔停下脚步，欣赏崖缝中迎风颤动的小花。大自然中的生物似乎天生就知道怎样与自然和谐相处，而在人类漫长的历史中，有很多人孜孜以求达到天人合一的境界，不妨向这些动物取取真经。雪羊，又名落基山羊、石山羊，分布于北美洲西北部山脉。物语：人若不吃，天下无敌。

鸭嘴兽

天地不朽美不朽,风云出水三分忧。
月色撩动鸭嘴兽,任性占尽春和秋。

　　天地万物都具有长久不朽的美,令人不由得惊叹和钦佩。然而,自然界也是变幻莫测的,具有不可预知性。诗中的月色撩动是一个比喻,暗示自然界中许多事物之间相互牵扯,错综复杂,不同事物之间也会有千丝万缕的联系,从而反映出自然界的深邃和神秘。但是鸭嘴兽并不了解这些道理,它被月色撩动,单纯而任性地享受生活。鸭嘴兽,又名鸭獭,栖息在河流或湖泊中,建造堤坝和水域连接的洞穴。物语:自然世界,千奇百怪。

亚洲小爪水獭

精彩纷呈本无心,唯有无辜小眼神。
油光水滑非学问,却知身上毛几根。

    这是一首寓言诗,描绘的是生命中的偶然发现,以及诗人对生命的领悟。生活中有很多事件并非出于任何意图或目的,而是自然地流淌。"无辜小眼神"则暗示了生命中最珍贵的东西——天然和纯真,这也许是诗人所看到的最令人感动的东西。诗人对一些表面光鲜亮丽的东西背后的真实性保持怀疑,尾句则又回到生命和自我认知的主题。亚洲小爪水獭,又名油獭,鼬科动物。分布于有淡水河流的森林及红树林附近。物语:要怪就怪,呆萌可爱。

岩松鼠

琼枝玉叶疏影长，风吹云笼林木香。
岩松鼠望乌衣巷，春草如碧似故乡。

　　林木青翠，疏影摇曳。清风拂面，暗香沁人。这首诗开篇便营造出一派清新唯美的景观，不过在这样的美景当中，岩松鼠却满怀愁思，眺望远方。诗中引用了"乌衣巷"的典故，那里曾经是东晋时王导、谢安两大家族居住的地方，可惜在唐朝时沦为废墟。诗人将这个典故代入此诗，不仅令人发思古之幽情，更有怀念故乡的情思蕴含其中。岩松鼠，又名扫毛子、石老鼠，啮齿目松鼠科，中国特有物种。物语：生存力强，歌声嘹亮。

岩羊 (yán yáng)

刀削危峰拔地起，试与白云比高低。
岩羊谋生不容易，登顶只为避强敌。

    这首诗以简洁而富有韵律的句子，描述了高山峭壁的壮丽景象，以及岩羊为了生存而努力攀登的精神。诗中的"刀削危峰"勾勒出一幅险峻的画面，一座山峰拔地而起，似乎要与白云比试高低。这样艰险的环境只有岩羊才能生存，不过它们练出这身精妙高绝的攀岩本领可不是想与谁比拼，只是为了躲避强敌，谋求生存而已。岩羊，又名石羊、崖羊、山盘羊，分布于喜马拉雅山周边地区。物语：抱团取暖，相互依恋。

眼镜猴

林海风流几时休,枝头活跃眼镜猴。
先将世界看个透,再叫月亮照高楼。

乌落兔升,雨散雪融,自然界犹如一座巨大舞台,上演各种荣辱兴衰。眼镜猴犹如渺小的山灵,它攀在枝头,见证了这个世界的沧海桑田。诗中"先将世界看个透,再叫月亮照高楼"这两句透出一种淡泊的意趣,似乎是在说眼镜猴领悟了自然大道之后,依然能够怀抱对生命的热爱,欣赏自然界的各种美好。眼镜猴,又叫跗猴,灵长目眼镜猴科,全世界体型最小的猴,主要分布于菲律宾等地。物语:微型猴娃,以小博大。

眼镜熊

天高水远树自横,深情春风任西东。
普雅花开棘刺硬,却也无奈眼镜熊。

　　晴空万里,碧波无声。春风一度,无问西东。这首诗意境优美,抒发了对自然风光的热爱和眷恋,更流露出一种难得的豁达气度。自然风光自由自在,不知来处,不问归程,世界的本质就是顺其自然。正如普雅花虽然长着尖锐的荆刺,依然无法劝退眼镜熊。但是那又能怎样呢?普雅花并不会因为眼镜熊而灭绝,它们之间的相处之道就是顺其自然。眼镜熊,又名安第斯熊,熊科眼镜熊属,分布于安第斯山脉,杂食性。物语:攀爬高手,衣食无忧。

叶 蛙

芳菲眷恋风月时，芭蕉拂落云雨丝。
叶蛙闻声知心意，疾步如飞赶佳期。

郑板桥曾有诗："芭蕉叶叶为多情，一叶才舒一叶生。自是相思抽不尽，却教风雨怨秋声。"在文人墨客的笔下，芭蕉一直是忧愁寂寥的代指。但是诗人显然不喜欢这种低郁的情绪，她诗中的芭蕉更像是传情达意的信使，雨落蕉叶，点点滴滴，似乎是在催促前来约会的有情人加快步伐。这首诗表现了生命的欢腾和执着，传递出了强烈的情感和积极的态度。叶蛙，分布于墨西哥和危地马拉等国家的热带雨林。物语：流连忘返，夏夜浪漫。

夜猴

<small>lín zhōng jǐng sè yuè lǒng shā　　gāo shù zhī tóu yòu xīn yá</small>
林中景色月笼纱，高树枝头又新芽。
<small>yè hóu mèng fēi pō mò huà　　chū dòng zhuō jìn yè dǐ huā</small>
夜猴梦飞泼墨画，出动捉尽叶底花。

　　树林在月光下笼罩着一层轻纱，高高的树枝上长出了新的嫩芽。夜晚，夜猴在梦中飞跃，像是画卷上绽放一朵朵墨莲。突然间它们从枝丫中跳出，捉尽了叶底下花一般颤动的飞蛾。诗歌中表现了月夜中树林的幽静和神秘，春天已经到来，生命在不断更新。猴子在梦中灵动而自由地嬉戏，它们就连捕食都是那么顽皮可爱，凸显出大自然的无尽活力。夜猴，又叫鸮猴，夜猴科夜猴属，分布于巴西和委内瑞拉的热带森林。物语：夜视之眼，完美体验。

臆羚

踏足红尘谁觉醒，最苦莫于坠天坑。
臆羚行走峭壁缝，了无心事任意行。

　　这首诗颇有几分禅意，臆羚在诗人的妙手下被幻化成一个"淡泊以明志，宁静以致远"的世外高人。确实，艰苦的生存环境并不能摧毁一个人的心志，人们需要时刻警惕的是不堕入欲望的"天坑"。臆羚在悬崖峭壁间踏足如飞，因为它心无挂碍，不受俗世牵绊，才能超脱于物外，潇洒前行。臆羚，又叫岩羚羊，牛科臆羚属，分布于阿尔巴尼亚等多个国家和地区。栖息于悬崖陡峭的乱石之中。物语：轻松游走，抛弃忧愁。

银白长臂猿

扯起枝条荡秋千，欢歌笑语声声远。
双臂一晃十米半，这山飞上另一山。

　　这首诗的意境和风格非常洒脱、欢快，通过描述银白长臂猿扯起枝条荡秋千的场景，展现了它自由、快乐、开朗的性格和积极向上的生活态度。在艺术表达上，这首诗文辞直白，富含趣味，节奏和韵律俏皮灵动，同时通过"欢歌笑语声声远""这山飞上另一山"等诗句，表达了无忧无虑、潇洒不羁的精神世界，使整首诗更具感染力和可读性。银白长臂猿，长臂猿科长臂猿属，分布于印尼爪哇岛西部的热带雨林。物语：开心快乐，空中飞越。

银狨

轻盈娇柔拂霞衣，遇险长尾冲天起。
任尔使用张良计，银狨自有过墙梯。

　　身体轻盈，姿态娇柔，白毛映彩，宛披霞衣。银狨不仅形态曼妙迷人，遇到危险还会虚张声势吓跑敌人。诗中代入了"你有张良计，我有过墙梯"这一典故，原意是再完美的计谋也有对策，放在这首诗中也很恰当。自然界中每一种生物都有自己应对天敌的生存智慧，所以我们在面对艰难险阻时也应当保持乐观的心态，满怀信心地面对。银狨，分布于巴西亚马孙雨林，以树汁花叶果为食，也吃昆虫。物语：粉团精致，技巧御敌。

银叶猴

风云撞出幻海景,星恋穿梭情独钟。
魂牵梦萦亘古痛,曲折时光又相逢。

这首诗歌意味深长,诗人先是天马行空,描写了银叶猴的生存环境和跳跃本领,又传递出对"爱"的另类感叹。我们可以引申理解:人类在追求自由优雅生命的同时,对隐藏的危机也要时刻警惕,保持乐观向上的心态和冷静机智的态度。银叶猴,猴科,银叶猴属,主要分布于汶莱、缅甸、柬埔寨等国家,以树叶及水果等为食,由成年雄性带领族群活动。该物种为中国引进的珍稀动物,属国家一级保护。物语:设法保留,物种方舟。

印度瞪羚

高茎芳草花粉飞，暖香对镜画蛾眉。
瞪羚之美惹风醉，云来送上忘情水。

  高高低低的芳草随风摇摆，如波涛汹涌；花朵忙不迭地将花粉散播到四方，因为这是一个繁衍生息的季节。这时，我们的主角——印度瞪羚翩翩而来。它温柔的目光如春日湖水，优美的曲线像起伏的沙丘。风儿陶醉于它的风姿，醺醺然、傻乎乎的样子让白云暗暗摇头。白云为风儿送上忘情水，免得它陷入爱的旋涡。印度瞪羚，牛科瞪羚属，分布于印度大部分地区，巴基斯坦、阿富汗和伊朗也有。物语：百转岁月，万千收获。

印度黑羚

秋风飞扬后劲足，枯草黑羚佼佼出。
双角好似擎天柱，眼神满含多情雨。

　　秋风挟带着热力滚滚而来，金灿灿的芳草散发出迷人的香气。印度黑羚从远处缓步而来，它的双眸如此多情，脉脉地看向周遭静谧安详的风景。而它头顶的双角宛如两道钢鞭，又似擎天柱直指天际，为它迷人的气质增添几分威严。诗人用温柔的笔调、感性的语言，描绘出印度黑羚与众不同的风姿，字里行间充满对生命之赞美。印度黑羚，牛科黑羚属，原产于印度和巴基斯坦等中南亚地区。物语：迎风而歌，秋不寂寞。

印度灰叶猴

春来放风天尽头,雨细收回昨日秋。
圣猴自是千古秀,眉清目秀坐高楼。

　　春天的风来无影,去无踪,于无声处沁人心脾。一场绵绵细雨过后,世间的尘埃污秽被荡涤一空,就连昨日偶然涌出的低郁感伤也消失不见。天地间只剩下清澈的空气、鲜嫩的花草、明媚的阳光,让人体会到生命的美好。现如今,有圣猴美称的印度灰叶猴已经脱离了濒危的困境,不再担心族群消亡。它们成群结队坐在枝头,显得轻松喜乐。印度灰叶猴,分布于印度和孟加拉,栖息于热带或亚热带森林中。物语:法力无边,善于变幻。

印度犀

铠甲勇士无劲敌，只因头长画天戟。
印度犀牛角犀利，更有柔情一肚皮。

  这首诗塑造了一位威武的战士，他身披铠甲，勇猛无敌，头上顶着画天戟一样的利角，让对手闻风丧胆。接下来诗人笔调一转，用"更有柔情一肚皮"点明了这位勇士铁汉柔情的一面。鲁迅曾有诗云："无情未必真豪杰，怜子如何不丈夫？"确实，一味地勇猛充其量只会令人畏惧，真正打动人心的还是其内在的柔软情感。印度犀，又名独角犀，奇蹄目犀科，分布于印度和巴基斯坦等国家。物语：保护物种，生态平衡。

印度支那豹

月夜隐形芳丛前，捉个猎物打秋千。
此时只恨腿脚慢，又遇风云乱缠绵。

恬静的月夜，草丛中的香气和月光一起撩拨得人心神不宁。印度支那豹埋伏在阴影中，只想赶紧捉个猎物回去吃夜宵。可怜的小动物被惊吓得慌不择路，只恨腿脚太慢来不及逃命。可惜风云还总是在捣乱，它们纠缠在一起，令草木飞卷，遮蔽了逃生之路。这首诗以灵动的文字描绘了一幅夜狩图，角色的动作和情绪都描绘得十分细腻。印度支那豹，分布于东南亚和中国南部，极度濒危物种，中国国家一级保护动物。物语：眼望难尽，春秋留痕。

英国斗牛犬

彼此映照成花海,身边莎草兴奋开。
前面老友在等待,回首芳香拥入怀。

诗中的花海和莎草暗示了充满生机和美好的氛围,而老友的等待则表达了朋友之间的相互关怀和期待。英国斗牛犬在草坪上快乐地奔跑,莎草尽情绽放,迎接老朋友的到来。诗中的"回首芳香拥入怀"表达了朋友之间的亲密和感动。即使身处繁华的花海,朋友之间的相互关怀和期待仍然让人感到无比温暖。英国斗牛犬,是英国国犬,现已具备看护犬、军犬、警犬等多项功能,性格友好和善,家庭伴侣犬。物语:勇敢威严,护卫安全。

缨冠灰叶猴

大爱无声有归期，又逢摘红采绿时。
野果酿造丰收季，甘甜如蜜送知己。

这首诗的意境清新优美，表现出诗人对自然的热爱和对友情的珍视。在成熟的金秋，瓜果挂满树梢，天地间充盈着香甜的气息。缨冠灰叶猴忙着采摘果实，不过它们可不是只为了自己大快朵颐，而是殷勤地酿成美酒，期待与朋友一同分享这份喜悦。这首诗写出了诗人对自然和生命的感悟，尤其用"大爱无声"形容友情在心中沉甸甸的分量，表达了纯真深厚的情感。缨冠灰叶猴，猴科灰叶猴属，分布于印度和斯里兰卡。物语：雄大于雌，尾长于体。

幽灵箭毒蛙

欲满不满小满天,似红非红樱桃园。
凤梨叶上轻声唤,绿衾锦被共枕眠。

"绿遍山原白满川,子规声里雨如烟。"这是宋诗中描绘初夏江南农村的景象,小满正是这个时候的节气,本意有"将满未满"的意思,可引申为对丰收充满希望。诗人眼中的小满天格外迷人,红彤彤的樱桃挂在树上,与沙沙作响的凤梨叶一起构建了一幕温馨而浪漫的场景。幽灵箭毒蛙亲密地依偎在一起,进入甜美梦乡。它们会梦见什么呢?一定是美好富足的前景吧。幽灵箭毒蛙,分布于厄瓜多尔等地。物语:蛙响片片,霞光点点。

疣猴 yóu hóu

柔情似水美如许，玉树临风捉对出。
黑白太极有风度，莺歌燕舞掌江湖。

　　一个是柔情似水的俏娇娃，一个是玉树临风的美男子，他们流连在树荫湖畔，浓情蜜意让人歆羡。黑白太极本是指太极中的黑白双鱼，太极注重阴阳调和、虚实转换、刚柔并济，是一种文化和哲学思想的体现，充满了风度和智慧。诗人借此来描述疣猴的外貌十分形象，同时也阐释了自然界生生不息的真谛。疣猴，灵长目疣猴科疣猴属，有5种，分布于非洲部分地区。栖息于热带丛林。
物语：黑白缔约，魅力底色。

疣猪

风云弹奏双鹤声，守约芳丛一点红。
疣猪天生似情圣，大步流星奔前程。

  一对白鹤在云间飞舞，温情款款，鸣叫声犹如仙乐悠扬。芳草丛中隐隐露出娇艳的红色，似乎是在提醒诗中的主角——疣猪，别忘了今天佳人有约。诗人对于外表呆萌的疣猪不乏喜爱之情，将它塑造成一个接地气的"情圣"，这种反差鲜明的修辞手法，使整首诗具有更为鲜活、灵动的气息。疣猪，猪科疣猪属，该属仅有两个物种，即非洲疣猪和荒漠疣猪。前者分布于非洲大陆，后者分布于埃塞俄比亚和索马里荒漠区。物语：繁花太重，回归轻松。

渔猫

黄昏追逐繁星时，欲收欲放欲成诗。
水底开台唱晚戏，虎步生威赶来急。

  星起黄昏，渔舟唱晚，湖光山色笼罩着温柔的霞光，眼前这一幕如诗如画。鱼儿躲避了一天渔人的追捕，正准备夜晚欢快的歌舞。不料渔猫迈着矫健的步伐已经悄悄逼近。虽然诗人描述的是一场即将展开的猎捕行动，但她谐趣生动的笔调却令读者丝毫感觉不到危机，反而兴致盎然地产生某种期待。渔猫，又叫钓鱼猫，猫科豹猫属的一种中等体型食肉动物，分布于亚洲多个地区，栖息于沿河的芦苇丛和湖泊湿地周围。物语：有模有样，捕鱼大王。

雨蛙

别样晚云别样风，接天碧水接天行。
雨蛙自知有使命，捉完金龟捉甲虫。

　　这首诗表现了自然景象的美丽和人们对自我使命的认知。诗人通过风云、碧水营造出行云流水的优美意境，让人们感受到大自然的美丽和神秘。在雨蛙的形象中，寄托了诗人对于祖国乃至世界的美好希冀。确实，世界上绝大多数人是为了生存而不断努力，但总有些人肩负沉重的使命，他们要为更崇高远大的理想而奋斗。雨蛙，全世界大约有250种，中国有9种，分布于绝大多数地区。
物语：除害明星，轻盈灵动。

郁乌叶猴

先找一个安乐窝,再戴眼镜当名模。
没事林中玩穿越,过山车上找感觉。

  诗人将郁乌叶猴可爱的外貌特征给予放大,让人过目难忘。诗人笔下的郁乌叶猴住安乐窝、当名模、玩穿越、坐过山车,这些行为令生活充满乐趣。德国哲学家叔本华曾经写道:"人生就是在痛苦和无聊二者之间,像钟摆一样摆来摆去。"试想一下,如果能像郁乌叶猴那样衣食无忧又不无聊,这样的人生想必会令绝大多数人羡慕嫉妒了。郁乌叶猴,又名眼镜叶猴,分布于马来西亚和缅甸及泰国。物语:墨砚点雪,色系更多。

原麝

皑皑白雪皓月闲,风吹寒意摇高天。
原麝静卧冷眼看,交响乐出水晶盘。

这首诗以简洁的文字描绘了一幅冬天夜晚的景象。诗中的"皑皑白雪"和"寒意"传递出冷冽的氛围,而"皓月"和"水晶盘"则增添了一份高贵和静谧的气息。整首诗行文简洁而有力,特别是最后一句"交响乐出水晶盘",以动衬静,以近写远,以有声凸显无声,生动地描绘了冬夜的美景,同时流露出一种孤高自爱的情绪。原麝,麝科麝属,分布于亚洲,中国产于东北三省及多个地区,植食性。物语:风雪冬季,泰然处之。

原驼

天南海北桑榆天,原驼眺望几千年。
物质极简当盛宴,不期而遇品温暖。

  刘禹锡曾写下名句:"莫道桑榆晚,为霞尚满天。"意思是不要说夕阳照在桑榆树端时已近傍晚,它的霞光余晖照样可以映红满天。诗人将这种诗意代入此诗,我们可以理解成原驼在不知不觉间已经跨越千年,时光荏苒,但并没有消磨它生命的坚韧和对未来的美好期许。它并不在意生活的贫乏,只希望能与知音不期而遇,共同品味生命的温暖。原驼,骆驼科羊驼属,分布于南美洲地区。
物语:冬季风情,满眼素净。

羱羊

仲春二月风乍暖,丝滑云雾欲追天。
站在山顶放眼看,羱羊打起小算盘。

  农历二月,乍暖还寒。淡淡云雾如丝滑的轻纱,又仿佛提拉米苏入口即化。诗人以诙谐的笔触,生动地描绘了山原上的温暖气息,以及站在山顶俯瞰美景的感受。羱羊沉默的样子像是在打小算盘,这句话增添了诗歌的趣味性和想象力。整首诗充分调动了读者的触感,也拉近了读者和诗歌之间的距离。羱羊,又名北山羊、高山野山羊、阿尔卑斯野山羊,偶蹄目牛科山羊属,原产于意大利,周边国家有引进。物语:不惧风雨,与天同住。

远东豹

风将白云揉成团,扯作片片撒人间。
豪情一步八千万,金钱且当衣裳穿。

　　白雪纷纷何所似?未若朔风碎流云。诗人在开篇就用极具艺术构思的笔法,营造了流光溢彩的琉璃世界。远东豹是这块净土的主宰者,它雍容华贵,迈着颇具王者气度的步伐,身上缀满金钱,斑斓夺目。在我们通常的认知中,披金戴银难免显得有些庸俗。不过像远东豹这样打扮得丝毫不显媚俗的还真挺少见,只能说它强大的气场战胜了一切。远东豹,又名金钱豹,分布于中国黑龙江和吉林及俄罗斯。物语:森林精英,天地风情。

云豹

凌霄墨痕痕千尺，烟雨纷飞飞花稀。
八月国际云豹日，初生娃儿也雄起。

  洁白的皮毛上镶嵌美丽花斑，仿佛天上仙客无意间打翻砚台，点点墨痕从天而降；又恍如江南烟雨之中，娇嫩的花瓣随风飞舞，轻轻坠落在它的身上。诗人用古典笔法描绘了云豹的外貌，更增添了几分诗情画意。幼小的云豹似乎已经知道人类对它的保护，它迈着摇摇晃晃的步伐，笃定又无畏地走向自己的未来。云豹，又叫荷叶豹、龟纹豹，猫科云豹属，有3个亚种，分布于亚洲多个国家，中国曾经分布广泛。物语：胸有城府，从不谢幕。

藏獒
zàng áo

威武霸气上神坛，壮怀激烈可仰天。
青藏高原好伙伴，美名传扬千百年。

    这首诗歌开篇就将藏獒的威风霸气凸显出来。"东方神犬"当然不是浪得虚名，它既是青藏高原的守护神，也是当地牧民最可信赖的伙伴。"上神坛"表现出它令人敬畏的威严，而"壮怀激烈可仰天"则着重描画它英雄豪杰般的气质。数万年来，藏獒忠诚地履行自己的职责，与猛兽搏斗，捍卫主人的财产，它是人类与自然和谐共生的象征。藏獒，又叫东方神犬，广泛分布于海拔2700米以上的高原及周边地区。物语：救苦救难，义薄云天。

藏狐

大江东去谁奈何,花草摇曳风流多。
藏狐丈量万里阔,不离不弃不分别。

  大江东去,波澜壮阔令人震撼,花草摇曳的风流姿态则展现了生命的灵动和美丽。藏狐在雪原上踽踽独行,用脚爪丈量万里疆土,体现出一种坚定执着的精神,喻示着人们在面对挑战时的勇气和决心。"不离不弃不分别"这句寓意深刻,似乎是在告诉读者,在生命的长河中,人们应当珍爱情感,不负誓约。藏狐,别名西沙狐、草地狐,食肉目犬科狐属。主要分布于青藏高原地势开阔的草原或荒漠中。物语:雪花妖娆,风定不扫。

藏羚
zàng líng

fēng chuī xī shuǐ zhī cǎo měi　　xiāng nóng yǐn de fēng dié fēi
风吹溪水知草美，香浓引得蜂蝶飞。
hào dàng ér lái yún yù zhuì　　wàn zhī zàng líng zhèng huí guī
浩荡而来云欲坠，万只藏羚正回归。

  盛夏的青藏高原草丰水美、蜂蝶蹁跹。远处隐隐传来雷鸣般的声响，仿佛巨云坠落大地，那是藏羚羊群带着刚出生的幼崽，浩浩荡荡地回归了。曾经由于盗猎者的贪婪，它们濒临灭绝。幸好随着保护力度的不断加大，中国境内藏羚羊又增至30万只。诗人借此诗呼吁人类保护生态环境，与大自然和谐共存。藏羚，又名藏羚羊、长角羊，牛科藏羚属，主要分布于中国以羌塘为中心的青藏高原地区。物语：绿水青山，春风满园。

藏酋猴

华山论剑天微凉,翩翩公子世无双。
撩起战袍回首望,长成争胜上战场。

在诗人的笔下,藏酋猴一跃成为"陌上人如玉,公子世无双"的温润男子,他伫立在华山之巅,战袍耀日,剑映寒霜,灼灼风姿让人目眩神迷。他期待和对手来一场畅快淋漓的比试,也许就此名扬天下,谱写自己的传奇。这首诗歌的字里行间都流露出诗人对于青年人踌躇满志、无惧无畏的推崇。藏酋猴,又名四川短尾猴、黄山短尾猴,猴科猕猴属,猕猴属中体型最大的一种,中国特有种,分布于中部多个地区。物语:休戚与共,时光馈赠。

藏野驴

海拔高时气压升，水天一色三五重。
四蹄生风看豪纵，藏野驴可驭春风。

　　高山上天高云淡，水草丰茂，景象十分壮观。"四蹄生风看豪纵，藏野驴可驭春风"这句是在描绘豪放奔腾的藏野驴，它们奔腾在草原上，像是驭着春风一般。诗人用"四蹄生风"形容藏野驴的速度和力量，同时也表现出对于这种动物的喜爱。总的来说，这首诗的语言简洁明了，用词精练准确，诗人通过描绘自然和动物表达出对于自然的热爱和关注。藏野驴，马科马属，原产于中国青藏高原，周边国家有分布。物语：与世无争，草原文明。

獐

人间多见倒垂柳，千条万条摇不休。
树干倾天无从就，獐卧芳草比并忧。

在传统的诗歌领域中，杨柳往往指代的是离别时忧伤的情绪，偶尔也有春天到来的含义。在这首诗中，诗人沿用的应该是前者。千万条绿丝绦仿佛是繁多飘摇的愁绪，令人无处寄托，无从解脱。即使树干能直达天际，也并不能减少丝毫离愁别绪。也许你会发现，善解人意的獐子卧在芳草丛中，看向你的温柔眸光中显现出安慰和同情，似乎希望能够替你分担一些忧愁。獐，又名獐子、香獐，原产于中国和朝鲜半岛。物语：柳色青青，花絮重重。

爪哇犀

峰火连天满狼烟，过犹不及数千年。
爪哇犀牛已罕见，风云为之两周旋。

诗人先是描述了烽火连天的战争场景，"过犹不及"这句成语出自《论语》，原意是指事情做得过分和不够都是不可取的。放在这首诗中，我们可以理解成人们因为惧怕凶猛的爪哇犀或者觊觎它珍贵的犀角和皮对之展开猎杀，但如果猎杀过度就会造成这个物种的濒危甚至灭绝。最后一句强调了人类、动物与自然之间的互动关系。整首诗意蕴深远，呼吁人们保护珍稀物种和自然环境。爪哇犀，分布于印度尼西亚和越南。物语：风缓云安，渴望成全。

针鼹

红土绿壤应天长，针鼹横扫地底香。
收拾山河风无恙，昼夜辛苦有何妨。

这首诗气势恢宏，让人感受到自然的壮美和生命的力量。同时，"收拾山河""昼夜辛苦"等语汇也强调了决心和信念，使诗歌更具有感染力和号召力。诗中所描绘的景象非常形象、生动，让人感受到自然的美好和辛勤劳作的价值。这首诗歌所传递的积极向上、奋斗拼搏的精神，对于每个人都有着深刻的启示意义。针鼹，针鼹科针鼹属，分布于澳大利亚和新西兰及新几内亚等地，被列入濒危动物名录。物语：游泳名将，当仁不让。

榛睡鼠

冬眠再开天下先，预支时光五百年。
乌黑眼珠溜溜转，可否一跃三米远。

在此诗中，"冬眠"这个意象仿佛指代了一种神奇的魔力，它可以超越生命，令时光凝滞。榛睡鼠经历漫长的冬眠，再次苏醒时，天地已经变换了模样。我们抑或可以理解成人类在利用这段时间深入思考，以期能够洞悉真理。千百年来，人类一直企图挣脱时间的桎梏，寻求永恒。由此看来，这首诗寓意深远，令人遐想。榛睡鼠，啮齿目榛睡鼠属，分布于欧洲和地中海及远东，栖息于灌木丛或榛树及山楂林中。物语：细小精灵，掌心萌宠。

蜘蛛猴

水中捞月蜘蛛猴,长袖善舞荡悠悠。
热带雨林玩乐透,敢为花生留一手。

热带雨林之中,闪现出众多纤细灵动的身影,这是蜘蛛猴在欢快地奔啸。天明时,它们在枝头打秋千,晃晃悠悠,惬意又张扬;日落后,它们又聚集在湖畔水边,一个捉住另一个的尾巴,试图掬水月在手。当然,它们的技能还远不止于此,剥起花生来,就连最灵巧的人也无法与之媲美。诗人描绘了蜘蛛猴自由自在、机智灵活的形象,令人油然而生喜爱之情。蜘蛛猴,分布于南美洲热带雨林。物语:春来缤纷,情系深沉。

指猴

风借千山万水手，收尽万果千实秋。
月高天黑狩猎秀，绿林好汉叫指猴。

  诗人把风、千山万水、指猴等元素巧妙地融合在一起，让读者在阅读过程中充分感受到自然界的神奇富饶。在语言技巧方面，诗人运用了丰富的修辞手法，尤其是夸张的比喻和拟人十分得心应手。诗中描述千山万水从风之神那里得到助力，收获了丰富的果实，不过调皮的指猴更喜欢自力更生，相比起唾手可得的食物，它更中意自己在月黑风高的夜晚自由地捕食。指猴，指猴科指猴属，分布于马达加斯加东部沿海森林。物语：高枕无忧，没有对手。

中国水龙

七分春色三分雨,清辉海月倾皇都。
中国水龙何处去,且往天池去濯足。

这首诗开篇便营造了一个美轮美奂又诗意盎然的场景,宛如一则神话。春花弥漫,烟雨朦胧,海上月倾泻万丈清辉,将巍峨的皇都映衬得如梦似幻。中国水龙如春带彩的翡翠一般莹润美艳,它不耐烦御花园里池塘的逼仄,化成一道绿影直飞九天,到天池中戏水畅游。这首诗文辞优美,其中又隐隐蕴含着自由洒脱的气质,将中国水龙塑造得超凡脱俗。中国水龙,爬行纲,野生种分布于东南亚国家,如泰国、中国南部地区。物语:生活富裕,可养宠物。

中国细犬

满载荣耀王者犬,神话西游曾哮天。
风云再起相对看,四处魁首无极远。

  它是神话传说中二郎神杨戬身边的神兽和法宝,《封神演义》中描述它"仙犬修成号细腰,形如白象势如枭;铜头铁颈难招架,遭遇凶锋骨亦消。"它是如此凶猛且神通广大,因而诗人称它为"满载荣耀王者犬"真是一点也不夸张。等到风云再起时,它踏上征程,依旧是睥睨天下,无人能敌。这首诗歌能让我们充分感受到神话传说中艺术形象的魅力,令人赞叹。中国细犬,又名细犬,中国古老的原生犬种。物语:神话故事,沸腾史诗。

中华斑羚

长亭短亭古道远，日月星辰挂高天。
中华斑羚住西苑，草香直上嘉峪关。

"长亭外，古道边，芳草碧连天"，这是李叔同《送别》中的歌词。诗人将这首名曲的意境代到诗中，营造出了一幕既有离别的淡淡伤感，又有面对前程意气风发的场景。中国历史上有很多个"西苑"，在此诗中可以理解成皇家园圃，中华斑羚居住在这里，但它并不满足于养尊处优的生活，而是向往黄沙漫天，气势雄浑的嘉峪关。中华斑羚，分布于中国多个省区，也见于印度、缅甸、泰国和越南。物语：冷暖天地，风流往事。

中华田园猫

世上纵有千般苦，回眸一望万事无。
虎里虎气迈虎步，中华田园猫威武。

这首诗体现出非常豁达的成熟心态。人在尘世间总会面对各种苦难，但回首往事时却发现不值一提，因为时间是治愈一切伤口的灵药。这首诗以中华田园猫为切入点，在它的身上折射出中华民族坚韧不拔的高贵品质和"虎虎生风"的顽强生命力。中华田园猫，又名土猫，中国本土家猫的统称，早年主要功能是驱逐鼠害，是目前唯一被CFA认可的中国本土自然品种，现大多已成为宠物猫。
物语：帅得足够，柔拔头筹。

中华田园犬

千里长风万里云,百年追随大将军。
提刀上马挂帅印,扬名立万保国门。

  千万风云,百年时光,这首诗开篇气势磅礴,扑面而来。诗人借中华田园犬帅气的形象、忠勇的性格,歌颂了不畏艰险、保家卫国的精神。在语言风格方面,诗人采用了平实的语言,贴近生活,容易为人们所理解和接受。此外,这首诗还渲染了中华田园犬和人类的密切关系,它们忠诚可靠,甚至会为了主人牺牲生命。这样的伙伴难道不应当被我们永远珍爱吗?中华田园犬,食肉目,犬科犬亚科。物语:天地久远,春秋为伴。

中亚牧羊犬

挽戈逐鹿追狂风,百年霸气任纵横。
今日漫步新环境,欣赏春色换心情。

在这首诗中,诗人塑造了一个令人敬仰的豪杰形象,他曾经年少万兜鍪,手执金戈逐鹿中原,英雄霸气传遍四方。诗人借这个形象渲染中亚牧羊犬威风凛凛的外表,以及光辉的历史。时光荏苒,岁月变迁,它们不用再驰骋疆场,而是走进千家万户成为人类的优良伴侣,享受着舒适惬意、备受关爱的生活。中亚牧羊犬,食肉目犬科动物。中亚牧羊犬是高加索犬的近亲,勇猛无畏,几百年来一直被用作羊群守卫犬。物语:强壮有力,小心为是。

侏 狨

百感交集与谁同,烟雨泥香满天空。
云之涟漪不为动,重上高树为激情。

  这是一首抒情诗,描写了诗人内心的百感交集。侏狨伫立在烟雨泥香弥漫的空气中,仰望天空,似乎无处可去。周围的云朵静止不动,就像诗人内心的激情,深挚而坚定。最后一句"重上高树为激情",形象地表达了诗人对生活的热爱和向往,对激情的执着追求。她似乎在劝告世人不要为年龄拘束,随时都可以重新制定生活高点,整装出发。侏狨,又名倭狨,分布于南美洲的热带雨林,是世界上最小的猴子。物语:十万谜底,个个新奇。

猪獾
zhū huān

漫步云端风正寒,烟火尽去寂静天。
纵有想法千百万,不如携手度流年。

    这首诗通过简洁而富有哲理的语言,表现出诗人对生命的态度。这首诗的视角是从云端俯瞰人世间,站位高远,显得十分客观,视野也更加广阔。寒风刮过大地,将红尘中的纷纷扰扰扫荡一空,呈现出寂静空旷的景象。正如我们的人生道路总有各种羁绊,但如果客观冷静地审视就会发现,大多数烦扰不值一提。还不如珍惜眼前人,过好每一天,携手度流年。猪獾,分布于东南亚,中国遍布各省、区。物语:时光擦肩,留下灿烂。

转角牛羚

秋云与风细周旋，落叶无意上桂冠。
似水流年两不厌，如影随形春容颜。

　　范仲淹曾经有描绘秋景的名句："碧云天，黄叶地，秋色连波，波上寒烟翠。"每当秋风卷起落叶，人们的心情都难免会笼上一层萧瑟。即将到来的寒冬令每个人都更加渴望温暖的安乐窝。转角牛羚相偕幼仔伫立于秋色之中，它们如影随形，即使流年似水，依旧如初见时一样相亲相爱。这首诗表达了生命的流逝和岁月的无情，同时也歌颂了情感的力量。转角牛羚，分布于非洲东部和南部，以草为食。物语：温柔相伴，单曲循环。

髭长尾猴

风云自由随性飘，天地无情从未老。
髭长尾猴怕鸟叫，大敌来前隐蔽好。

  这首诗开篇描述了自然界风流云卷的自由景象，或许还流露出一点点小幽怨。天地无情，像是髭长尾猴这样弱小的生物，成天担忧被猛禽袭击，也不会得到丝毫怜悯。自古以来，文人墨客时常发出这样哀怨的呐喊，李贺曾写道："衰兰送客咸阳道，天若有情天亦老。"其实天地既不会怜惜弱小，也不会偏袒强者，也许从这首诗中我们能获得某些感悟。髭长尾猴，分布于非洲多个国家的热带森林中。物语：启程明天，凡事如愿。

紫貂

雪花开后梅花羞，青山为此愁白头。
紫貂美成雪皇后，恰比风流高一筹。

这首诗开篇描绘了雪花的洁白和梅花的粉嫩，以及它们之间的相互映衬和对比。"青山为此愁白头"形容的是梅花在寒冬绽放时，青山上的雪花落在了树枝上，渐渐积累，呈现出一种生动的美感。诗人用雪花和寒梅做铺垫，继而引出美丽高贵的紫貂。它的美之所以胜过前两者，在于它具有灵动的生命力，能令寒冬都焕发生机。紫貂，别名貂鼠、黑貂，鼬科貂属。分布于亚洲寒冷地区，中国主产于东北三省。物语：山林茂盛，天地充盈。

紫羚 (zǐ líng)

吸睛奇葩名紫羚,秋日私语东南风。
柔情万种角无用,偶尔赢得妙趣生。

这首诗开篇用"吸睛奇葩"勾起了读者的兴趣,紫羚独特而神秘的形象也为诗歌增添了不少诗情画意。接下来的"秋日私语东南风"是以简洁的语言描绘深秋景象,柔情的语言风格与诗歌整体的情感氛围相符,形成了优美的意境。"柔情万种"和"角无用"这两个语汇之间的鲜明对比阐释出"柔能胜刚"的理念,也为诗歌增添了一份哲思。紫羚,又名紫羚羊、紫林羚,牛科林羚属,分布于非洲部分地区。物语:春之经典,多为思念。

棕黑疣螈
zōng hēi yóu yuán

苔藓无痕绿清凉，草木菁华里外香。
物种越多越兴旺，包容互惠天地长。

  这首诗将翠色苔藓和棕黑疣螈的形态相结合，赞美它们是草木菁华凝结而成。同时诗人还点明了物种多样性和互相包容互惠的重要性，表达了对于自然生态平衡的深刻认识。棕黑疣螈和苔藓一样，都是自然界中看似渺小，实际上具有很高价值的生物。这首诗寓意深刻，语言简练，层次分明，呈现了一种优美的自然生态景象。棕黑疣螈，分布于中国云南西部陇川的亚热带山谷，印度和尼泊尔等国家也有。物语：自由来往，云在天上。

棕鬣狗

远眺荒野尽沙土,近看草细晚风疏。
此行归去虽有路,可恨无物可饱腹。

　　沙沉荒原阔,草细晚风疏。枯骨露于野,何处是归途?有的动物生活在富饶的环境,温饱不忧,有的动物却一生在为食物犯愁,棕鬣狗显然是后者。为了生存和繁衍,它们必须竭尽所能地适应严苛的自然环境。我们在感叹它们生存艰难的同时,又不能不为它们顽强的生命力所感动。棕鬣狗,别名褐鬣狗,鬣狗科鬣狗属,分布于非洲西南干旱草原和亚热带荒漠中。由雌性统领族群,昼伏夜出。物语:生活糟糕,渴望美好。

棕色锄足蟾

凌云翻滚扶摇时，天空有雨风先知。
世上原本无大事，四季更替何须急。

  这首诗细腻地描刻了自然界的风云变幻，表达了诗人对自然的感悟，以及一种蕴含哲思的智慧。乌云翻滚，狂风扶摇，白雨如瀑。面对如此震撼的壮观景象，诗人却显得尤其从容。正如风会预知雨的到来，尘世间任何事情都有预兆，所以无需对未来充满忧虑。诗人更进一步地阐述：世界上本没有真正的大事，正如我们的人生中遇到的各种动荡都只是一时，总会过去。棕色锄足蟾，分布于地中海、北非和西亚地区。物语：从容造穴，不屑争夺。

棕熊

山呼海啸且收藏，何时销魂雪故乡。
冬眠换上新仪仗，只待春风会情郎。

　　这首诗诙谐地描写了棕熊冬眠时的场景。"山呼海啸""新仪仗"两句尤其凸显了棕熊的王者气概。凛冬降临，雪原沉寂，万物收敛，棕熊威武的嗥叫声也消失在远方。它抖落皮毛上的雪花，钻进山洞沉入黑甜梦乡。只待春回大地，清脆鸟鸣声将它唤醒。结尾"会情郎"一句颇有趣味，蕴含了对爱情的向往，以及万物复苏生生不息的意义。棕熊，别名灰熊，食肉目熊科，分布于欧亚大陆及北美洲。物语：近乎无敌，完美之至。

鬃狼

侧目而视花影长，又闻风流一点香。
鬃狼不解为何亮，细看方知明月光。

　　仲夏夜的草原，清风细细、暗香靡靡。小鬃狼被耀眼的光亮照得睡不着觉，它离开妈妈温暖的怀抱，踏着横斜凌乱的树影漫步。静谧的周遭和偶然响起的虫鸣让它有些分不清是醒着还是在梦里。它棕红色的毛发在风中轻轻抖动，跟花影重叠在一起。偶然间抬起头它才发现，原来营造出眼前这一派美景的，是遥挂在天际、被它熟视无睹的那轮明月。鬃狼，又名巴西狼，分布于阿根廷、玻利维亚、巴西、巴拉圭和秘鲁。物语：一眼望尽，春风无痕。

鬃狮蜥

万里春雨飞红急，枝条绿叶翠欲滴。
云霞织就天水碧，惊艳威风鬃狮蜥。

这首诗情调雅致，辞藻华丽，颇有几分古风。诗中红、绿两种颜色和春雨、飞花、绿叶、云霞、湖水等意象共同编制出一幅烟雨蒙蒙的江南春景，美不胜收。最值得称道的是这首诗运用了"飞""滴""织"几个动词，让画面生机盎然，富有动感。在这番美景的映衬下，鬃狮蜥威风凛凛地出场，惊艳了世人，雕刻了时光。鬃狮蜥，又名中部鬃狮蜥，飞蜥科鬃狮蜥属，分布于澳大利亚东部，以植物和昆虫为食。物语：火山滚烫，集聚能量。

物语集

动物类

T

土狼	物语：不能闲逛，家中正忙。
土豚	物语：如此造景，另类风情。
豚鼠	物语：流行多年，开心伙伴。
豚尾狒狒	物语：夕阳流金，秋色销魂。
豚尾猴	物语：绝顶聪明，善于沟通。
托马斯叶猴	物语：雨林惊艳，发冠冲天。

W

瓦利亚野山羊	物语：高峰耸立，顶天英姿。
瓦氏水羚	物语：不枉此生，回忆永恒。
弯角剑羚	物语：万水千山，天地成全。
王企鹅	物语：此生不老，尽情逍遥。
威尔士柯基犬	物语：遇见柯基，心旷神怡。
维氏冕狐猴	物语：地面落足，摇摆起舞。
苇羚	物语：秋之收获，盛夏颜色。
倭河马	物语：山川河流，任意春秋。
倭黑猩猩	物语：和睦相处，活得舒服。
乌龟	物语：龟鹤春秋，延年益寿。
五趾跳鼠	物语：留点时间，畅想明天。

X

西班牙猞猁	物语：逆天勿行，顺势而动。
西獴	物语：春日虽短，月光无限。
犀牛	物语：生性强健，劲爆无限。
麋鹿	物语：穿越千古，从未认输。
喜马拉雅斑羚	物语：冬天空旷，待春飞扬。
喜马拉雅麝	物语：留条明路，天地眷顾。
喜马拉雅棕熊	物语：报时大钟，最是无情。
细纹斑马	物语：心怀善念，庇佑于天。

香鼬	物语：聪明能干，生活美满。
象海豹	物语：坚定勇敢，为爱而战。
象鼩	物语：开辟路径，留下行踪。
枭面长尾猴	物语：风过云往，夏日模样。
小白鼻长尾猴	物语：久处不厌，只如初见。
小斑虎猫	物语：不动声色，适当沉默。
小蓝企鹅	物语：情比金坚，大爱无言。
小林羚	物语：天地温暖，风云正酣。
小食蚁兽	物语：选择食物，预防中毒。
熊猴	物语：落花有梦，果结长情。
熊狸	物语：想象逆天，美学观点。
熊猫	物语：憨态可掬，富贵丰腴。
锈斑猫	物语：机警娇小，难以见到。
旋角羚	物语：族群繁衍，帝后随便。
雪豹	物语：雪山住客，萌宠王者。
雪貂	物语：春山多情，秋水如梦。
雪山盘羊	物语：春来物长，天地荡漾。
雪兔	物语：雪中精灵，入夜出洞。
雪羊	物语：人若不吃，天下无敌。

Y

鸭嘴兽	物语：自然世界，千奇百怪。
亚洲小爪水獭	物语：要怪就怪，呆萌可爱。
岩松鼠	物语：生存力强，歌声嘹亮。
岩羊	物语：抱团取暖，相互依恋。
眼镜猴	物语：微型猴娃，以小博大。
眼镜熊	物语：攀爬高手，衣食无忧。
叶蛙	物语：流连忘返，夏夜浪漫。
夜猴	物语：夜视之眼，完美体验。
臆羚	物语：轻松游走，抛弃忧愁。

银白长臂猿　　　　　　物语：开心快乐，空中飞越。
银狐　　　　　　　　　物语：粉团精致，技巧御敌。
银叶猴　　　　　　　　物语：设法保留，物种方舟。
印度瞪羚　　　　　　　物语：百转岁月，万千收获。
印度黑羚　　　　　　　物语：迎风而歌，秋不寂寞。
印度灰叶猴　　　　　　物语：法力无边，善于变幻。
印度犀　　　　　　　　物语：保护物种，生态平衡。
印度支那豹　　　　　　物语：眼望难尽，春秋留痕。
英国斗牛犬　　　　　　物语：勇敢威严，护卫安全。
缨冠灰叶猴　　　　　　物语：雄大于雌，尾长于体。
幽灵箭毒蛙　　　　　　物语：蛙响片片，霞光点点。
疣猴　　　　　　　　　物语：黑白缔约，魅力底色。
疣猪　　　　　　　　　物语：繁花太重，回归轻松。
渔猫　　　　　　　　　物语：有模有样，捕鱼大王。
雨蛙　　　　　　　　　物语：除害明星，轻盈灵动。
郁乌叶猴　　　　　　　物语：墨砚点雪，色系更多。
原麝　　　　　　　　　物语：风雪冬季，泰然处之。
原驼　　　　　　　　　物语：冬季风情，满眼素净。
羱羊　　　　　　　　　物语：不惧风雨，与天同住。
远东豹　　　　　　　　物语：森林精英，天地风情。
云豹　　　　　　　　　物语：胸有城府，从不谢幕。

Z

藏獒　　　　　　　　　物语：救苦救难，义薄云天。
藏狐　　　　　　　　　物语：雪花妖娆，风定不扫。
藏羚　　　　　　　　　物语：绿水青山，春风满园。
藏酋猴　　　　　　　　物语：休戚与共，时光馈赠。
藏野驴　　　　　　　　物语：与世无争，草原文明。
獐　　　　　　　　　　物语：柳色青青，花絮重重。
爪哇犀　　　　　　　　物语：风缓云安，渴望成全。

针鼹	物语：游泳名将，当仁不让。
榛睡鼠	物语：细小精灵，掌心萌宠。
蜘蛛猴	物语：春来缤纷，情系深沉。
指猴	物语：高枕无忧，没有对手。
中国水龙	物语：生活富裕，可养宠物。
中国细犬	物语：神话故事，沸腾史诗。
中华斑羚	物语：冷暖天地，风流往事。
中华田园猫	物语：帅得足够，柔拔头筹。
中华田园犬	物语：天地久远，春秋为伴。
中亚牧羊犬	物语：强壮有力，小心为是。
侏狨	物语：十万谜底，个个新奇。
猪獾	物语：时光擦肩，留下灿烂。
转角牛羚	物语：温柔相伴，单曲循环。
髭长尾猴	物语：启程明天，凡事如愿。
紫貂	物语：山林茂盛，天地充盈。
紫羚	物语：春之经典，多为思念。
棕黑疣螈	物语：自由来往，云在天上。
棕鬣狗	物语：生活糟糕，渴望美好。
棕色锄足蟾	物语：从容造穴，不屑争夺。
棕熊	物语：近乎无敌，完美之至。
鬃狼	物语：一眼望尽，春风无痕。
鬃狮蜥	物语：火山滚烫，集聚能量。